Het Franse testament

Roman

Uit het Frans vertaald door Jan Versteeg

UITGEVERIJ DE GEUS

Tiende druk

Deze vertaling is mede mogelijk gemaakt door een subsidie van het Franse ministerie van Cultuur

Oorspronkelijke titel *Le testament français*, verschenen bij Mercure de France, Parijs 1995

Omslagontwerp Robert Nix

Foto auteur Louis Monier
Drukkerij Haasbeek bv, Alphen a/d Rijn

ISBN 90 5226 454 6
NUGI 301

Verspreiding in België uitgeverij EPO,
Lange Pastoorstraat 25-27, 2600 Berchem.

Het Franse testament

Voor Marianne Véron en Herbert Lottman

Voor Laura en Thierry de Montalembert

Voor Jean-Christophe

'(...) met kinderlijk genoegen en diepe ontroering, al kan ik de namen van heel veel anderen, die waarschijnlijk net zo handelden en door wie Frankrijk overleefde, niet noemen, vermeld ik hier hun werkelijke naam (...)'

MARCEL PROUST
Le temps retrouvé

'Zal de Siberiër de hemel om olijfbomen vragen, of de Provençaal om veenbessen?'

JOSEPH DE MAISTRE
Les soirées de Saint-Pétersbourg

'Ik vroeg de Russische schrijver naar zijn werkwijze en verbaasde me erover dat hij niet zijn eigen vertalingen maakte, want hij sprak een heel zuiver Frans, met een vleugje traagheid, vanwege de fijngevoeligheid van zijn geest.

Hij bekende me dat de Académie en haar woordenboek hem blokkeerden.'

ALPHONSE DAUDET
Trente ans à Paris

Een

I

Al toen ik nog een kind was, had ik door dat die zeer opvallende glimlach voor elke vrouw een vreemde kleine overwinning betekende. Ja, een vluchtige wraak op de teleurgestelde verwachtingen, op de grofheid van de mannen, op de zeldzaamheid van wat deze wereld aan mooie en waarachtige dingen te zien gaf. Als ik er in die tijd een naam aan had moeten geven, zou ik die manier van glimlachen 'vrouwelijkheid' genoemd hebben... De taal die ik gebruikte lag toen echter nog heel erg op het concrete vlak. Ik volstond ermee in onze fotoalbums de vrouwelijke gezichten te bekijken in een poging op sommige ervan die glans van schoonheid terug te vinden.

Want deze vrouwen wisten dat ze, om er mooi op te komen, een paar seconden voor de flits hen zou verblinden, die geheimzinnige Franse lettergrepen moesten uitspreken waarvan slechts weinigen de betekenis kenden: *'pe-tite-pomme...'** In plaats van zich te verbreden tot een uitdrukking van hemelse gelukzaligheid of zich krampachtig samen te trekken tot een angstige grijnslach, vormde de mond als bij toverslag een lieftallig rondje. Het hele gezicht kreeg er een ander aanzien door. De wenkbrauwen hadden zich gekromd tot een boogje, het ovaal van de wangen was langer geworden. Men zei 'petite pomme', en alles hulde zich in een waas van ver en dromerig geluk, de blik leek achter een sluier schuil te gaan, de gezichten vertoonden fijnere trekken, over de foto speelde het gedempte licht van vroeger tijden.

Een dergelijke fotografische toverkunst had het vertrouwen gewonnen van de meest verschillende vrouwen. Neem bijvoorbeeld dat Moskouse familielid, op de enige kleurenfoto in onze

* appeltje

albums. Getrouwd met een diplomaat, sprak zij zonder haar tanden van elkaar te doen en zuchtte ze al van verveling nog voor ze naar je geluisterd had. Maar op de foto merkte ik meteen het effect op van het 'petite pomme'.

Ik zag de afstraling ervan op het gezicht van de kleurloze vrouw uit de provincie, een of andere onbekende tante, wier naam slechts genoemd werd wanneer het gesprek ging over vrouwen die na de slachting onder de mannen tijdens de laatste oorlog als weduwe waren achtergebleven. Zelfs Glacha, de boerin in de familie, vertoonde op de zeldzame foto's die wij nog van haar hadden deze wonderbaarlijke glimlach. Ten slotte was er een hele zwerm nichtjes die de lippen vooruitstaken in een poging die vluchtige Franse toverwoorden tijdens de enkele, maar toch als eindeloos ervaren seconden dat ze moesten poseren, vast te houden. Terwijl ze hun 'petite pomme' mompelden, bleven ze geloven dat het leven dat nog moest komen hun uitsluitend dit soort momenten van goedgunstigheid zou brengen...

Af en toe zat er tussen al die plaatjes met blikken en gezichten een foto van een vrouw met regelmatige, fijne gelaatstrekken en grote grijze ogen. In de oudste albums, die haar nog als een jonge vrouw tonen, is haar glimlach doortrokken van de verborgen charme van het 'petite pomme'. Later, als ze ouder is, in de nieuwere albums, en dichter bij onze tijd, is die uitdrukking minder sprekend, hangt er een waas van droefgeestigheid en eenvoud omheen.

Het was deze vrouw, deze in de besneeuwde oneindigheid van Rusland verdwaalde Française die de anderen de woorden had geleerd die schoonheid verleenden. Mijn grootmoeder van moederszijde... Ze was aan het begin van de eeuw in Frankrijk geboren, als kind van Norbert en Albertine Lemonnier. Het geheim van het 'petite pomme' was waarschijnlijk het onderwerp van het allereerste op een sprookje lijkende verhaal dat onze kindertijd betoverde. En het was ook een van de eerste verhalen in die taal die mijn moeder voor de grap 'jouw grootmoedertaal' noemde.

Op een keer stuitte ik op een foto die misschien eigenlijk verborgen voor me had moeten blijven... Ik bracht mijn vakantie als gewoonlijk bij mijn grootmoeder door, in die stad aan de rand van de Russische steppe waar zij na de oorlog beland was. Het was een zomeravond waarop net zo'n warme en luie schemering begon te vallen, die de vertrekken in een paarsachtig licht zette. Datzelfde wat onwerkelijke licht viel ook op de foto's die ik voor een open raam zat te bekijken. Het waren de oudste opnamen die in onze albums voorkwamen. Ze gaven beelden weer van ver voor de revolutie van 1917, deden de tijd van de tsaren herleven, en sterker nog, doorbraken het in die periode zeer sterke ijzeren gordijn, voerden me nu eens naar het voorplein van een gotische kathedraal, dan weer naar de lanen van een park dat wat de begroeiing betreft zulke volmaakt geometrische vormen vertoonde dat ik ervan stond te kijken. Ik dook in de prehistorie van onze familie...

En toen opeens die foto!

Ik zag haar toen ik uit pure nieuwsgierigheid een grote envelop openmaakte die tussen de laatste bladzijde en de omslag lag. Het betrof dat onvermijdelijke stapeltje opnamen dat niet waardig werd geacht op het stijve karton van de bladzijden te prijken, landschappen die het je niet meer lukt thuis te brengen, gezichten die geen gevoelens of herinneringen meer oproepen. Een stapeltje waarvan je elke keer weer denkt dat je het eens zou moeten uitzoeken om tot een definitief besluit over het lot van al die gekwelde zielen te komen...

Te midden van die onbekende mensen en die vergeten landschappen zag ik haar. Een jonge vrouw wier kleding op een merkwaardige manier schril afstak bij de elegantie van de personen die op de andere foto's zichtbaar waren. Ze droeg een dik, gewatteerd vuilgrijs jasje en een tsjapka met neergeslagen oorkleppen. Ze poseerde terwijl ze een in een wollen deken gewikkelde baby tegen haar borst gedrukt hield.

'Hoe kon zij nu', vroeg ik me stomverbaasd af, 'tussen die mannen in rokkostuum en die vrouwen in avondtoilet terechtgekomen zijn?' Met om haar heen, op andere opnamen, die statige avenues, die zuilengalerijen, die mediterrane panorama's. Haar aanwezigheid was zonder meer anachronistisch, misplaatst, onverklaarbaar. Ze leek nog het meest op een indringster in het verleden van deze familie, met haar potsierlijke uitdossing die je tegenwoordig alleen nog zag bij vrouwen die 's winters op de wegen sneeuwruimden...

Ik had mijn grootmoeder niet horen binnenkomen. Ze legde haar hand op mijn schouder. Ik schrok op, daarna liet ik haar de foto zien en vroeg: 'Wie is die vrouw?'

Even verscheen er een uitdrukking van paniek in de altijd rustige blik van mijn grootmoeder. Bijna achteloos antwoordde ze met een vraag: 'Welke vrouw?'

We verstomden allebei en spitsten de oren. Er klonk een merkwaardig geritsel in het vertrek. Mijn grootmoeder draaide zich om en riep, zo had ik de indruk, vol vreugde uit: 'Een doodshoofdvlinder! Kijk, een doodshoofdvlinder!'

Ik zag een grote bruine nachtvlinder, een pijlstaart die zich met trillende bewegingen inspande de bedrieglijke diepte van de spiegel binnen te dringen. Ik schoot er met gestrekte handen op af, voelde in mijn handpalmen al bijna het gekriebel van zijn fluweelachtige vleugels. Op dat moment gaf ik me er rekenschap van dat deze vlinder ongewoon groot was. Ik was er nu vlakbij en slaakte onwillekeurig een kreet: 'Maar het zijn er twee! Het is een Siamese tweeling!'

De twee vlinders leken inderdaad aan elkaar vast te zitten. En hun lichamen bewogen met heftige trillingen. Tot mijn verbazing trok deze dubbele pijlstaart zich niets van mij aan en probeerde niet eens weg te vluchten. Voor ik hem ving, had ik nog de tijd de witte vlekken op zijn rug in ogenschouw te nemen, het bewuste doodshoofd.

We hadden het verder niet meer over de vrouw in het gewatteerde jasje... Nadat ik hem had vrijgelaten volgde ik met mijn blik de vlucht van de pijlstaart – in de lucht splitste hij zich weer in twee vlinders en ik begreep, voor zover een kind van tien jaar dat kan begrijpen, het waarom van deze eenwording. Opeens vond ik de verwarring van mijn grootmoeder nu ook vanzelfsprekend.

De vangst van de parende pijlstaartvlinders bracht me weer twee zeer oude herinneringen voor de geest, en de meest geheimzinnige die ik aan mijn kindertijd bewaar. De eerste gaat terug tot de tijd dat ik acht jaar was en betreft een paar woorden van een oud liedje dat mijn grootmoeder af en toe eerder mompelde dan zong wanneer ze op haar balkon met het hoofd over een kledingstuk gebogen zat waarvan ze de kraag verstelde of waar ze de knopen wat steviger aan vastzette. Vooral de allerlaatste regels van het liedje brachten me in vervoering:

...En daar zullen we slapen tot het einde van de wereld.

Dat de slaap van die twee geliefden zo lang zou duren, ging mijn kinderlijke begrip te boven. Ik wist al wel dat mensen die stierven (zoals die oude buurvrouw waarvan men mij het verdwijnen, in de winter, zo goed had uitgelegd) voor altijd in slaap vielen. Maar net als die geliefden in het liedje? De liefde en de dood hadden zich vervolgens op een verwarrende manier in mijn jonge hoofd vermengd. En de droefgeestige schoonheid van de melodie had die verwarring alleen maar doen toenemen. Liefde, dood, schoonheid... En die avondhemel, die wind, die geur van de steppe die ik, dankzij het liedje, waarnam alsof op dat moment mijn leven nog maar net begonnen was.

De tweede herinnering kan ik niet eens meer in de tijd plaatsen, zo ver liggen de gebeurtenissen terug in het verleden. In de mistigheid ervan kwam zelfs geen duidelijk 'ik' voor. Het enige waaruit zij bestond was een intense gewaarwording van licht, een scherpe geur van kruiden en het beeld van zilverkleurige draden die het strakke blauw van de hemel doorsneden – pas vele jaren later zou ik ze thuisbrengen als herfstdraden. Hoewel ongrijpbaar en verward zou die zwakke afschaduwing me toch dierbaar blijven, want ik wist mezelf ervan te overtuigen dat het als het ware om een prenatale herinnering ging. Ja, om een echosignaal dat mijn Franse voorgeslacht me toezond. Omdat ik in een verhaal van mijn grootmoeder alle elementen van deze herinnering weer zou tegenkomen: de herfstzon tijdens haar reis naar de Provence, de geur van de lavendelvelden en zelfs die herfstdraden die in de van geuren verzadigde lucht heen en weer bewogen. Ik zou het nooit gewaagd hebben haar iets over die kinderlijke voorkennis te onthullen.

In de loop van de zomer daarna zagen wij, mijn zuster en ik, onze grootmoeder een keer huilen... Het was voor het eerst in ons leven.

Zij was in onze ogen een soort rechtvaardige en welwillende godin, steeds aan zichzelf gelijk en een volmaakte rust uitstralend. Haar persoonlijke levensgeschiedenis, al lang tot een mythe geworden, plaatste haar boven de smarten van gewone stervelingen. Nee, we zagen geen enkele traan. Alleen maar een van droefenis vervulde samentrekking van haar lippen, lichte trillingen die door haar wangen trokken, een snel knipperen met de ogen...

We zaten op het vloerkleed dat bezaaid lag met verkreukelde papiertjes en gingen helemaal op in een enerverend spel: in de witte 'wikkels' zaten kleine steentjes verpakt die we eruit haalden en met elkaar vergeleken – nu eens was het een scherfje kwarts, dan weer een gladde kiezelsteen die prettig aanvoelde. Op het papiertje stonden namen die wij in onze onwetendheid voor raadselachtige mineralogische aanduidingen gehouden hadden: Fécamp, La Rochelle, Bayonne... In een van de wikkels ontdekten we zelfs een ruw stukje dat op metaal leek en sporen van roest vertoonde. We meenden de naam te lezen van dat vreemde metaal: 'Verdun'... Zo werden meer stukken van deze verzameling aan een nauwkeurig onderzoek onderworpen. Toen onze grootmoeder binnenkwam, had het spel al even een roeriger wending genomen. We maakten ruzie om de mooiste stenen, beproefden hun hardheid door ze tegen elkaar te slaan, waarbij ze soms braken. De stenen die we het lelijkst vonden – zoals de 'Verdun' bijvoorbeeld – werden uit het raam gegooid en kwamen in een bloemperk met dahlia's terecht. Van verscheidene wikkels waren slechts snippers over...

Grootmoeder bleef roerloos boven dit slagveld bezaaid met witte papierresten staan. We keken op. Op dat moment leken haar bedroefde ogen zich met tranen te willen vullen – ze begonnen even te glanzen en de schrik sloeg ons om het hart.

Nee, ze was geen godin aan wie elk lijden voorbijging, onze grootmoeder. Ook zij kon zich dus wel eens onprettig voelen, opeens gekweld worden door verdriet. Ook zij, van wie wij meenden dat zij zich zo bedaard door de rustig voortkabbelende tijd bewoog, kon dus af en toe op het punt staan in huilen uit te barsten!

Vanaf die zomer begon ik met betrekking tot het leven van mijn grootmoeder nieuwe, onverwachte kanten te ontdekken. En vooral veel persoonlijker kanten.

Daarvóór beperkten de sporen van haar verleden zich tot een paar talismans, een paar familierelikwieën, zoals die zijden waaier die me aan een teer esdoornblad deed denken, of zoals het befaamde 'Pont-Neuftasje'. In de familie ging het verhaal dat Charlotte Lemonnier het, toen ze vier jaar was, op de genoemde brug gevonden had. Voor haar moeder uit rennend, was het meisje opeens blijven staan en had uitgeroepen: 'Een tas!' En ruim een halve eeuw daarna kon je die welluidende stem, als een zwakke echo, opnieuw horen in een afgelegen stad midden in het eindeloze Russische land, waar de zon de steppen bescheen. In die tas ook, van varkensleer en met dekplaatjes van blauw email op de sluiting, bewaarde mijn grootmoeder haar vroegere stenenverzameling.

Die oude schoudertas bepaalde een van de eerste herinneringen van mijn grootmoeder en betekende voor ons de oorsprong van de fabelachtige wereld die in haar geheugen huisde: Parijs, Pont-Neuf... Een verbazingwekkend sterrenstelsel in wording waarvan de omtrekken zich voor onze geboeide blik nog slechts vaag aftekenden.

Te midden van deze overblijfselen uit het verleden (ik herinner me de wellust waarmee wij de vergulde en gladde snede streelden van in een roze band gestoken boeken als: *Herinneringen van een poedel*, *De zuster van Simpelmans*...) bevond zich overigens een nog ouder bewijsstuk. Die foto, genomen toen ze al in Siberië waren: Albertine, Norbert en voor hen op een zeer kunstmatige verhoging, zoals altijd als het om het meubilair bij een fotograaf gaat, op een soort heel hoog pronktafeltje – Charlotte, een kind van twee jaar, met een poppejurk aan en een met kant versierd kapje op het hoofd. Deze foto, op dik karton geplakt, vergezeld van de naam van de fotograaf en de afbeeldingen van de medailles die hij had gewonnen, wekte onze nieuwsgierigheid wel heel in het bijzonder: 'Wat kon zij, deze allerliefste vrouw, met dat zuivere en fijne, door zijdeachtige krullen omgeven gezicht, toch gemeen hebben met die oude man wiens witte baard in twee stijve vlechten was verdeeld die nog het meest op de slagtanden van een walrus leken?'

We wisten al dat die oude man, onze overgrootvader, zesentwintig jaar ouder was dan Albertine. 'Het lijkt net of hij met zijn eigen dochter is getrouwd!' zei mijn zuster geërgerd. We vonden deze verbintenis verdacht, ongezond. Al onze schoolboeken stonden vol verhalen over huwelijken tussen een jong meisje zonder bruidsschat en een rijke, gierige oude man die nog wel een groen blaadje lustte. Zodat het ons onmogelijk leek in burgerkringen ook maar enige andere huwelijksverbintenis te sluiten. We probeerden op het gezicht van Norbert een of andere boosaardige en verdorven trek te ontdekken, iets van een nauwelijks verhulde grijns van voldoening. Maar zijn gezicht bleef eerlijkheid en oprechtheid uitstralen, net als dat van de onverschrokken ontdekkingsreizigers op de plaatjes in onze boeken van Jules Verne. Bovendien was die oude man met zijn witte baard in die tijd pas achtenveertig jaar...

Wat Albertine betreft, het veronderstelde slachtoffer van die burgerlijke gewoonten, zij zou spoedig aan de glibberige kant van een open graf staan waar de eerste scheppen aarde al in neerkletterden. Zij zou zich zo krachtig proberen te ontworstelen aan de handen van degenen die haar vasthielden, zulke hartverscheurende kreten slaken dat zelfs de menigte rouwende Russen die zich op het kerkhof in die verre Siberische stad verzameld had, er versteld van zou staan. Hoewel gewend aan de dramatische taferelen die zich in hun vaderland tijdens begrafenissen afspeelden, aan de stromen tranen die er werden gestort, deed de gepijnigde schoonheid van die jonge Française deze mensen ronduit verstijfd staan. Terwijl ze boven het graf wild heen en weer bewoog, schreeuwde ze in haar welluidende taal: 'Gooi mij er ook maar in! Gooi me er maar in!'

Dit vreselijke klaaglied bleef nog lang in onze kinderlijke oren naklinken.

'Misschien dat ze... dat ze dan toch van hem hield...' zei mijn zuster, die ouder was dan ik, op een keer. En ze bloosde.

Maar meer nog dan de ongewone verbintenis tussen Norbert en Albertine, was het Charlotte, op die foto aan het begin van de eeuw, die mijn nieuwsgierigheid wekte. Vooral haar blote teentjes. Door alleen maar een ironische toevalligheid of door een onbedoelde uiting van behaagzucht, had ze die helemaal in de richting van de voetzool omgebogen. Dit onschuldige detail gaf de eigenlijk heel gewone foto een bijzondere betekenis. Omdat ik mijn gedachte niet onder woorden kon brengen, volstond ik ermee met een dromerige stem bij mezelf te herhalen: 'Dat meisje dat, we weten niet waarom, op die voor altijd voorbije zomerdag, die 22e juli 1905, in de verste uithoek van Siberië, op dat grappige pronktafeltje staat. Ja, dat piepkleine Franse meisje dat op die dag haar tweede verjaardag viert, dat kind dat naar de fotograaf kijkt en door een onwillekeurige bevlieging haar onvoorstelbaar kleine tenen kromt en me zo in staat stelt in die dag door te dringen, een vleugje op te vangen van de sfeer, de weersgesteldheid, de kleuren toen...'

Ik sloot mijn ogen, zozeer leek het geheim van deze kinderlijke aanwezigheid mij in zijn verwarrende greep te willen krijgen.

Dat kind was... onze grootmoeder. Ja, zij was het, die vrouw die wij deze avond zagen neerhurken om zwijgend de stukjes steen die over het vloerkleed verspreid lagen op te rapen. Sprakeloos en bedremmeld gingen wij, mijn zuster en ik, met onze rug tegen de muur staan, zonder dat we ook maar een woord ter verontschuldiging durfden mompelen, of onze grootmoeder durfden te helpen die rondslingerende talismans bij elkaar te zoeken. Dat er in haar neergeslagen ogen tranen parelden, konden we slechts vermoeden...

Na ons heiligschennende spel van die avond zagen we tegenover ons niet langer de vriendelijke fee van vroeger, de vertelster van sprookjes over ene Blauwbaard of een schone slaapster, maar een gekwetste en overgevoelige vrouw, ondanks al haar geestkracht. Voor haar was het dat angstige moment waarop de volwassene zich in de kaart laat kijken, zijn zwakheid verraadt, zich in de ogen van het oplettende kind een naakte koning voelt. Op zo'n moment doet hij denken aan een koorddanser die zojuist is misgestapt en, tijdens de paar seconden dat hij zijn evenwicht kwijt is, alleen nog wordt beheerst door de blik van de toeschouwer die zich door die onverwachte macht zelf verlegen voelt...

Ze deed de 'Pont-Neuftas' weer dicht, bracht haar naar haar slaapkamer en riep ons vervolgens aan tafel. Na een stilte begon ze met een gelijkmatige en rustige stem in het Frans te praten, terwijl ze ons intussen op de vertrouwde manier thee inschonk: 'Bij de stenen die jullie hebben weggegooid, zat er één die ik heel graag zou terugvinden...'

En nog steeds op die neutrale toon, nog steeds in het Frans, hoewel we (vanwege de vrienden of de buren die vaak onverwacht kwamen binnenvallen) tijdens de maaltijden meestal Russisch spraken, vertelde ze ons over het defilé van het grote leger en de geschiedenis van het bruine steentje dat met 'Verdun' aangeduid werd. We begrepen nauwelijks wat ze met haar verhaal wilde zeggen – het was vooral de toon die ons in de ban hield. Onze grootmoeder sprak tot ons alsof we volwassenen waren! Het enige dat we eruit konden opmaken, was dat zich een knappe officier met een snor uit de rijen van de zegevierende stoet had losgemaakt, naar een jonge vrouw was toegegaan die in de geestdriftige menigte weggedrukt stond en haar een stukje bruin metaal had aangeboden...

Na het avondeten kamde ik, gewapend met een elektrische lantaarn, tevergeefs het bloemperk met dahlia's voor ons huis uit, de 'Verdun' was niet te vinden. Ik zou het pas de volgende ochtend op de stoep aantreffen – een ijzerhoudend steentje omringd door een paar peuken, flesscherven en half in het zand. Door mijn blik leek het zich duidelijk te onderscheiden van de alledaagse omgeving, als een van een onbekend sterrenstelsel afkomstige meteoriet die bijna was verdwenen tussen de kiezelstenen van een laan...

Zo kregen we een vermoeden van het verborgen verdriet van onze grootmoeder en kwamen we achter het bestaan van die verre Franse geliefde die onze grootvader Fjodor was voorgegaan. Ja, van een zwierige officier in het grote leger, van die man die Charlotte de met 'Verdun' aangeduide ruwe steensplinter in de hand had geduwd. Deze ontdekking bracht ons in verwarring. We voelden ons met onze grootmoeder verbonden via een geheim waar misschien niemand anders in de familie weet van had. Achter de data en verhalen betreffende onze familiegeschiedenis hoorden wij nu het leven opborrelen in al zijn droevige schoonheid.

's Avonds hielden wij onze grootmoeder gezelschap op het balkonnetje van haar flat. Overdekt met bloemen, leek het boven de broeierige nevel van de steppen te zweven. Vlak boven de horizon hing een gloeiendhete koperkleurige zon die even aarzelde, dan snel wegzonk. Aan de hemel begonnen de eerste sterren te flonkeren. Met het avondbriesje stegen krachtige, doordringende geuren tot ons op.

We zwegen. Zolang het nog licht was, bleef onze grootmoeder bezig met het herstellen van een overhemdblouse die op haar knieën uitgespreid lag. Nadat alles zich in een ultramarijne duisternis had gehuld, hief ze het hoofd op, liet haar werk in de steek en begon naar de verre, nevelige vlakte te staren. Aangezien we haar stilzwijgen niet durfden te verbreken, wierpen we haar af en toe vluchtige blikken toe: zou ze ons opnieuw in vertrouwen nemen, nog een geheim onthullen, of, alsof er niets aan de hand was, haar schemerlamp met de turquoise kap gaan halen om ons, zoals vaak tijdens onze lange zomeravonden, weer een paar bladzijden uit Daudet of Jules Verne voor te lezen? Zonder het elkaar te bekennen, wachtten we met ongeduld haar eerste woorden af, haar stem die weer zou beginnen te spreken. In ons wachten – als het wachten van de toeschouwer op de koorddanser – verenigde zich een nogal dwingende nieuwsgierigheid en een vaag gevoel van onbehagen. We hadden het gevoel alsof we die vrouw, daar alleen tegenover ons, in een val wilden lokken.

Toch scheen ze onze gespannen aanwezigheid niet eens op te merken. Haar handen bleven roerloos op haar knieën liggen, haar blik versmolt met de doorzichtigheid van de hemel. Om haar lippen speelde vaag een blije glimlach...

Geleidelijk legden wij ons bij dat stilzwijgen neer. Over de balustrade hangend sperden wij onze ogen wijd open om te proberen zoveel mogelijk hemel te zien. Het leek net of het balkon licht deinde, onder onze voeten wegzakte en begon te zweven. Opeens kwam de horizon dichterbij alsof we er dwars door de nachtwind naartoe schoten.

Boven de streep die hij vormde, zagen we een zwakke schittering – je zou gezegd hebben de glinstering van golfjes aan het oppervlak van een rivier. Ongelovig tuurden we in de duisternis die zich op ons zwevende balkon samenpakte. Ja, ver weg op de steppe glinsterde een groot water waarvan de prikkelende koelte opsteeg en zich verspreidde als na hevige regenbuien. Zijn oppervlak leek geleidelijk lichter te worden – een grauw, winters licht.

Uit deze wonderlijke watermassa zagen wij nu donkere huizenblokken, torenspitsen van kathedralen, palen van straatlantaarns te voorschijn komen – een stad! Als een reusachtig, harmonisch geheel, ondanks het water dat de brede straten overspoelde, zagen wij voor onze ogen een spookstad oprijzen...

Opeens gaven wij er ons rekenschap van dat iemand al een poosje tegen ons praatte. Dat onze grootmoeder tegen ons aan het praten was!

'In die tijd zal ik ongeveer net zo oud geweest zijn als jullie. Het was winter 1910. De Seine was in een ware zee veranderd. De Parijzenaars gebruikten bootjes om zich te verplaatsen. De straten leken net rivieren, de pleinen net grote meren. En wat me nog het meest verbaasde, was de stilte...'

We konden die stilte, alsof in overstroomd Parijs alles sliep, op ons balkon horen. Af en toe geklots van golven als er een bootje voorbijvoer, een gedempte stem aan het eind van een avenue die onder water stond.

Als een mistig Atlantis rees het Frankrijk van onze grootmoeder uit de golven op.

2

'Zelfs de president moest genoegen nemen met koude maaltijden!'

Dat waren de eerste woorden die ons uit de hoofdstad van ons Frankrijk-Atlantis tegemoet klonken. We stelden er ons een eerbiedwaardige grijsaard bij voor – die op zijn gezicht de edele trekken van onze overgrootvader Norbert en de faraonische gewichtigheid van Stalin verenigde – een grijsaard met een witte baard, aan een tafel gezeten bij het troosteloze licht van een kaars.

De mededeling was afkomstig van die man van omstreeks veertig jaar, met een levendige blik en een vastberaden uitdrukking, die te zien was op foto's in de oudste albums van onze grootmoeder. In een bootje langszij de muur van een gebouw, had hij een ladder overeind gezet en klom nu naar een van de ramen op de eerste verdieping. Het was Vincent, een oom van Charlotte, en verslaggever van *l'Excelsior*. Sinds het begin van de zondvloed voer hij zo rond door de straten van de hoofdstad op zoek naar het belangrijkste nieuws van de dag. De koude maaltijden van de president waren ook zo'n nieuwsfeit. En dan was er die verbazingwekkende, vanuit het bootje van Vincent genomen foto die op een vergeeld kranteknipsel voorkwam dat we onder ogen kregen: drie mannen in een gammel vaartuig dat een grote watervlakte oversteekt met huizen aan weerskanten. Een onderschrift legde uit: 'Afgevaardigden op weg naar de zitting van de Nationale Vergadering'...

Vincent klom over de vensterbank en sprong in de armen van zijn zuster Albertine en van Charlotte die tijdens hun verblijf in Parijs bij hem hun toevlucht hadden gezocht... Het tot dan toe stille Atlantis vulde zich met klanken, emoties, woorden. Elke avond gaven de verhalen van onze grootmoeder een nieuw stukje prijs van die door de tijd opgeslokte wereld.

Bovendien was er die verborgen schat. Die koffer vol oude papieren die ons, wanneer wij ons onder het grote bed in de slaapkamer van Charlotte waagden, bang maakte vanwege zijn plompheid. We openden de sloten en tilden het deksel op. Wat een paperassen! Het volwassen leven, met al zijn zorgen en zijn verontrustende ernst, benam ons de adem vanwege zijn muffe geur en het stof dat ervan afsloeg... Hoe was het mogelijk dat onze grootmoeder tussen die oude kranten, die brieven met onvoorstelbare data voor ons ooit de foto terug zou vinden met die drie afgevaardigden in hun bootje?

...De belangstelling voor die journalistieke verslagjes had Charlotte van Vincent overgenomen, die haar er tevens toe had aangezet die vluchtige indrukken van de werkelijkheid uit te knippen en ze te verzamelen. Met de tijd, moet hij gedacht hebben, zouden ze een heel ander reliëf krijgen, net als die door de eeuwen gepatineerde muntstukken.

Op een van die zomeravonden vervuld van de geuren die de wind van de steppen aanvoerde, deden de woorden van een voorbijganger, onder ons balkon, ons uit onze mijmeringen opschrikken.

'Nee, maar ik zweer het je, ze zeiden het op de radio: hij is in de ruimte uitgestapt!'

En een andere stem antwoordde twijfelend, terwijl zij zich verwijderde: 'Je denkt toch niet dat ik gek ben, hè? "In de ruimte uitgestapt..." Maar daarboven is helemaal niets om voor uit te stappen. Het is hetzelfde als uit een vliegtuig springen zonder parachute...'

Deze discussie voerde ons naar de werkelijkheid terug. Rondom ons strekte zich het reusachtige rijk uit dat een bijzondere trots putte uit de verkenning van die grenzeloze hemel boven onze hoofden. Het rijk met zijn geduchte leger, met zijn atoomijsbrekers die de noordpool openreten, met zijn fabrieken die spoedig meer staal zouden produceren dan alle landen op de wereld bij elkaar, met zijn korenvelden die wuifden van de

Zwarte Zee tot de Stille Oceaan... Met die eindeloze steppen.

En op ons balkon een Française die ons vertelde over het bootje dat door een grote overstroomde stad voer en langszij de muur van een gebouw ging liggen... We schudden ons eens door elkaar om weer tot het besef te komen waar we waren. Hier? Daarginds? In onze oren stierf het gefluister van de golven weg.

Nee, het was niet de eerste keer dat we die gespletenheid in ons leven opmerkten. Bij onze grootmoeder logeren betekende al dat je je helemaal ergens anders voelde. Ze liep de binnenplaats over zonder ooit op de bank van de baboesjka's plaats te nemen. Zonder zo'n verzameling oude vrouwen zou een Russische binnenplaats niet denkbaar zijn. Dat belette haar niet hen heel vriendelijk te groeten, te informeren naar de gezondheid van een vrouw die ze al een paar dagen niet meer had gezien en hun een kleine dienst te bewijzen door bijvoorbeeld aan te geven hoe je bij gezouten melkzwammen de wat scherpe smaak kon laten verdwijnen... maar terwijl ze die vriendelijke woorden tot hen richtte, bleef ze staan. En de oude kletstantes op de binnenplaats aanvaardden dat onderscheid. Iedereen begreep dat Charlotte niet een Russische baboesjka was.

Dat betekende niet dat ze gescheiden van de wereld leefde of dat ze er enig maatschappelijk vooroordeel op nahield. Soms werden we 's ochtends vroeg uit onze kinderlijke slaap gewekt door een luide schreeuw die midden op de binnenplaats klonk: 'Kom de melk maar halen!'

Dwars door onze dromen heen herkenden we de stem en vooral de onnavolgbare intonatie van Avdotia, de melkvrouw, die uit een naburig dorp kwam. De huisvrouwen gingen met hun bussen naar beneden waar twee reusachtige aluminium vaten stonden die deze boerin van het ene huis naar het andere sleepte. Op een dag kon ik, wakker geworden door haar geroep, niet meer in slaap komen... Ik hoorde onze voordeur zacht dichtvallen en gedempte stemmen die zich naar de eetkamer verplaatsten. Een ogenblik later fluisterde een ervan in zalige verrukking: ‘Oh, wat is het toch prettig bij jou, Choera! Het is net alsof ik op een wolk lig...’

Nieuwsgierig geworden door die woorden, wierp ik een blik achter het gordijn dat het vertrek van onze slaapkamer scheidde. Avdotia lag languit op de houten vloer, de armen en de benen gespreid, de ogen half gesloten. Haar hele lichaam – van de blote met stof bedekte voeten tot het haar dat uitgespreid op de vloer lag – nam er zijn gemak van om eens goed uit te rusten. Een ontspannen glimlach kleurde de lippen van haar half geopende mond.

‘Wat is het toch prettig bij jou, Choera!’ zei ze nog eens heel zacht, waarbij ze mijn grootmoeder bij die verkleinnaam noemde die de mensen meestal in plaats van haar ongewone voornaam gebruikten.

Ik kon wel raden hoe moe dat midden in de eetkamer neergevallen grote vrouwenlichaam moest zijn. Ik begreep dat Avdotia zich een dergelijke ongedwongenheid alleen maar in de flat van mijn grootmoeder kon veroorloven. Want ze wist dat ze daar niet zou worden afgesnauwd of berispt... Haar inspannende tocht, waarbij ze krom liep onder het gewicht van de reusachtige vaten, was afgelopen. En aangezien alle melk op was, klom ze met stramme benen en zware armen de trap op om bij ‘Choera’ uit te rusten. De altijd schone, kale vloer had nog de aangename koelte van de ochtend. Avdotia kwam binnen, groette mijn grootmoeder, trok haar lompe schoenen uit en ging languit op de grond liggen. ‘Choera’ bracht haar een glas water, ging op een krukje naast haar zitten. En tot Avdotia voldoende moed bijeen had geraapt om weer op weg te gaan, praatten ze zachtjes met elkaar...

Die dag ving ik een paar woorden op van wat mijn grootmoeder tegen de melkvrouw, die in haar uitputting blij was even alles te kunnen vergeten, zei. De vrouwen hadden het over het werk op de velden, de boekweitoogst... En ik was stomverbaasd te horen met hoeveel kennis van zaken Charlotte over dat boerenleven sprak. Maar het meest opvallend was dat haar Russisch, dat altijd heel zuiver, heel verzorgd klonk, volmaakt samenging met de robuuste, ruwe, kleurrijke taal van Avdotia. Hun gesprek ging ook over de oorlog, een onvermijdelijk onderwerp: de man van de melkvrouw was aan het front gesneuveld. Oogsttijd, boekweit, Stalingrad... En 's avonds zou ze ons weer over overstroomd Parijs vertellen, of weer een paar bladzijden uit Hector Malot voorlezen! Ik voelde een ver, duister verleden – een Russisch verleden deze keer – in de diepten van haar vroegere leven ontwaken.

Avdotia stond op, omhelsde mijn grootmoeder en vervolgde haar weg die haar in een steppezonnetje, op een in de oceaan van hoge grassen en bloemen verdrinkende boerenwagen, dwars door de eindeloze velden voerde... Deze keer zag ik haar nadat ze het vertrek verlaten had met haar dikke boerinnevingers, en met een aarzelende trefzekerheid, even het tere beeldje aanraken dat op het ladenkastje naast onze voordeur stond: een nimf met een van water druipend lichaam dat werd omstrengeld door kronkelige stengels, dat beeldje uit het begin van de eeuw, een van de zeldzame, op wonderbaarlijke wijze behouden gebleven pronkstukken van vroeger...

Hoe vreemd het ook mag lijken, dankzij Gavrilytsj, de plaatselijke dronkaard, waren we in staat ons iets voor te stellen bij dat buitengewone elders dat onze grootmoeder in zich meedroeg. Het was een man die men alleen al vreesde om het feit dat hij af en toe plotseling met zijn waggelende gestalte van achter de populieren op de binnenplaats opdook. Een man die de militieleden tartte door met zijn grillige zigzagloop het verkeer in de hoofdstraat te blokkeren, een man die tekeerging tegen de autoriteiten, met zijn donderende vloeken de ruiten deed trillen en de rij baboesjka's van hun bank verjoeg. Welnu, deze zelfde Gavrilytsj bleef als hij mijn grootmoeder tegenkwam staan, probeerde zijn van wodkadampen verzadigde adem in te houden en sprak met duidelijk respect de woorden: 'Goedendag, Charlotte Norbertovna!'

Ja, hij was de enige op de binnenplaats die haar, weliswaar met een licht Russisch accent, bij haar Franse voornaam noemde. Maar sterker nog, hij had dus ook de voornaam van de vader van Charlotte onthouden, al wist niemand meer wanneer of hoe hij die te weten was gekomen, en had er die exotisch klinkende achternaam – 'Norbertovna' – mee gevormd, in zijn mond het toppunt van beleefdheid en voorkomendheid. Zijn wazige ogen werden helderder, zijn reusachtige lichaam vond enigszins zijn evenwicht terug, zijn hoofd maakte een reeks wat ongecoördineerde knikjes en hij dwong zijn in de alcohol geweekte tong deze welluidende acrobatentoer uit te voeren: 'Gaat het goed met u, Charlotte Norbertovna?'

Mijn grootmoeder beantwoordde zijn groet en wisselde zelfs een paar woorden met Gavrilytsj die niet geheel waren ontbloot van opvoedkundige bijbedoelingen. De binnenplaats vertoonde op die momenten een zeer bijzondere aanblik: de baboesjka's, op de vlucht geslagen toen de dronkaard op het toneel verscheen, dromden samen op het bordes van het grote houten huis tegenover ons flatgebouw, de kinderen hielden zich schuil achter de bomen, achter de ramen zag je half nieuwsgierige, half verschrikte gezichten. En in de arena onze grootmoeder die praatte met de getemde dronkaard. Hij was overigens niet gek. Hij had al lang begrepen dat zijn rol zich niet alleen maar beperkte tot dronkaard en schandvlek. Hij beschouwde zich in zekere zin als onmisbaar voor het geestelijke welzijn op de binnenplaats. Gavrilytsj was een persoonlijkheid, een type, een bezienswaardigheid geworden – de spreekbuis van het onvoorspelbare, onberekenbare lot dat de Russische ziel zo bezighield. En dan was daar opeens die Française, met die kalme blik in haar grijze ogen, ondanks haar eenvoudige jurk smaakvol gekleed, tenger en heel anders dan andere vrouwen van haar leeftijd, dan de baboesjka's die hij zojuist van hun stek had verjaagd.

Op een keer, toen hij eens iets anders tegen Charlotte wilde zeggen dan alleen maar goedendag, kuchte hij in zijn dikke vuist en mompelde binnensmonds: 'Hoe is dat nou, Charlotte Norbertovna, u hier zo helemaal alleen op onze steppen...'

Dankzij deze onbeholpen woorden zag ik opeens voor me waar ik tot dat moment nooit eerder bij had stilgestaan: mijn grootmoeder zonder ons, 's winters, alleen in haar kamer.

In Moskou of Leningrad zou alles anders gelopen zijn. In de bonte mengeling van mensen in een grote stad zou het feit dat Charlotte anders was niet eens zijn opgevallen. Maar zij was nu eenmaal in dat kleine Saransk terechtgekomen, een ideaal oord om te wonen als je wilde dat alle dagen hetzelfde waren. Intussen bleef haar voorbije leven intens aanwezig, alsof alles zich pas gisteren had afgespeeld.

Stel u Saransk zo voor: aan de rand van de steppen, verstijfd van verbazing over de eindeloosheid die zich voor haar deuren uitstrekte. Bochtige, stoffige straten die altijd tegen de heuvels omhoogliepen, houten afscheidingen verscholen onder het groen van de tuinen. Zon, dromerige vergezichten. En mensen die plotseling aan het eind van een straat opduiken, eeuwig lijken door te lopen maar je nooit bereiken.

Het huis van mijn grootmoeder stond aan de rand van de stad in de wijk die 'Open plek in het Westen' genoemd werd: die toevalligheid (Westen-Europa-Frankrijk) vonden wij erg vermakelijk. Dit gebouw met drie verdiepingen, opgetrokken in het eerste decennium van deze eeuw had, volgens het plan van een eerzuchtige gouverneur, het begin moeten worden van een brede straat die het stempel zou dragen van de moderne manier van bouwen. Het gebouw was inderdaad een vaag overblijfsel van die mode aan het begin van de eeuw. Het leek net of alle bochten, welvingen en kronkels van deze architectuur rechtstreeks uit hun Europese bron waren weggestroomd en verzwakt, grotendeels onherkenbaar, diep in Rusland terecht waren gekomen. En in de ijskoude steppewind waren deze vloeiende vormen verstard in een gebouw met merkwaardige ovale ramen en decoratieve rietstengels rond de voordeuren...

Het plan van de verlichte gouverneur was niet doorgegaan. De Oktoberrevolutie maakte korte metten met al die decadente neigingen van de bourgeoiskunst. En dit gebouw – een eerste voorproefje van die gedroomde brede straat – was enig in zijn soort gebleven. Na talrijke verbouwingen had het trouwens nog maar een vleugje van zijn oorspronkelijke stijl behouden. Vooral de officiële campagne in de strijd 'tegen architecturale uitwassen' (waarvan wij als heel kleine kinderen getuige waren geweest) had het de genadeslag gegeven. Opeens was alles een 'uitwas': de arbeiders hadden de rietstengels weggehaald, de ovale ramen dichtgemetseld... En omdat er altijd mensen blijken te zijn die hun eigen steentje willen bijdragen (dank zij dat soort mensen slagen dergelijke campagnes pas echt), had de benedenbuurman zich beijverd de meest in het oog springende architecturale overbodigheid van de muur te verwijderen: twee gezichten van knappe bacchanten die aan weerskanten van het balkon van onze grootmoeder droefgeestig tegen elkaar glimlachten. Om dat voor elkaar te krijgen had hij, met een lang stalen werktuig in de hand op de vensterbank van zijn woning staand, zeer gevaarlijke toeren moeten uithalen. De twee gezichten waren een voor een van de muur losgewrikt en naar beneden gevallen. Een ervan was op het asfalt in duizend stukken gebroken, het andere had een andere baan gevolgd en was in het bloemperk met dahlia's terechtgekomen waar de dichte begroeiing zijn val had gebroken. Bij het vallen van de avond hadden we het opgehaald en mee naar huis genomen. Sindsdien keek dat stenen gezicht met zijn droevige glimlach en zijn vriendelijke ogen ons tijdens onze lange zomeravonden op het balkon aan te midden van de bloempotten en leek het mee te luisteren naar de verhalen van Charlotte.

Aan de overkant van de binnenplaats, aan het oog onttrokken door het gebladerte van de linden en de populieren, stond een groot houten huis met twee verdiepingen, in de loop van de tijd pikzwart geworden, met kleine, sombere en weinig vertrouwen wekkende ramen. Dat huis en nog een aantal van dezelfde soort wilde de gouverneur laten verdwijnen om plaats te maken voor de sierlijke helderheid van de moderne manier van bouwen. In dat twee eeuwen oude gebouw woonden de nog helemaal tot de folklore behorende baboesjka's, die rechtstreeks uit een sprookje leken te zijn weggelopen – met hun dikke sjaals, hun doodsbleke gezichten en hun knokige, bijna blauwe handen waarmee ze hun knieën omklemden. Wanneer we dat donkere huis een enkele keer binnengingen, sloeg me altijd meteen een scherpe, zware, maar niet eens helemaal onaangename geur die in de overvolle gangen hing op de keel. Het was de geur van het vroegere leven, duister en heel primitief in zijn manier van omgaan met de dood, kinderen krijgen, liefde en verdriet.

Er hing een soort bedrukte sfeer, terwijl het er toch bruiste van een merkwaardige levenskracht; misschien was het ook de enige sfeer die de bewoners van dit reusachtige sparrehouten huis beviel. De Russische adem... Binnen verbaasden we ons over het aantal en de asymmetrie van de deuren die toegang gaven tot meestal in een rokerig donker gehulde vertrekken. Ik voelde bijna lichamelijk de vleselijke opeenhoping van mensen die hier met elkaar verkeerden. Gavrilytsj woonde in de kelder, die hij deelde met drie gezinnen. Het smalle raam in zijn kamer bevond zich net boven de grond en zodra het voorjaar begon, werd het uitzicht belemmerd door onkruid. De baboesjka's, die een paar meter ervandaan op hun bank zaten, wierpen er af en toe een verontruste blik op – niet zelden zagen ze tussen de stengels door het brede gezicht van de 'schandaalschopper' voor het open raam verschijnen. Het leek net of hij alleen met zijn hoofd boven de grond uitstak. Maar op zulke momenten van overpeinzing hield Gavrilytsj zich altijd rustig. Dan boog hij het hoofd naar achteren alsof hij naar de hemel wilde kijken en door de takken van de populieren heen iets van de schittering van de ondergaande zon wilde opvangen... Op een keer waren we tot de zolder van dat grote, zwarte huis doorgedrongen en duwden we onder het door de zon verwarmde dak een zwaar tuimelraam open. Aan de horizon zette een angstaanjagende brand de steppe in vuur en vlam, waarvan de rook spoedig met de zon zou verdwijnen...

De revolutie had uiteindelijk maar één nieuwigheid in deze rustige hoek van Saransk opgeleverd. De kerk die de binnenplaats aan één kant begrensde, was van haar koepel ontdaan. Ook had men de iconostase weggehaald en op haar plaats een groot, vierkant stuk witte zijde opgehangen – een scherm gemaakt van de gordijnen die in een van de flats van een bourgeois in het 'decadente' gebouw gevorderd waren. Bioscoop De Barricade was klaar om zijn eerste toeschouwers te ontvangen...

Ja, onze grootmoeder was die vrouw die in staat was rustig met Gavrilytsj te praten, de vrouw die zich tegen alle campagnes verzette en die een keer, sprekend over onze bioscoop, met een knipoog tegen ons had gezegd: 'Die onthoofde kerk...' En we hadden ons voorgesteld hoe zich boven het gedrongen gebouw (waarvan het verleden ons onbekend was) de omhoog rijzende omtrekken van een vergulde bolvormige koepel en een kruis hadden verheven.

Veel meer dan haar kleding en haar uiterlijk, waren het deze kleine tekens die ons haar anders zijn onthulden. Wat het Frans betreft, dat beschouwden we eerder als onze eigen gezinstaal. Uiteindelijk heeft elk gezin zijn kleine verbale hebbelijkheden, zijn taaleigenaardigheden en zijn bijnamen die altijd binnenshuis blijven, zijn huiselijke taaltje.

Het beeld dat men van onze grootmoeder had, was samengesteld uit dit soort onschuldige eigenaardigheden – die sommigen origineel, anderen dwaas vonden. Tot de dag waarop we ontdekten dat een met roest bedekt steentje tranen op haar oogwimpers kon doen parelen en dat het Frans, onze huistaal – door haar magische klanken – in staat was aan donkere en woeste wateren een zinsbegoochelende stad te ontrukken die langzaam weer tot leven kwam.

Van een dame van duistere, niet-Russische oorsprong, veranderde Charlotte die avond in een boodschapster uit het door de tijd opgeslokte Atlantis.

3

Neuilly-sur-Seine bestond uit een twaalftal blokhutten. Echte sparrehouten hutjes met daken van dunne latten die door het winterse weer een zilveren kleur hadden gekregen, met ramen in sierlijk bewerkte houten kozijnen, heggen waar wasgoed op te drogen hing. Jonge vrouwen droegen jukken met volle wateremmers waaruit af en toe een paar druppels op de stoffige hoofdstraat spatten. Mannen laadden zware zakken tarwe op een boerenwagen. Met luie traagheid schuifelde een kudde in de richting van de stal. We hoorden het doffe gerinkel van de belletjes, het schorre gekraai van een haan. De lucht was vervuld van de aangename geur van een houtvuur – de geur van het zeer nabije avondmaal.

Want onze grootmoeder had ons een keer, sprekend over haar geboortestad, duidelijk gezegd: 'Oh! Neuilly was in die tijd nog maar een eenvoudig dorp...'

Ze had een Frans dorp bedoeld, maar wij, wij kenden slechts Russische dorpen. En een dorp in Rusland kon niet anders dan een verzameling sparrehouten hutjes zijn – het woord voor dorp zelf, *derevnia*, komt van *derevo* – boom, hout. Het misverstand bleef hardnekkig bestaan, ondanks de nadere informatie die de verhalen van Charlotte later verschaften. Bij de naam 'Neuilly' kwam meteen het beeld boven van een dorp met zijn houten huizen, zijn kudde en zijn haan. En toen Charlotte de volgende zomer met ons voor het eerst over een zekere Marcel Proust sprak, 'tussen twee haakjes, die kon je in Neuilly tennis zien spelen, op de Boulevard Bineau', stelden we ons deze dandy met zijn grote, smachtende ogen (ze had ons een foto van hem laten zien) meteen voor te midden van sparrehouten hutjes!

Zo scheen de Russische werkelijkheid vaak door het tere

patina van onze Franse voorstellingen heen. De president van de republiek ontsnapte op het portret dat wij in onze verbeelding van hem schetsten niet aan enige gelijkenis met Stalin. Neuilly werd bevolkt door kolchozleden. Ook Parijs, dat zich langzaam bevrijdde van de wateroverlast, gaf aanleiding tot een zeer Russische gemoedsaandoening – een kortstondig gevoel van rust na de zoveelste historische natuurramp, een soort vreugde na afloop van een oorlog, na een periode van bloedige onderdrukking die je hebt overleefd. We dwaalden door zijn nog vochtige straten, vol zand en modder. De inwoners stapelden voor hun deuren meubels en kleren op om ze te laten drogen – net als Russen na een winter waarvan ze al waren gaan denken dat die eeuwig zou blijven duren.

Parijs straalde alweer in de zuivere voorjaarslucht waarvan wij intuïtief aanvoelden hoe zij rook – toen de dag kwam waarop een sprookjesachtige stoet rijtuigen getrokken door een met slingers versierde locomotief vaart minderde en stopte aan de rand van de stad, voor het stationsgebouw van Ranelagh.

Een jongeman in een eenvoudig militair uniform stapte uit een van de rijtuigen op de purperen loper die voor hem lag uitgerold. Hij werd vergezeld door een vrouw, eveneens heel jong, in een witte jurk, met een veren boa. Uit een indrukwekkend gezelschap dat onder de overkapping van het station stond, maakte zich een oudere man los, in vol ornaat, met een prachtige snor en een mooie blauwe sjerp over zijn borst, en liep het paar tegemoet. Een aangenaam windje streek zacht langs de orchideeën en de amaranten waarmee de pilaren versierd waren en bracht het toefje veren in beweging op de witte, fluwelen hoed van de jonge vrouw. De beide mannen drukten elkaar de hand...

De heerser van het uit het water opgerezen Atlantis, president Félix Faure, begroette de tsaar van alle Russen Nicolaas II en zijn echtgenote.

Vervolgens leidde het keizerlijke paar, omringd door het

puikje van de republiek, ons door Parijs... Verscheidene jaren later vernamen we het ware tijdstip van dit verheven bezoek: Nicolaas en Alexandra waren niet in het voorjaar van 1910, na de zondvloed, op bezoek geweest, maar in oktober 1896, dat wil zeggen ver voor de wedergeboorte van ons Franse Atlantis. Maar deze werkelijke feiten deden er voor ons weinig toe. Het enige dat voor ons telde, waren de lange verhalen van onze grootmoeder over het verloop van de gebeurtenissen: op een dag, onheuglijk lang geleden, rees Parijs opeens uit het water op, de zon straalde en op hetzelfde moment hoorden we het nog verre geluid van de keizerlijke trein. Deze volgorde van gebeurtenissen kwam ons even logisch voor als de verschijning van Proust te midden van de boeren in Neuilly.

Het balkonnetje van Charlotte zweefde in de hete wind van de vlakte, aan de rand van een slapende stad, afgesneden van de wereld door de stille eeuwigheid van de steppen. Elke avond leek op een wonderbaarlijke alchimistenkolf waarin zich een verbazingwekkende verandering van het verleden voltrok. De onderdelen van dit toverspel waren voor ons even geheimzinnig als de bestanddelen van de steen der wijzen. Charlotte vouwde een oude krant open, bracht die dichter bij de lamp met de turquoise kap en las ons het menu voor van het banket ter ere van de Russische vorsten bij hun aankomst in Cherbourg:

Heldere soep
Gebonden garnalensoep
Ovenschoteltje Pompadour
Loireforel gestoofd in sauternes
Filet van lamsvlees met eekhoorntjesbrood
Kwartels uit de wijngaard op de manier van Lucullus
Mesthoentje Cambacérès uit Le Mans
Vruchtensorbet met Lunel
Punch op z'n Romeins
Gebraden steenpatrijzen en ortolanen gevuld met truffels
Ganzeleverpastei uit Nancy

Salade
Slierasperges met mousselinesaus
IJs Succes
Nagerecht

Hoe waren we ooit in staat die geheimtaal te ontcijferen? *Steenpatrijzen en ortolanen*! *Kwartels uit de wijngaard op de manier van Lucullus*! Onze welwillende grootmoeder probeerde vergelijkingen te trekken met de zeer elementaire voedingsmiddelen die nog in de winkels in Saransk te vinden waren. Verrukt proefden we van die denkbeeldige schotels, waarvan het genoegen nog werd veraangenaamd door de mistige koelte van de oceaan (Cherbourg!), maar we moesten alweer verder achter de tsaar aan.

Net als hij gingen ook wij het Elyséepaleis binnen, raakten ook wij onder de indruk bij het aanschouwen van al die zwarte kostuums die toen hij naderde roerloos in de houding gingen staan – denk je eens in, ruim tweehonderd senatoren en driehonderd afgevaardigden! (Die zich, volgens onze tijdsorde, nog maar een paar dagen daarvoor allemaal in een bootje naar hun vergadering hadden begeven...) In de stem van onze grootmoeder, altijd rustig en wat dromerig, klonk op dat moment even een dramatische trilling door: 'Begrijpen jullie, daar stonden toen twee werelden tegenover elkaar. (Kijk maar naar deze foto. Jammer dat de krant zo lang opgevouwen is gebleven...) Ja, de tsaar, die absolute alleenheerser en de vertegenwoordigers van het Franse volk! De vertegenwoordigers van de democratie...'

De diepere betekenis van deze confrontatie ontging ons. Maar wel merkten we nu te midden van deze vijfhonderd op de tsaar gerichte blikken degenen op die, zonder vijandig te doen, niet in de algemene geestdrift deelden. En die zich dat, vanwege die geheimzinnige 'democratie', ook volstrekt niet konden veroorloven! Deze afwijkende houding ontstelde ons. We gingen nauwkeurig de rijen zwarte kostuums na om de eventuele spelbrekers op te sporen. De president zou ze eruit hebben moeten halen, ze met een duw van het bordes van het Elysée af hebben moeten gooien!

De volgende avond werd op het balkon de lamp van onze grootmoeder opnieuw aangestoken. We zagen dat ze een paar krantepagina's in haar handen hield die ze zojuist uit de Siberische koffer had gehaald. Ze begon te vertellen, langzaam maakte het balkon zich van de muur los en zweefde weg, het geurige donker van de steppe tegemoet...

...Nicolaas zat aan de tafel voor eregasten die met passementwerk was versierd dat bestond uit prachtige slingers van mediolla. Hij luisterde nu eens naar een vriendelijk verhaal van mevrouw Faure die rechts van hem zat, dan weer naar de fluwelige bariton van de president die het woord tot de keizerin richtte. Het glinsterende kristal en het spiegelende massieve zilver verblindde de tafelgenoten... Bij het nagerecht stond de president nog eens op, hief zijn glas en sprak de woorden: 'De aanwezigheid van Uwe Majesteit in ons midden heeft, met algemene goedkeuring van een heel volk, de banden verstevigd die beide landen verenigen in een streven naar harmonieuze samenwerking en een wederzijds vertrouwen in hun toekomst. De band tussen een machtig keizerrijk en een hardwerkende republiek... Versterkt door een trouw waar men op kan rekenen... In naam van de hele natie zeg ik Uwe Majesteit opnieuw... Op de grootheid van zijn macht... Op het geluk van Hare Majesteit de Keizerin... Ik hef mijn glas ter ere van Zijne Majesteit Keizer Nicolaas en Hare Majesteit Alexandra Federovna.'

Het orkest van de republikeinse garde hief het Russische volkslied aan... Het hoogtepunt werd gevormd door het grand gala 's avonds in de Opera.

Voorafgegaan door twee fakkeldragers, besteeg het keizerlijke paar de trap. Het leek net of ze voortschreden dwars door een levende waterval: witte rondingen van vrouwelijke schouders, op boezems ontloken bloemen, verrukkelijk geurende kapsels, op naakte huiden glinsterende juwelen, dat alles tegen een achtergrond van uniformen en rokkostuums. De krachtige uitroep 'Leve de Keizer!' tilde met zijn echo het statige plafond op en deed het versmelten met de hemel... Toen aan het eind van het schouwspel het orkest de *Marseillaise* inzette, draaide de tsaar zich om naar de president en reikte hem de hand.

Mijn grootmoeder deed de lamp uit en we bleven nog een paar minuten in het donker zitten. Net lang genoeg om alle vliegjes die onder de lampekap hun fel verlichte dood zochten te laten wegvliegen. Geleidelijk begonnen onze ogen weer aan de duisternis te wennen. De sterren vormden zich weer tot sterrenbeelden. De melkweg zoog zich vol met fosfor. En in een hoek van ons balkon, tussen de wirwar van lathyrusstengels, wierp de onttroonde bacchante ons haar stenen glimlach toe.

Charlotte bleef in de deuropening staan en zuchtte zacht: 'Weten jullie wel dat die *Marseillaise* eigenlijk niets anders dan een militaire mars was. Een beetje zoals de Russische revolutionaire liederen. In zulke perioden is niemand meer bang voor bloed...'

Ze liep naar binnen en vanuit de kamer hoorden we vervolgens deze verzen komen die zij halfluid opzei alsof het een vreemde, oude litanie was: '*...het bebloede vaandel staat rechtop... Mogen de voren onzer akkers doordrenkt worden van onrein bloed...*'

We wachtten tot de echo van deze woorden was weggestorven in de duisternis, daarna riepen we als uit één mond: 'En Nicolaas? En de tsaar? Wist die waar het lied over ging?'

Frankrijk-Atlantis trad aan het licht als een gamma van klanken, kleuren en geuren. Onze gidsen volgend, ontdekten wij de verschillende aspecten die dat geheimzinnige Franse wezen vertoonde.

Het Elysée verscheen in de pracht van de luchters en de fonkeling van de spiegels. De Opera fascineerde door de naaktheid van de vrouwelijke schouders, bedwelmde ons door de geur die de schitterende kapsels uitwasemden. De Notre-Dame werd voor ons een gewaarwording van koude steen onder een onstuimige hemel. Ja, we raakten die ruwe, poreuze muren bijna aan – een reusachtig rotsblok dat, zo hadden wij de indruk, vorm had gekregen door een geniaal proces van eeuwenlange erosie...

Deze waarneembare kanten bepaalden de nog vage omtrekken van de Franse wereld. Dit uit het water opgerezen continent vulde zich geleidelijk met dingen en mensen. De keizerin knielde neer op een raadselachtige 'bidstoel' die voor ons geen enkele bekende werkelijkheid opriep. 'Dat is een soort stoel met afgezaagde poten', legde Charlotte uit en het beeld van een verminkt meubelstuk maakte ons sprakeloos. Net als Nicolaas onderdrukten wij de neiging die purperen, met goud bestikte mantel aan te raken die Napoleon op de dag van zijn kroning had gedragen. We hadden behoefte aan die heiligschennende aanraking. Het ontbrak de wereld in wording nog aan stoffelijkheid. In de Sainte-Chapelle wekte het ruwe oppervlak van een oud document hetzelfde verlangen op – Charlotte vertelde ons dat die lange letters duizend jaar geleden met de hand geschreven waren door een Franse koningin – en nog wel een Russische vrouw, Anna Jaroslavna, de echtgenote van Hendrik I.

Maar het opwindendst was dat we Atlantis als het ware voor onze ogen gebouwd zagen worden. Nicolaas pakte een gouden troffel en spreidde mortel over een groot blok graniet uit – de eerste steen van de Pont Alexandre III... En hij gaf de troffel over aan Félix Faure: 'Aan u, meneer de president!' En de wind die in zijn vrije spel het water van de Seine deed rimpelen, voerde de woorden mee die de minister van Handel luid uitsprak om boven het lawaai van de klapperende vlaggen uit te komen: 'Sire! Frankrijk heeft een van de grote monumenten in haar hoofdstad aan de nagedachtenis van Uw Verheven Vader willen wijden. In naam van de regering van de Republiek verzoek ik Uwe Keizerlijke Majesteit dit eerbewijs te bekrachtigen door, samen met de president van de Republiek, de eerste steen te leggen voor de Pont Alexandre III die Parijs met de Wereldtentoonstelling van 1900 zal verbinden, en het grote beschavings- en vredesbouwwerk dat wij inwijden aldus te verzekeren van de hooggeachte goedkeuring van Uwe Majesteit en de genadige bescherming van de Keizerin.'

Nauwelijks had de president twee symbolische schepjes mortel op het granieten blok gesmeerd of er gebeurde iets ongelooflijks. Iemand die niet tot het keizerlijke gevolg en ook niet tot de groep Franse hoogwaardigheidsbekleders behoorde, ging voor het vorstelijke paar staan, sprak de tsaar met je aan en kuste op zeer wereldse wijze vaardig de hand van de tsarina! Stomverbaasd over zoveel vrijpostigheid, hielden we onze adem in...

Geleidelijk werd de situatie duidelijk. Naarmate de woorden van de opdringerige persoon beter tot ons doordrongen, dichtten zij het gat in de tijd en in onze kennis van het Frans. Zenuwachtig probeerden we er nog iets van op te vangen:

O keizerlijke zoon van Alexander Drie!
Het is in Godentaal dat ik je welkom heet,
Sprekend in Frankrijks naam, is het slechts mij, poëet,
Veroorloofd dat ik vorsten als gelijken zie.

We slaakten een 'oef' van opluchting. De onbeschaamde rare snuiter was niemand anders dan de dichter van wie Charlotte ons de naam noemde: José Maria de Heredia!

Ook U, Mevrouw, die naast hem op dit grootse feest
Uw schoonheid stralen laat, in alle lieflijkheid,
Groet ik, en ik verzeker Uwe Majesteit:
Uw luister moet het werk van goden zijn geweest!

Het ritme van de coupletten bedwelmde ons. De rijmklanken lieten in onze oren feestelijke verbintenissen ontstaan tussen heel verschillende woorden: stroom-droom, goud-eeuwenoud... Wij voelden dat die verbale kunstgrepen al helemaal het exotische karakter van ons Franse Atlantis weergaven:

Dit is Parijs! Hoor hoe men alom voor u juicht.
Uit elk paleis en elke woning hangt de vlag.
De driekleur maakt ons één, want heden is de dag
Waarop men onze beide landen eer betuigt...

Onder de populieren, langs de Seinekaden
Is ieder in de ban van uw aanwezigheid.
Het opgetogen volk, vervuld van dankbaarheid,
Wil u vooral met huldeblijken overladen!

Thans hopen wij dat er een nieuwe tijd begint
Van vrede, want zoals het vroeger is gegaan
Wenst niemand meer, dus pogen wij een brug te slaan
Die in de toekomst onze volkeren verbindt...

Wij bouwen hier een brug, noemen die naar je vader,
Aldus merk je hoe Frankrijk Alexander eert
Laat jij nu blijken hoe je Fransen respecteert
Want ongetwijfeld brengt dat onze harten nader.

Wees menselijk en sterk, zoals je vader was.
Laat je geduchte zwaard maar liever in de schede
En toon je als een eerzaam strijder voor de vrede,
Tsaar, jij draait met je hand de aarde om haar as.

Dat keizerlijk gebaar houdt haar in evenwicht,
Nooit wordt jouw sterke arm de zware arbeid moe,
Daarom viel jou zowel een Rijk als liefde toe
En geeft een vrij volk nu jouw roem en macht gewicht.

'En geeft een vrij volk nu jouw roem en macht gewicht', deze woorden die in de stroom klankrijke verzen bijna aan onze aandacht ontsnapt waren, troffen ons. De Fransen, een vrij volk... Nu begrepen we waarom de dichter het gewaagd had de leider van het machtigste rijk op aarde van advies te dienen. En waarom het een eer was in de gunst te staan bij vrije burgers. Deze vrijheid kwam ons die avond, in de oververhitte lucht van de nachtelijke steppen, voor als een felle en koele windvlaag die de Seine onrustig maakte en onze longen met een bedwelmende en wat vreemdsoortige lucht vulde...

Pas later zou het valse pathos van deze verzen tot ons doordringen. Maar op het moment zelf belette hun gezwollenheid, die bij de gelegenheid hoorde, ons niet in de coupletten van het gedicht dat 'typisch Franse' op te merken waar wij toen nog geen woorden voor konden vinden. De Franse geest? De Franse beleefdheid? We wisten het nog niet te benoemen.

Intussen draaide de dichter zich om naar de Seine en wees met zijn hand naar de Dôme des Invalides op de andere oever. Zijn berijmde toespraak kwam op een zeer pijnlijk punt in het Frans-Russische verleden: Napoleon, brandend Moskou, Berezina... Angstig, op onze lippen bijtend, hielden we bij deze uiterst hachelijke passage zijn stem in de gaten. Zijn gezicht verstrakte. Alexandra sloeg de ogen neer. Was het niet beter geweest er stilzwijgend aan voorbij te gaan, te doen alsof er niets gebeurd was en van Peter de Grote meteen over te stappen op de Entente Cordiale?

Maar Heredia scheen zelfs zijn stem te verheffen:

Zie gindse Koepel die hoog glinstert in de zon
Waar helden rusten uit sinds lang vervlogen tijd
Toen Rus en Fransman bloed vergoten in een strijd
Die toch reeds hoop deed rijzen aan de horizon.

Verbijsterd bleven we ons steeds dit afvragen: 'Waarom hebben wij zo'n hekel aan de Duitsers dat wij ons de Teutoonse agressie van zeven eeuwen geleden, tijdens de heerschappij van Alexandre Nevski, nog net zo goed herinneren als de laatste oorlog?

Waarom zijn we niet in staat ooit het machtsmisbruik te vergeten van de Poolse en Zweedse indringers, drie en een halve eeuw geleden? En dan hebben we het nog niet eens over de Tataren... En waarom heeft de verschrikkelijke ramp van 1812 in de Russische hoofden de reputatie van de Fransen niet aangetast? Misschien juist vanwege wat in zulke bloemrijke woorden "die toch reeds hoop deed rijzen" heette?'

Maar dat 'typische Franse' trad vooral naar voren waar het de aanwezigheid van het vrouwelijke element betrof. Alexandra, die overal bij was en op wier persoon zich onopvallend de aandacht concentreerde, werd in alle toespraken weliswaar veel minder hoogdravend begroet dan haar echtgenoot, maar wel steeds zeer hoffelijk. En zelfs binnen de muren van de Académie Française, waar de geur van de oude meubels en de dikke stoffige boeken ons verstikte, maakte dat 'typische' het voor haar mogelijk vrouw te blijven. Ja, dat was ze zelfs te midden van die grijsaards, die wij meteen inschatten als knorrig, schoolmeesterachtig en een beetje doof door het haar dat uit hun oren groeide. Een van hen, de directeur, stond op en verklaarde met een zuur gezicht de zitting voor geopend. Daarna zweeg hij als om zijn gedachten te ordenen die, daar waren we van overtuigd, alle toehoorders spoedig zouden doen voelen hoe hard hun houten stoelen waren. De geur van stof werd intenser. Plotseling hief de oude directeur het hoofd op – er schoot een vonkje boosaardigheid uit zijn blik en hij sprak: 'Sire, mevrouw! Bijna tweehonderd jaar geleden verscheen op een dag, onverwacht, Peter de Grote op de plek waar de leden van de Académie bijeen waren en begon deel te nemen aan hun werkzaamheden... Uwe Majesteit doet heden nog meer: hij stapelt eerbetoon op eerbetoon door niet alleen te komen (zich tot de Keizerin wendend): uw aanwezigheid, mevrouw, zal onze ernstige vergaderingen iets zeer ongewoons schenken... Bekoring.'

Nicolaas en Alexandra wierpen elkaar een snelle blik toe. En alsof de spreker gevoeld had dat het tijd was tot de kern van de zaak te komen, liet hij zijn stem nog meer galmen en vroeg zich op zeer retorische wijze af: 'Moge het me vergund zijn het te zeggen? Dit blijk van sympathie is niet alleen bedoeld voor de Académie, maar ook voor onze nationale taal... die voor u geen vreemde taal is, en men voelt dat daaruit een verlangen spreekt kennis te nemen van de Franse smaak en geest...'

'Onze taal'! Over de bladzijden heen die onze grootmoeder voorlas, keken wij, mijn zuster en ik, elkaar aan met plotseling hetzelfde verrukkelijke beeld voor ogen: '...die voor u geen vreemde taal is'. Dat was dus de sleutel tot ons Atlantis! De taal, dat geheimzinnige instrument, onzichtbaar en alomtegenwoordig, dat in zijn welluidende hoedanigheid tot in alle uithoeken van de wereld kwam die wij bezig waren te verkennen. Die taal die mensen een gestalte, voorwerpen een vorm gaf, die als vloeiende verzen klonk, in door mensenmassa's overspoelde straten schalde, een jonge, van heel ver gekomen tsarina deed glimlachen... Maar vooral, die als een wonderbaarlijke entloot in onze harten groeide, al met bladeren en bloemen getooid was, in zich de vrucht van een hele beschaving droeg. Ja, die entloot, het Frans.

En dankzij deze ontloken tak in ons betraden wij 's avonds de loge in de Comédie-Française die in gereedheid was gebracht om het keizerlijke paar te ontvangen. We vouwden het programma open: *Un caprice* van Musset, fragmenten van *Le Cid*, het derde bedrijf van *Les femmes savantes*. In die tijd hadden we van dat alles nog niets gelezen. Een kleine verandering van timbre in de stem van Charlotte wees ons op het belang van deze namen voor de inwoners van Atlantis.

Het doek ging op. Het hele toneelgezelschap stond in ceremoniële mantels op het toneel. Het oudste lid stapte naar voren, maakte een buiging en begon te spreken in een taal die wij niet meteen herkenden:

Ik ken een land zo mooi en zo reusachtig groot
Dat men zou denken dat het echt geen grenzen heeft.

Was het verleden al niet van belang ontbloot,
Wie weet wat het straks in de toekomst nog beleeft.

Door velden, 's zomers geel, en 's winters parelwit
Marcheren onvervaard aanvoerders en soldaten.
Zij zijn de zonen van dit groots en rijk bezit
Waarvan de gouden oogst hun enkel nog zal baten!

Voor het eerst van mijn leven bekeek ik mijn land van buitenaf, vanuit de verte, alsof ik er geen deel meer van uitmaakte. Verplaatst naar een grote Europese hoofdstad draaide ik me om om naar de reusachtige tarwevelden en de besneeuwde vlakten te kijken die in het maanlicht lagen. Ik zag Rusland door een Franse bril! Ik was elders. Ergens buiten mijn Russische leven. En deze scheiding deed zo fel pijn en was tegelijkertijd zo opwindend dat ik mijn ogen moest sluiten. Ik werd bang dat ik niet meer naar mezelf zou kunnen terugkeren, dat ik in die Parijse avond opgesloten zou blijven. Terwijl ik mijn ogen samenkneep, haalde ik diep adem. Pas toen voelde ik de warme wind van de nachtelijke steppe weer in me waaien.

Die dag besloot ik Charlotte haar toverkracht af te nemen. Ik wilde haar vóór blijven, eerder in de stad in feeststemming zijn dan zij, me bij het gevolg van de tsaar aansluiten zonder de hypnotiserende lichtkring rond de turquoise lampekap af te wachten.

Het was een rustige, grijze dag – een kleurloze en naargeestige zomerdag, een van die dagen die je, hoe verbazingwekkend ook, toch blijft onthouden. De lucht, die naar vochtige aarde rook, deed de witte vitrage voor het open raam opbollen – de stof bewoog, leek volume te krijgen en viel weer terug, alsof een onzichtbaar wezen het vertrek had betreden.

Blij alleen te zijn, begon ik mijn plan uit te voeren. Ik trok de Siberische koffer op het vloerkleed naast het bed. De sluitingen lieten die zachte klik horen waar wij elke avond op wachtten. Ik gooide het grote deksel terug en boog me als een zeerover over die oude papieren – alsof het een kluis met een schat was...

Bovenop lagen bepaalde foto's die ik herkende, ik zag de tsaar en de tsarina weer voor het Panthéon, daarna langs de oever van de Seine. Nee, wat ik zocht zat dieper, in die compacte massa die zwart zag van de drukletters. Als een archeoloog legde ik de ene na de andere laag bloot. Nicolaas en Alexandra vertoonden zich op plekken die mij onbekend waren. Nog een laag, en ik verloor ze uit het oog. Vervolgens ontdekte ik pantserkruisers op een spiegelgladde zee, vliegtuigen met belachelijke, korte vleugels, soldaten in loopgraven. In een poging sporen van het keizerlijke paar terug te vinden, graaide ik nu in het wilde weg, gooide ik die hele verzameling knipsels door elkaar. Even verscheen de tsaar opnieuw, te paard, met een icoon in zijn handen, voor een rij geknielde infanteriesoldaten... Zijn gezicht kwam me ouder, somber voor. Ik wilde hem opnieuw jong zien, vergezeld van de knappe Alexandra, toegejuicht door de menigte, verheerlijkt in geestdriftige verzen.

Helemaal onderin de koffer vond ik zijn sporen ten slotte terug. De titel in grote letters sloot elk misverstand uit: 'Ere zij Rusland!' Ik vouwde de bladzijde op mijn knieën open, net zoals Charlotte deed, en begon halfluid moeizaam de volgende dichtregels te lezen:

Grote God! Welk een gunstig bericht,
Welk een vreugde in ons aller hart.
Ja, de burcht is te gronde gericht
Waar de slaaf vroeger kreunde van smart!
Heel een volk krijgt opeens weer de geest
En draagt fier, het hoofd recht, de flambouw!
Vriend, is dit niet de dag voor een feest?
Hijs de vlag op elk waardig gebouw!

Pas toen ik bij het refrein kwam hield ik, verscheurd door twijfel, op: 'Ere zij Rusland'? Maar waar waren opeens die gele velden, die parelwitte sneeuw gebleven? Dit groots en rijk bezit? En wat deed die slaaf hier die kreunde van smart? En wie was die tiran wiens val men vierde?

Verward begon ik het refrein voor te dragen:

Gegroet, o wees gegroet,
Volk en soldaten van ons land!
Gegroet, o wees gegroet,
U redt uw Russisch vaderland!
En ook de Doema zij gegroet
Want morgen zal zij, soeverein,
Uw boeien slaken en voorgoed
Zult u vrij en gelukkig zijn.

Opeens viel mijn blik op de grote letters boven het gedicht:

TROONSAFSTAND VAN NICOLAAS II. REVOLUTIE: HET RUSSISCHE 89. RUSLAND ONTDEKT DE VRIJHEID. KERENSKI – DE RUSSISCHE DANTON. INNEMING VAN DE PETER-PAULVESTING, DIE RUSSISCHE BASTILLE. EINDE VAN HET AUTOCRATISCHE REGIME...

Het merendeel van deze woorden zei me niets. De hoofdzaak begreep ik echter: Nicolaas was niet langer tsaar, en het bericht van zijn val veroorzaakte bij degenen die hem gisteravond nog toejuichten en een lange en voorspoedige regeerperiode toewensten, een uitbarsting van uitzinnige vreugde. Niettemin kon ik me heel goed de stem van Heredia herinneren waarvan de echo nog op ons balkon nagalmde:

Ja, hij, jouw vader, sloot een broederlijk verbond
En hoopte Rusland zo met Frankrijk te verzoenen.
In beide landen zijn er heden, Tsaar, miljoenen
Die jou en ook je vader roemen uit één mond!

Een zo plotselinge ommekeer vond ik onbegrijpelijk. Ik kon me een zo laag verraad niet voorstellen. Vooral van de kant van een president van de republiek!

De voordeur klapte dicht. Ik raapte haastig alle papieren bij elkaar, deed de koffer weer dicht en duwde hem onder het bed.

Omdat het regende deed Charlotte die avond haar lamp binnen aan. We gingen naast haar zitten zoals we gewoonlijk op het balkon deden. Ik luisterde naar haar verhaal: Nicolaas en Alexandra applaudisseerden voor *Le Cid*... Ontgoocheld hield ik met een droeve blik hun gezichten in de gaten. Ik had immers al een glimp van de toekomst opgevangen. Deze kennis drukte zwaar op mijn kinderhart.

'Waar is de waarheid?' vroeg ik me af terwijl ik verstrooid het verhaal volgde (de vorsten staan op, het publiek wendt zich tot hen voor een ovatie). 'Deze toeschouwers zullen hen spoedig vervloeken. En er zal niets van die paar sprookjesachtige dagen overblijven! Niets...'

Hoewel ik er dus toe veroordeeld was dit einde al van tevoren te kennen, kwam het me opeens zo absurd en zo onrechtvaardig voor, vooral omdat het feest in volle gang was, te midden van de lichtjes in de Comédie-Française – dat ik in snikken uitbarstte, mijn krukje wegduwde en naar de keuken vluchtte. Nog nooit had ik zo overvloedig gehuild. Ik duwde driftig de handen van mijn zuster weg die me probeerde te troosten. (Ik nam het haar heel erg kwalijk, terwijl ze nog van niets wist!) Door mijn tranen heen slaakte ik wanhopige kreten: 'Alles is vals! Verraders, verraders! Die leugenaar met zijn snor... En dat noemen ze een president! Leugens...'

Ik weet niet of Charlotte de reden van mijn droefheid doorhad (waarschijnlijk had ze de wanorde opgemerkt die mijn gesnuffel in de Siberische koffer teweeggebracht had, misschien had ze dezelfde noodlottige bladzijde teruggevonden). Hoe dan ook, getroffen door die onverwachte huilbui kwam ze op mijn bed zitten, luisterde even naar mijn hortende zuchten, vond vervolgens in het donker mijn hand en drukte er een ruw steentje in. Ik sloot het in mijn vuist. Zonder mijn ogen te openen, herkende ik toen ik het voelde de 'Verdun'. Vanaf dat moment was het van mij.

4

Aan het eind van de vakantie lieten we onze grootmoeder weer alleen. Atlantis verdween daarmee achter de herfstnevels en de eerste sneeuwstormen – achter ons Russische leven.

Want de stad waarnaar wij terugkeerden had niets met het stille Saransk gemeen. Deze stad strekte zich uit langs de beide oevers van de Wolga en met haar anderhalf miljoen inwoners, haar wapenfabrieken, haar brede straten met grote gebouwen in stalinistische stijl, belichaamde zij de macht van het rijk. Een reusachtige waterkrachtcentrale stroomafwaarts, een metro in aanbouw, een enorme rivierhaven benadrukte in aller ogen het beeld van onze landgenoot – dat hem liet zien als een overwinnaar van de natuurkrachten, iemand die leefde in naam van een stralende toekomst, die zich in zijn voortvarende ijver nauwelijks iets gelegen liet liggen aan de belachelijke overblijfselen van het verleden. Bovendien was onze stad, vanwege haar fabrieken, verboden voor buitenlanders... Ja, het was een stad waar men de polsslag van het rijk voelde.

Zodra wij terug waren, begon dit ritme ons handelen en denken te bepalen. Wij werden één met de sneeuwwitte adem van ons vaderland.

De Franse entloot belette ons niet, noch mijn zuster noch mijzelf, een leven te leiden dat gelijk was aan dat van onze kameraden: het Russisch werd weer de gangbare taal, de school perste ons in het keurslijf dat van ons jonge modelsovjets zou maken, paramilitaire spelletjes maakten ons vertrouwd met de geur van kruit, de ontploffingen van oefengranaten, het idee van die westerse vijand die ooit bestreden zou moeten worden.

De avonden op het balkon van onze grootmoeder waren, zo kwam het ons voor, nog slechts een kinderdroom. En wanneer de leraar ons tijdens onze geschiedenislessen vertelde over 'Nicolaas II, die door het volk Nicolaas de Bloeddorstige werd genoemd', legden we geen enkel verband tussen die mythische beul en de jonge monarch die voor *Le Cid* applaudisseerde. Nee, dat waren twee mannen die elkaar niet kenden.

Toch vielen ze op een keer, eerder bij toeval, in mijn hoofd samen: zonder dat me erom gevraagd was, begon ik over Nicolaas en Alexandra, over hun bezoek aan Parijs te vertellen. Mijn betoog kwam zo onverwacht en de biografische details waren zo overvloedig dat de leraar er versteld van stond. Er ging een hoongelach van stomme verbazing door de klas: de leerlingen wisten niet of ze mijn verhaal als een provocatieve daad of alleen maar als een vlaag van verstandsverbijstering moesten opvatten. Maar reeds nam de leraar de touwtjes weer in handen en prentte ons nog eens goed in: 'De tsaar was verantwoordelijk voor het vreselijke treffen op het slagveld van Khodynka – duizenden mensen afgemaakt. Hij gaf opdracht het vuur te openen tijdens de vreedzame demonstratie op 9 januari 1905 – honderden slachtoffers. Zijn bewind maakte zich schuldig aan de slachtingen op de rivier de Lena – 102 mensen gedood! Het is overigens geen toeval dat de grote Lenin hieraan zijn naam ontleende – hij wilde tot en met zijn schuilnaam de misdaden van het tsarisme aan de kaak stellen!

Wat het meest indruk op me maakte, was echter niet de heftige toon van deze scherpe aanval. Maar een verwarrende vraag die tijdens het speelkwartier door mijn hoofd speelde, terwijl de andere leerlingen me met hatelijkheden bestookten ('Kijk nou eens! Hij draagt een kroon, die tsaar!' riep er één en trok aan mijn haar). Deze vraag was schijnbaar heel eenvoudig: 'Ja, ik weet het, het was een bloeddorstige tiran, dat staat in ons geschiedenisboek. Maar hoe zit het dan met die koele, naar de zee ruikende wind die over de Seine blies, met de klankrijkheid van die verzen die door deze wind werden meegevoerd, met het gekras van die gouden troffel op het graniet – hoe zit het dan met die lang vervlogen dag? Want ik voel nog helemaal de sfeer ervan!'

Nee, het ging er voor mij niet om Nicolaas II in ere te herstellen. Ik had vertrouwen in mijn geschiedenisboek en in mijn leraar. Maar die lang vervlogen dag, die wind, die stralende zon? Deze onsamenhangende overpeinzingen – half gedachten, half beelden – brachten me in de war. Terwijl ik mijn lachende kameraden die zich aan me vastklampten en me doof maakten met hun spotternijen van me af duwde, was ik opeens vreselijk jaloers op hen: 'Wat is het prettig niet die dag dat het zo hard woei, dat zo compacte en schijnbaar zo nutteloze verleden met je mee te dragen. Ja, maar één kijk op het leven te hebben. Niet te zien zoals ik zie...'

Deze laatste gedachte kwam me zo ongewoon voor dat ik ophield de aanvallen van mijn spottende klasgenoten af te weren en me omdraaide naar het raam waarachter zich de besneeuwde stad uitstrekte. Ik zag de dingen dus anders! Was dat een voordeel? Of een nadeel, een gebrek? Ik wist het gewoon niet. Ik meende deze dubbele kijk te kunnen verklaren door de twee talen die ik kende naast elkaar te leggen: want als ik in het Russisch 'ЦАРЬ' zei, rees er een wrede tiran voor me op; terwijl het woord 'tsaar' in het Frans meteen associaties opriep met licht, geluiden, wind, fonkelende luchters, blote vrouwelijke schouders die glansden, een mengeling van geuren – met dat unieke voorkomen van ons Atlantis. Ik begreep dat ik die tweede kijk op de dingen verborgen moest houden, want het zou anderen waarschijnlijk slechts aanzetten tot spotternijen.

Later kwam die verborgen betekenis van de woorden nog eens naar voren in een even tragikomische situatie als tijdens onze geschiedenisles.

Ik stond in een eindeloze rij die als een slinger in de directe omgeving van een levensmiddelenwinkel stond opgesteld en die zich ook binnen nog voortzette. Het ging waarschijnlijk om een voedingsmiddel dat 's winters moeilijk te krijgen was – sinaasappels of eenvoudigweg appels, ik kan het me niet eens meer herinneren. Ik was de belangrijkste psychologische grens van dat wachten al gepasseerd – de winkeldeur waarvoor tientallen mensen nog steeds in een modderige sneeuw stonden te trappelen. Op dat moment kwam mijn zuster aanzetten om zich bij mij aan te sluiten: met z'n tweeën hadden we recht op de dubbele hoeveelheid van het gerantsoeneerde artikel.

We begrepen niet wat plotseling de woede van de menigte wekte. De mensen achter ons dachten waarschijnlijk dat mijn zuster wilde voordringen zonder eerst in de rij te gaan staan – een onvergeeflijke misdaad! Er barstte een nijdig geschreeuw los, de lange slang trok zich samen, we zagen dreigende gezichten om ons heen. We probeerden allebei uit te leggen dat we broer en zuster waren. Maar een menigte geeft nooit haar ongelijk toe. Degenen die nog niet binnen waren, de meest verbitterden, hieven een verontwaardigd gebrul aan, zonder precies te weten tegen wie. En aangezien elke beroering zich in een mensenmassa op een absurde manier versterkt, werd ik zonder pardon verdreven. De slang schoof in elkaar, de stramme schouders sloten zich aaneen. Een duw, en ik stond buiten de rij, naast mijn zuster, tegenover de opeengepakte massa nijdige gezichten. Ik probeerde mijn plaats te heroveren, maar hun ellebogen vormden een keten van schilden. Verwilderd, met trillende lippen keek ik rond, tot ik de blik van mijn zuster ontmoette. Onbewust drong het tot me door dat wij buitengewoon kwetsbaar waren, zij en ik. Twee jaar ouder dan ik, zou ze binnenkort vijftien worden en ze had dus nog niet één troef die ze, als ze al een jonge vrouw geweest was, had kunnen uitspelen, maar ze kon ook geen aanspraak meer maken op de voorrechten van de kindertijd die deze ongevoelige menigte misschien zouden hebben vertederd. Voor mij gold hetzelfde: met mijn twaalfeneenhalf jaar kon ik onmogelijk net zoveel indruk maken als die jonge veertien- of vijftienjarige knapen die met hun onbezonnen pubergedrag soms wel heel agressief uit de hoek kunnen komen.

We slopen langs de wachtende rij in de hoop dat men ons dan tenminste een paar meter verwijderd van de verloren plaats zou toelaten. Maar terwijl we erlangs liepen, sloten de lichamen zich aaneen en het duurde niet lang of we stonden buiten, in de gesmolten sneeuw. Ondanks het geroep van een verkoopster: 'Hé, jullie daar voor de deur, wachten heeft geen zin meer, er is niet genoeg voor iedereen!' bleven de mensen toestromen.

Aan het eind van de rij bleven we staan, gehypnotiseerd door de naamloze macht van de menigte. Ik durfde niet op te kijken, me niet te verroeren, mijn handen diep in mijn zakken trilden. En alsof ze van een andere planeet kwam, hoorde ik plotseling de stem van mijn zuster – een paar woorden slechts, doortrokken van een milde weemoed: 'Herinner jij je nog: *Gebraden steenpatrijzen en ortolanen gevuld met truffels...?*'

Ze lachte stilletjes.

Ik keek naar haar bleke gezicht met ogen die de winterhemel weerspiegelden, en ik voelde hoe mijn longen zich vulden met een geheel nieuwe lucht – die van Cherbourg – die rook naar zoutige nevel, vochtige strandkeien, ik hoorde de luide kreten van meeuwen boven de oneindige oceaan. Even leek het of ik blind was. De rij schuifelde voort en duwde me langzaam in de richting van de deur. Ik liet me meevoeren zonder dat moment van licht dat ik toen had meegemaakt te kunnen loslaten.

Steenpatrijzen en ortolanen... Ik glimlachte en wierp mijn zuster een onopvallende knipoog toe. Nee, wij voelden ons niet beter dan de mensen die in de rij stonden te dringen. Wij waren net als zij, misschien leefden we zelfs nog bescheidener dan de meesten van hen. Wij behoorden allen tot dezelfde klasse: die van de mensen die middenin een grote industriestad, voor een winkeldeur, in de platgetrapte sneeuw stonden te wachten in de hoop hun tassen met twee kilo sinaasappels te kunnen vullen.

En toch voelde ik me, toen ik de magische woorden hoorde die ik tijdens dat banket in Cherbourg geleerd had, anders dan zij. Niet vanwege mijn geleerdheid (ik wist in die tijd niet eens hoe die befaamde steenpatrijzen en ortolanen eruitzagen). Maar gewoon omdat dat moment dat in mij voortduurde – met zijn vage lichten en zijn geuren van de zee – alles wat ons omringde betrekkelijk had gemaakt: deze stad en haar zeer stalinistische aanzien, dit zenuwachtige wachten en de botte gewelddadigheid van de menigte. In plaats van woedend te zijn op deze mensen die me hadden teruggedreven, voelde ik nu een verbazingwekkend medelijden met hen: nooit zouden ze, als ze hun ogen iets samenknepen, ook maar een glimp te zien krijgen van die dag toen je overal de frisse geur van algen rook, meeuwen hoorde krijsen, in een gesluierd zonnetje... Opeens kreeg ik vreselijk veel zin het tegen iedereen te zeggen. Maar hoe moest ik het zeggen? Ik zou er een volkomen nieuwe taal voor moeten verzinnen waarvan ik vooralsnog maar twee belangrijke woorden kende: steenpatrijzen en ortolanen...

5

Na de dood van mijn overgrootvader Norbert sloot de witte oneindigheid van Siberië zich langzaam opnieuw rond Albertine. Zeker, ze keerde nog twee of drie keer samen met Charlotte naar Parijs terug. Maar het rijk van de sneeuw liet de door zijn grenzeloze ruimten, door zijn tijdeloosheid betoverde zielen nooit meer gaan.

De perioden in Parijs werden overigens gekenmerkt door een bitterheid die, ondanks de pogingen deze te verbergen, in de verhalen van mijn grootmoeder doorklonk. Ging het om een familieruzie waarvan het ons niet gegeven was de redenen te kennen? Of om een zeer Europees gebrek aan warmte in de betrekkingen tussen verwanten, voor ons Russen, met ons overdreven saamhorigheidsgevoel, iets onbegrijpelijks? Of gewoonweg om een niet begripvolle houding van eenvoudige mensen tegenover een van de vier zusters, de avonturierster van de familie die, in plaats van een mooie droom te verwerkelijken, elke keer weer thuiskwam met verhalen over de angst van een woest land en haar gebroken leven.

Hoe dan ook, het feit dat Albertine liever in de flat van haar broer woonde dan thuis in Neuilly ging zelfs aan ons niet onopgemerkt voorbij.

Elke keer dat ze naar Rusland terugkeerde, kwam Siberië haar onontkoombaarder – onvermijdelijker voor, alsof het één werd met haar lot. Niet alleen het graf van Norbert verbond haar met die uit ijs bestaande grond, maar ook dat duistere Russische levensgevoel waarvan ze het bedwelmende gif in haar aderen voelde doordringen.

Van de echtgenote van een respectabel arts die in de hele stad bekend was, was Albertine veranderd in een nogal zonderlinge weduwe – een Française die niet scheen te kunnen besluiten naar huis terug te keren. Vreemd genoeg kwam ze elke keer terug naar Rusland!

Ze was nog te jong en te mooi om niet het voorwerp te worden van de kwaadsprekerij van de beau monde in Bojarsk. Te ongewoon om zomaar te worden aanvaard. En spoedig te arm.

Charlotte merkte dat ze na elke reis naar Parijs hun intrek namen in een kleinere flat. Op school, waar ze was toegelaten dankzij een vroegere patiënt van haar vader, werd ze al snel 'die Lemonnier'.

Op een keer liet haar klasselerares, zoals de belangrijkste lerares ook al voor de revolutie genoemd werd, haar voor het bord komen – maar niet om haar te overhoren... Toen Charlotte voor haar stond, keek de lerares eens goed naar de voeten van het meisje en vroeg met een minachtende glimlach: 'Wat hebt u daar aan uw voeten, juffrouw Lemonnier?'

De dertig leerlingen stonden van hun stoelen op en rekten met wijd opengesperde ogen hun nek uit. Op het glanzende parket zagen ze twee wollen hoezen, twee 'schoenen' die Charlotte zelf gemaakt had. Vernederd door al die blikken boog Charlotte het hoofd en trok binnenin de sloffen krampachtig haar tenen samen alsof zij haar voeten wilde laten verdwijnen...

In die tijd woonden ze al in een oud sparrehouten hutje aan de rand van de stad. Charlotte verbaasde zich er niet langer over haar moeder bijna altijd terneergeslagen op een hoog bed, zoals boeren hadden, achter een gordijn te zien zitten. Wanneer Albertine opstond, verdrongen zich in haar wijd open ogen de donkere schimmen uit haar dromen. Ze deed zelfs niet meer haar best tegen haar dochter te glimlachen. Met een koperen soeplepel schepte ze water uit een emmer, nam lang de tijd om te drinken en verdween weer. Charlotte wist al dat ze zich reeds geruime tijd in leven hielden dankzij enkele flonkerende juwelen uit het met parelmoer ingelegde juwelenkistje...

Dat sparrehouten hutje, ver van de rijke buurten in Bojarsk, beviel haar. In die smalle, bochtige, door een laag sneeuw bedekte straten viel de armoede minder op. Bovendien was het heel prettig om als je uit school kwam via de oude houten veranda, die kraakte onder je voetstappen, een donker gangetje door te lopen waarvan de wanden, die uit stevige ronde palen bestonden, met een dikke laag ijzel waren bedekt, en tegen de zware voordeur te duwen die met een kort maar hevig geknars openzwaaide. Soms kon je dan nog even in het vertrek blijven staan zonder de lamp aan te doen om te kijken hoe de avondschemering het lage raampje paars kleurde en te luisteren hoe de rukwinden de sneeuw tegen de ruit sloegen. Met haar rug naar de hete zijkant van de grote kachel, voelde Charlotte langzaam de warmte onder haar mantel doordringen. Ze legde haar verkleumde handen op de lauwe steen – voor haar leek de kachel net het reusachtige hart van dat oude sparrehouten hutje. En onder de zool van haar vilten laarzen smolten de laatste ijsklompjes.

Op een keer brak er een stukje ijs onder haar voet met een geluid dat haar vreemd voorkwam. Het verbaasde Charlotte – ze was immers al ruim een half uur thuis, alle sneeuw op haar mantel en op haar tsjapka was gesmolten en intussen opgedroogd. En dan toch nog dat ijsklompje... Ze bukte zich om het op te rapen. Het was een glasscherf! De hele dunne scherf van een gebroken ampul waarin een geneesmiddel had gezeten...

Zo trad het vreselijke woord morfine haar leven binnen. En verklaarde de stilte achter het gordijn, de elkaar verdringende schimmen in de ogen van haar moeder, dat absurde Siberië en even onontkoombaar als het lot.

Vanaf dat moment hoefde Albertine niets meer voor haar dochter te verbergen. Voortaan werd Charlotte naar de apotheek gestuurd om daar schuchter te mompelen: 'Ik kom het medicijn voor mevrouw Lemonnier halen...'

Ze keerde altijd alleen terug, over uitgestrekte onbebouwde terreinen die hun gehucht scheidden van de laatste straten van de stad met haar winkels en haar lichtjes. Dikwijls woedde er een sneeuwstorm boven deze uitgestorven vlakten. Moe van het vechten tegen de wind die wolken ijskristallen opjoeg, verdoofd door het suizen ervan, bleef Charlotte op een avond midden in die sneeuwwoestijn staan, keerde de rukwinden de rug toe en sloeg met een starende blik de duizelingwekkende vlucht van de sneeuwvlokken gade. Op een intense manier voelde ze hoe ze leefde, hoe de warmte van haar magere lichaam zich samenbalde in een piepklein ik. Ze voelde onder de oorklep van haar tsjapka het gekriebel van een druppel, en het kloppen van haar hart, en, dichtbij haar hart – de breekbare aanwezigheid van de ampullen die ze zojuist had gekocht. 'Dit ben ik', hoorde ze een gedempte stem binnenin haar plotseling zeggen, 'hier, in deze sneeuwstorm, aan het eind van de wereld, in dit Siberië, ik, Charlotte Lemonnier, ik die niets gemeen heb met deze woeste oorden, noch met deze hemel, noch met deze bevroren grond. Noch met deze mensen. Hier sta ik, helemaal alleen, op weg om mijn moeder morfine te brengen...' Ze kreeg het gevoel of haar geest wankelde alvorens in een afgrond te tuimelen waarin al deze plotseling aan het licht getreden waanzin iets vanzelfsprekends zou worden. Ze schudde het hoofd: nee, deze Siberische woestijn moest ergens eindigen, en daar lag een stad met brede door kastanjebomen omzoomde straten, verlichte cafés, de flat van haar oom en al die boeken die als ze opengingen woorden zouden laten zien die alleen al bij de aanblik van hun letters iets dierbaars vertegenwoordigden. Daar lag Frankrijk...

De stad met de brede door kastanjebomen omzoomde straten veranderde in een dun gouden lovertje dat glansde in haar blik zonder dat iemand het opmerkte. Charlotte nam de glans ervan zelfs waar in de weerschijn van die mooie broche op de jurk van een jongedame met een vluchtige en hooghartige glimlach – ze zat in een mooie leunstoel, midden in een groot vertrek met smaakvolle meubels, met zijden gordijnen voor de ramen.

'Het oordeel van de sterkste is altijd beste', droeg de jonge vrouw met een gemaakte stem voor.

'...is altijd *het* beste', verbeterde Charlotte onopvallend en voegde er met neergeslagen ogen aan toe: 'je moet het uitspreken als "beste" en niet als "baste". Be-este...'

Ze maakte haar mond breder en hield de e-klank iets langer aan. De jonge spreekster zette haar voordracht met een norse uitdrukking voort: 'We zullen het u dadelijk aantonen...'

Het was de dochter van de gouverneur van Bojarsk. Charlotte gaf haar elke woensdag Franse les. In het begin had ze gehoopt de vriendin te worden van dit meisje, dat er zeer verzorgd uitzag en nauwelijks ouder was dan zij. Nu ze deze hoop voorgoed had laten varen, beperkte ze zich ertoe alleen nog maar goed les te geven. De snelle misprijzende blikken van haar leerlinge troffen bij haar geen doel. Charlotte luisterde, maakte af en toe een opmerking, maar haar blik bleef strak gericht op de mooie, glinsterende barnstenen broche.

Het was de dochter van de gouverneur als enige toegestaan op school een jurk met open kraag te dragen met in het midden dit sieraad. Gewetensvol wees Charlotte haar op alle fouten in de uitspraak of in de grammatica. In de goudgele diepte van de barnsteen verscheen opeens een stad met bomen in mooie herfstkleuren. Ze wist dat ze de aanstellerijtjes van dit mollige, prachtig geklede grote kind nog een heel uur moest dulden, daarna mocht ze in de hoek van de keuken, uit handen van een kamermeisje, haar pakje, de resten van het middagmaal, in ontvangst nemen; vervolgens moest ze op straat een gunstig moment afwachten om de apothekersvrouw alleen te treffen en tegen haar te kunnen mompelen: 'Het medicijn voor mevrouw Lemonnier, alstublieft...' Een zuchtje warme lucht dat ze uit de apotheek meenam zou spoedig uit haar mantel verdreven worden door de ijzige wind die over de onbebouwde terreinen blies.

Toen Albertine op de kleine veranda verscheen, trok de koetsier zijn wenkbrauwen op en kwam van zijn zitplaats overeind. Dat had hij niet verwacht. Dit sparrehouten hutje met zijn ingezakte dak en bedekt met mos, die vermolmde veranda overwoekerd door brandnetels. En al helemaal niet in dit gehucht met zijn onder grijs zand bedolven straten...

De deur ging open en in haar vervormde omlijsting verscheen plotseling een vrouw. Ze droeg een jurk van zeer elegante snit, een soort jurk die de koetsier alleen nog maar had zien dragen door knappe vrouwen die 's avonds, midden in het centrum van Bojarsk, uit de schouwburg kwamen. Haar haren werden in een knot bijeengehouden – met daarop een grote hoed. De voorjaarswind deed de voile opwaaien tegen de brede rand die sierlijk was gebogen.

'We gaan naar het station!' zei ze en wekte bij de koetsier nog grotere verbazing door haar gevoelige en zeer buitenlands klinkende stem.

'...Naar het station', herhaalde het meisje dat hem zoëven op straat had aangehouden. Zij praatte wel heel goed Russisch, met een licht Siberisch accent...

Charlotte wist dat aan de verschijning van Albertine op de veranda een lange en pijnlijke strijd vooraf was gegaan, waarbij ze verscheidene keren op haar voornemen was teruggekomen. Net als de strijd van die man die in een zwart gat te midden van ijsschotsen lag te spartelen, zoals Charlotte in het voorjaar, toen ze over de brug liep, een keer had gezien. Zich vastklampend aan een tak die men hem had toegestoken, kroop hij de gladde helling van de oever op, bewoog hij, met zijn buik plat op dat bevroren oppervlak, centimeter na centimeter voorwaarts en stak hij zijn rode hand al uit om die van zijn redders te grijpen. Plotseling, niemand zou ooit begrijpen waarom, kromp zijn lichaam ineen, begon te glijden en viel weer in het donkere water. De stroming sleurde hem een stukje verder mee. En ze moesten weer van voren af aan beginnen... Ja, net als die man.

Maar die zomermiddag, toen alles licht en groen was, lieten ze zich in hun doen en laten alleen maar door zorgeloosheid leiden.

'En de grote koffer?' riep Charlotte uit toen ze hun zitplaats al hadden ingenomen.

'Die laten we hier. Er zitten alleen maar oude papieren en al die kranten van je oom in... Die halen we later wel een keer op.'

Ze staken de brug over, reden vlak langs het huis van de gouverneur. Deze Siberische stad leek al een plaats te hebben gekregen in een vreemd verleden waarin het geen moeite kostte glimlachend vergiffenis te schenken...

Ja, eenmaal opnieuw in Parijs, zouden ze zonder wrok op Bojarsk terugkijken. En toen Albertine 's zomers toch weer naar Rusland terug wilde (om de Siberische periode in haar leven definitief af te sluiten, dachten haar familieleden), toonde Charlotte zich zelfs een beetje jaloers op haar moeder: ook zij had graag een of twee weken in die stad doorgebracht waar de mensen die er woonden van nu af aan tot het verleden behoorden en de huizen, hun sparrehouten hutje onder andere, nog slechts monumenten uit vroegere tijden waren. Een stad waar niets haar meer pijn had kunnen doen.

'Mama, vergeet niet te kijken of er daar, naast de kachel, nog steeds een muizenest zit, weet je nog?' riep ze haar moeder toe die aan het naar beneden gedraaide raam van de wagon stond.

Dat was in juli 1914. Charlotte was elf jaar.

Van een breuk in haar leven was ze zich niet bewust. Het enige was dat die laatste woorden ('Vergeet de muizen niet!') haar geleidelijk steeds onzinniger, kinderlijker voorkwamen. Het was beter geweest niets te zeggen en nauwkeurig naar dat gezicht aan het treinraam te kijken, de trekken ervan goed in zich op te nemen. Maanden, jaren gingen voorbij en die laatste woorden klonken nog steeds hetzelfde, als de uitdrukking van eenvoudig geluk. Wachten werd de enige tijdsbesteding in het leven van Charlotte.

De tijd die aldus verstreek (het was 'oorlogstijd', schreven de kranten) leek op een grauwe namiddag, een zondag in de verlaten straten van een provinciestad: je slaat de hoek van een huis om en voelt opeens een windstoot, er dwarrelt stof op, zonder lawaai te maken beweegt een luik heen en weer, in die grauwe lucht wordt een mens gemakkelijk onzichtbaar, kan hij opeens verdwenen zijn.

Zo ook verdween de oom van Charlotte – 'gevallen op het veld van eer', 'gestorven voor Frankrijk', zoals de kranten het noemden. En deze formulering maakte zijn afwezigheid nog schrijnender – even schrijnend als die puntenslijper op zijn werktafel, met een potlood in het gat en een paar fijne krullen, door niemand meer aangeraakt sinds zijn vertrek. Zo raakte het huis in Neuilly geleidelijk leeg – vrouwen en mannen bukten om Charlotte te omhelzen en zeiden met een zeer ernstige uitdrukking tegen haar dat ze braaf moest blijven.

Die merkwaardige tijd met zijn snelle veranderingen. Opeens kleedde een van haar tantes zich, met de snelle en springerige bewegingen die je op oude films ziet, in het wit, stelde zich op te midden van familieleden die zich met dezelfde hortende bewegingen om haar heen verzamelden, en begaf zich met haastige en onregelmatige stappen naar de kerk waar je de tante opnieuw zag naast een man met een snor en glad, vet haar. En bijna meteen – in de herinnering van Charlotte kregen ze niet eens de tijd de kerk te verlaten – stak de jonge bruid zich in zwarte kleren en was ze niet meer in staat haar door tranen gezwollen ogen op te slaan. Het leek wel, zo snel ging de verandering, of ze al toen ze de kerk verliet weduwe was, rouwkleding droeg en haar rode ogen tegen de zon beschermde. De twee dagen voegden zich samen tot één dag – opgevrolijkt door een stralende hemel, verlevendigd door het klokkenspel en de zomerwind die het komen en gaan van de genodigden nog leek te versnellen. En zijn warme adem blies nu eens de witte bruidssluier, dan weer de zwarte weduwsluier tegen het gezicht van de jonge vrouw.

Later kreeg die grillige tijd weer een regelmatig verloop en werd het ritme bepaald door slapeloze nachten en een lange optocht van verminkte lichamen. De uren gingen thans vergezeld van de geluiden uit de grote klaslokalen van die middelbare school in Neuilly die tot ziekenhuis omgebouwd was. Haar eerste kennismaking met een mannenlichaam werd de aanblik van die uiteengereten en bloederige mannelijke vleesklomp... En de nachtelijke hemel werd in die jaren voorgoed bedorven door de wanstaltige, bleke verschijning van twee Duitse zeppelins tussen de lichtbundels van de schijnwerpers.

Ten slotte kwam de dag, 14 juli 1919, waarop talloze rijen soldaten door Neuilly trokken op weg naar de hoofdstad. In de puntjes gekleed, met branieachtige blikken en de kistjes keurig gepoetst – de oorlog kreeg weer het aanzien van een parade. Was het een van hen, die strijder die Charlotte een bruin steentje in de hand duwde, die met roest bedekte granaatscherf? Waren ze verliefd? Verloofd?

Deze ontmoeting veranderde niets aan het al verscheidene jaren eerder door Charlotte genomen besluit. Bij de eerste gelegenheid die zich voordeed, een gelegenheid die als een wonder uit de hemel kwam vallen, vertrok ze naar Rusland. Er bestond nog geen enkel verbond met dat door burgeroorlog verwoeste land. Het was 1921. Een missie van het Rode Kruis maakte zich op voor een reis naar het gebied van de Wolga, waar de hongersnood honderdduizenden slachtoffers had geëist. Charlotte werd aangenomen als verpleegster. Tot haar indienstneming werd snel besloten: vrijwilligers voor het uitstapje waren zeldzaam. Maar wat de doorslag gaf, was dat ze Russisch sprak.

Daarginds dacht ze in de hel te zijn terechtgekomen. Van veraf leek zij op vreedzame Russische dorpen – sparrehouten hutjes, putten, heggen – gehuld in de mist van de grote rivier. Van dichtbij werd zij tot stilstand gebracht door de foto's die de fotograaf van de missie tijdens die kleurloze dagen maakte: een groep boeren en boerinnen in pelsjassen, verstard voor een stapel menselijke geraamtes, aan stukken gehakte lichamen, onherkenbare stukken vlees. Vervolgens dat kind dat naakt in de sneeuw zat – lange verwarde haren, een doordringende blik, als van een grijsaard, een uitgemergeld lichaam. Ten slotte, op een met ijs bedekte weg – dat hoofd, alleen dat, met open, glazige ogen. Het ergste was dat deze gefotografeerde beelden niet bleven stilstaan. De fotograaf vouwde zijn statief op, de boeren stapten uit het kader van de foto – die afgrijselijke foto waar ze als kannibalen op staan – en zetten met misleidende eenvoud hun dagelijkse bezigheden voort. Ja, ze zetten hun leven gewoon voort! Een vrouw boog zich over het kind en herkende het als haar zoon. En ze wist niet wat ze met die uitgemergelde grijsaard aan moest, zij die zich al weken met mensenvlees voedde. Toen hoorde je uit haar keel een gehuil als van een wolf opklinken. Geen enkele foto kon die kreet vastleggen... Een boer keek zuchtend in de ogen van het op de weg gegooide hoofd. Daarna bukte hij zich en duwde het met een hand onhandig in een baaien zak. 'Ik zal het begraven', mompelde hij. 'Ons zul je geen Tataren kunnen noemen...'

Pas toen we de sparrehouten hutjes in die vredige hel binnengingen, ontdekten we dat die oude vrouw, die door de ruit de straat in het oog hield, de mummie van een meisje was dat al verscheidene weken dood was en voor dat raam zat in de ijdele hoop op redding.

Charlotte verliet het missieteam zodra ze in Moskou terug was. Als ze uit het hotel kwam, dook ze meteen in de bonte menigte op het plein en verdween. Op de markt bij de Soecharevskajaringweg waar de zwarte handel hoogtij vierde, ruilde ze een zilveren munt van vijf frank (de handelaar keurde het geldstuk door erop te bijten, daarna liet hij het klinken op het blad van een bijl) tegen twee ronde broden die haar door de eerste dagen van haar reis moesten helpen. Ze was al gekleed als een Russin en bij de onstuimige en chaotische bestorming van de wagons, op het station, lette niemand op die jonge vrouw die zich, met haar rugzak manoeuvrerend, door de duwende en trekkende menselijke brij heen worstelde.

Ze vertrok, en ze zag alles. Ze trotseerde de eindeloosheid van dat land, de wijkende ruimte waarin de dagen en de jaren blijven steken. Toch kwam ze door die stilstaande tijd ploeterend vooruit. Per trein, in een boerenwagen of te voet...

Ze zag alles. Opgetuigde paarden, een hele kudde, die zonder berijders over een vlakte galoppeerden, een ogenblik bleven staan, daarna verschrikt hun dolle ren vervolgden, blij én vol angst over hun herwonnen vrijheid. Een van deze vluchtelingen trok ieders aandacht. Diep in het zadel gestoken, stond op zijn rug een sabel overeind. Het paard galoppeerde en het lange, in het leer vastzittende lemmet wiebelde glanzend in de lage zon veerkrachtig heen en weer. De mensen volgden de vuurrode weerschijn met hun blik tot deze in de nevel boven de velden vervaagde. Ze wisten dat deze sabel, waarvan het gevest met lood gevuld was, waarschijnlijk een lichaam in tweeën gehakt had – van de schouder tot de buik – voor hij in het leer vast was komen te zitten. En deze beide helften waren in het platgetrapte gras gevallen, elke helft aan één kant.

Ze zag ook hoe dode paarden uit putten werden getrokken. En nieuwe putten die in de vette en zware grond werden geslagen. De ronde palen voor de wand die de boeren diep in het gat lieten zakken roken naar nieuw hout.

Ze zag een groep dorpsbewoners die onder leiding van een man in een zwart leren jasje aan een dik touw trok dat om de koepel van een kerk, om het kruis gebonden zat. Het herhaalde gekraak leek hun geestdrift aan te wakkeren. En in een ander dorp merkte ze heel vroeg in de ochtend een oud vrouwtje op dat op haar knieën voor een bolvormige koepel lag die tussen de graven gevallen was van een kerkhof zonder omheining, waar de ijle geluiden die van de velden opklonken vrij spel hadden.

Ze kwam door verlaten dorpen waarvan de boomgaarden vol overrijpe vruchten hingen die in het gras vielen of aan de takken verdroogden. Ze verbleef in een stad waar op een dag, op de markt, een verkoper een kind mishandelde dat geprobeerd had een appel te stelen. Alle mensen die ze ontmoette leken zich of op een onbekend doel te storten, waarbij ze treinen bestormden, elkaar op perrons onder de voet liepen, of ze leken te wachten, al wist niemand op wie – voor de gesloten deuren van winkels, in de buurt van door soldaten bewaakte poorten of soms ook gewoon langs de weg.

De ruimte die ze doorkruiste kende slechts uitersten: opeens maakte de ongelooflijke opeenhoping van mensen plaats voor een volkomen verlatenheid waar de reusachtige hemel, de diepe wouden de aanwezigheid van mensen ondenkbaar maakte. En vanuit deze leegte stuitte je dan weer zonder overgang op een woeste menigte boeren die op die kleiachtige oever van een door herfstregens gezwollen rivier in de modder stonden. Ja, ook dat zag Charlotte. Dat deze woedende boeren met lange staken een schuit van de kant afduwden waaruit een onafgebroken geweeklaag opklonk. Aan boord zag je gestalten die hun benige handen in de richting van de wal uitstaken. Het waren tyfuslijders die, aan hun lot overgelaten, al dagenlang op hun drijvende kerkhof rondzwalkten. Bij elke poging aan te leggen kwamen plaatselijke bewoners in het geweer om hun dat te beletten. De schuit vervolgde haar dodentocht, de mensen stierven nu ook van honger. Spoedig zouden ze de kracht niet eens meer hebben om te proberen aan te leggen, en de laatste overlevenden zouden op een dag, gewekt door het hevige en regelmatige lawaai van de golven, alleen nog maar de onverschillige einder van de Kaspische Zee zien...

Op een ochtend die glinsterde van de ijzel, zag ze aan de zoom van een bos menselijke gestalten aan bomen hangen; gehangenen met uitgemergelde, vertrokken gezichten die door niemand ooit meer begraven zouden worden. En heel hoog, in het zonnige blauw van de hemel, verdween langzaam een vlucht trekvogels, wier verheven kreten de stilte scherper deden uitkomen.

De zware en krachtige ademhaling van deze Russische wereld maakte haar niet langer bang. Sinds haar vertrek had ze heel veel geleerd. Ze wist dat het in een trein of op een boerenwagen gunstig was een tas vol stro met helemaal op de bodem een paar kiezelstenen op schoot te houden. Daar grepen bandieten tijdens hun nachtelijke overvallen altijd het eerst naar. Ze wist dat de beste plaats op het dak van een wagon die naast het ventilatiegat was: in die opening kon je touwen vasthaken die het mogelijk maakten er snel op of af te klimmen. En als ze het geluk had een plaats in een overvolle gang te vinden, moest je je er niet over verbazen een angstig kind te zien dat de mensen die opeengepakt op de grond zaten aan elkaar doorgaven in de richting van de uitgang. Zij die ineengedoken bij de deur zaten openden die en hielden het kind boven de treeplank zodat het zijn behoefte kon doen. Dat doorgeven scheen hen nogal te vermaken, ze glimlachten erbij, vertederd door dat kleine wezen dat hen zonder iets te zeggen liet begaan, ontroerd door zijn zo natuurlijke behoefte in deze onmenselijke wereld... Ook geen enkele verbazing wanneer er 's nachts dwars door het gehamer van de rails heen een gefluister hoorbaar werd: dan deelde men elkaar het overlijden van een passagier mee die ergens in de dicht opeengepakte, onoverzichtelijke massa levenden verborgen zat.

Maar één keer in de loop van deze lange reis te midden van lijden, bloed, ziektes en modder, meende zij een vleugje helderheid en gezond verstand te bespeuren. Dat was al aan de andere kant van de Oeral. Bij het verlaten van een dorp dat voor de helft door een brand in de as was gelegd, merkte ze enkele mannen op die op een met dorre bladeren bedekt talud zaten. Hun bleke gezichten, in de richting van de zon gedraaid die voor het naseizoen nog aangenaam warm was, drukten een gelukzalige rust uit. De boer die de boerenwagen mende schudde het hoofd en verduidelijkte op gedempte toon: 'Arme mensen. Daar zwerven er hier nu zo'n stuk of twaalf van rond. Hun inrichting is afgebrand. Ja, gekken, dus...'

Nee, niets kon haar meer verbazen.

Vaak had ze, weggedrukt in het verstikkende donker van een wagon, een korte droom, met heldere beelden maar volkomen onwaarschijnlijk. Zo zag ze eens reusachtige kamelen, in de sneeuw, die hun koppen geringschattend in de richting van een kerk draaiden. Door de deur ervan kwamen vier soldaten naar buiten. Ze sleepten een priester achter zich aan die hen met een gebroken stem vermaande. Die kamelen met hun bulten waarop sneeuw lag, die kerk, die vrolijke menigte... In haar slaap herinnerde Charlotte zich dat deze bultige gestalten vroeger onverbrekelijk verbonden waren met palmbomen, de woestijn, oases...

Net op dat moment ontwaakte ze uit haar verdoving: nee, het was geen droom! Ze bevond zich midden op een rumoerige markt in een onbekende stad. De overvloedige sneeuw plakte aan haar oogwimpers. De voorbijgangers kwamen naderbij en betastten het kleine zilveren medaillon dat ze hoopte te kunnen ruilen voor een brood. De kamelen staken boven de krioelende kooplieden uit alsof het eigenaardige drakenboten waren die op stutten stonden. En onder de geamuseerde blikken van de menigte duwden de soldaten de priester voort die in een slee vol stro zat.

Na deze onechte droom had haar wandeling, 's avonds, iets zeer alledaags, iets zeer wezenlijks. Ze stak een straat over waarvan het plaveisel glansde in het flauwe licht van een straatlantaarn. Duwde de deur van een bakkerswinkel open. De warmte binnen, het heldere licht kwamen haar vertrouwd voor, zelfs de toonbank van gelakt hout, zelfs de schikking van de koeken en de chocolade in de vitrine. De bakkersvrouw glimlachte vriendelijk tegen haar, alsof ze een vaste klant was, en reikte haar een brood aan. Op straat werd Charlotte opeens bevangen door onzekerheid en bleef staan: maar ze had veel meer brood moeten kopen! Twee, drie, nee, wel vier ronde broden! En ze moest ook de naam van de straat onthouden waar zich deze voortreffelijke bakkerswinkel bevond. Ze liep naar het huis op de hoek, keek omhoog. Maar de letters zagen er merkwaardig uit, ze waren onscherp, liepen door elkaar, trilden. Wat ben ik ook stom! dacht ze opeens. Deze straat, dat is de straat waar mijn oom woont...

Met een schok werd ze wakker. De trein, die midden in het landschap stilstond, was vol van een verward geroezemoes: een bende had de machinist gedood en trok nu door de wagons om alles wat haar in handen viel af te pakken. Charlotte deed haar sjaal af, bedekte haar hoofd ermee en knoopte de uiteinden onder haar kin vast, zoals oude boerinnen ook deden. Daarna zette ze, nog glimlachend bij de herinnering aan haar droom, een tas op haar knieën die vol oude lappen zat met in het midden een kiezelsteen...

Dat ze die twee maanden dat haar reis duurde gespaard bleef, kwam doordat het hele werelddeel dat ze doorkruiste verzadigd was van bloed. De dood, te banaal geworden en geen inspanning meer waard, verloor, althans voor enkele jaren, haar aantrekkelijkheid.

Charlotte liep door Bojarsk, de Siberische stad waar ze als kind gewoond had, en ze vroeg zich niet eens af of het nog een droom of de werkelijkheid was. Ze voelde zich te zwak om erover na te denken.

Aan het huis van de gouverneur, boven de voordeur, hing een rode vlag. Twee met geweren gewapende soldaten stonden aan weerszijden van de deur in de sneeuw te trappelen... Sommige ruiten van de schouwburg waren gebroken, de betreffende ramen waren dichtgespijkerd met stukken decor van triplex: nu eens zag je gebladerte dat achter witte bloemen schuilging, waarschijnlijk gebruikt voor *De kersentuin*, dan weer de gevel van een datsja. En boven de ingang waren twee arbeiders bezig een groot spandoek op te hangen. 'Komt allen naar de volksvergadering van de vereniging Verder-zonder-God!' las Charlotte terwijl ze haar pas iets versnelde. Een van de arbeiders pakte een spijker die hij tussen zijn tanden geklemd hield en sloeg hem met kracht in de muur naast het uitroepteken.

'Zie je nou, we hebben alles afgekregen voor het donker wordt, godzijdank!' riep hij naar zijn kameraad.

Charlotte glimlachte en vervolgde haar weg. Nee, ze droomde niet.

Een soldaat die bij de brug postte, versperde haar de weg en vroeg naar haar papieren. Charlotte haalde ze te voorschijn. Hij nam ze aan en omdat hij waarschijnlijk niet kon lezen, besloot hij ze haar af te nemen. Hij scheen zich overigens te verwonderen over zijn eigen besluit. 'U kunt ze na de vereiste controle weer bij de revolutionaire raad ophalen', deelde hij haar mede, waarbij het duidelijk was dat hij de woorden van een ander herhaalde. Charlotte had niet de kracht in discussie te gaan.

Hier, in Bojarsk, was het al lang winter. Maar die dag was het zacht weer en lagen er grote plassen water op het ijs onder de brug. Traag dwarrelden er dikke sneeuwvlokken neer op het stille wit van de onbebouwde terreinen waar ze in haar kindertijd zo vaak gelopen had.

Met zijn twee smalle ramen leek het sparrehouten hutje haar al van verre op te merken. Ja, het huis zág haar naderen, zijn geribde voorkant vertrok tot een lichte, nauwelijks waarneembare grijns, uit bittere vreugde over het weerzien.

Charlotte verwachtte niet veel van dit bezoek. Ze had zich er al lang op voorbereid het bericht te horen dat geen enkele hoop meer zou laten: dood, gek, verdwenen. Of gewoon afwezig, onverklaarbaar, alsof het iets normaals was, dat niemand verbaasde. Ze verbood zichzelf te hopen en toch hoopte ze.

De afgelopen dagen was ze zo uitgeput geweest dat ze alleen nog maar dacht aan de warmte van de grote kachel; ze zou met haar rug naar de zijkant ervan gaan staan en zich op de vloer laten neerploffen.

Vanaf de veranda van het sparrehouten hutje werd ze onder een appelboom die nooit had willen groeien een oude vrouw gewaar van wie het hoofd in een zwarte sjaal was gewikkeld. Met gekromde rug trok de vrouw een dikke tak onder de sneeuw vandaan. Charlotte riep haar. Maar de oude boerin draaide zich niet om. Haar stem was te zwak en stierf snel weg, zoals elk geluid in deze korte dooiperiode. Ze voelde zich niet in staat nog een keer te roepen.

Met een schouderduw stootte ze de deur open. In het donkere en koude halletje zag ze een hele houtvoorraad – latten van kisten, stroken parket en zelfs, op een zwart en wit hoopje, pianotoetsen. Charlotte herinnerde zich dat vooral piano's in de huizen van de rijken de woede van het volk wekten. Ze had er eens een gezien die, met bijlslagen kapotgemaakt, op een rivier midden tussen de ijsschotsen klem zat...

Toen ze de kamer binnentrad, was haar eerste beweging het aanraken van de tegels van de kachel. Ze waren lauw. Charlotte voelde een aangename duizeling. Ze wilde zich al naast de kachel laten neerzakken toen zij op de tafel van dikke, door de jaren heen bruin geworden planken, een boek opmerkte. Een klein, oud boek van stug papier. Op een bank steunend, boog ze zich over de openliggende bladzijden. De letters begonnen op een merkwaardige manier te trillen, door elkaar te lopen – net als die nacht in de trein toen ze over de Parijse straat gedroomd had waar haar oom woonde. Deze keer ging het niet meer om een droom, maar om tranen. Het was een Frans boek.

De oude vrouw met de zwarte sjaal kwam binnen en scheen niet verbaasd die magere jonge vrouw te zien die van haar bank overeind kwam. Van de dorre takken die ze onder haar arm droeg vielen lange slierten sneeuw op de vloer. Haar gerimpelde gezicht leek op dat van elke oude boerenvrouw in dit deel van Siberië. Haar lippen, die een fijn netwerk van rimpeltjes vertoonden, trilden. Toch was het uit deze mond, uit de verschrompelde borst van dit onherkenbare wezen dat de stem van Albertine opklonk, een stem waarvan de klank in geen enkel opzicht was veranderd.

'Al die jaren was ik maar voor één ding bang: dat je naar hier terug zou komen!'

Ja, dat waren de allereerste woorden die Albertine tegen haar dochter zei. En Charlotte begreep eruit: wat zij sinds hun afscheid op het perron, acht jaar geleden, meegemaakt hadden, al die vele gebeurtenissen, gezichten, woorden, smarten, ontberingen, verwachtingen, angsten, jammerklachten, tranen – dat hele levensspektakel vond slechts plaats tegen de achtergrond van één hoop die weigerde te sterven. Deze ontmoeting, waarnaar zozeer was verlangd, waaraan zozeer was getwijfeld.

'Ik wilde zelfs iemand vragen je te schrijven dat ik dood was. Maar het was oorlog, daarna revolutie. En het werd opnieuw oorlog. Bovendien...'

'Ik zou die brief toch niet geloofd hebben...'

'Ja, bovendien dacht ik dat je me toch niet zou geloven...'

Ze gooide de takken naast de kachel neer en ging naar Charlotte toe. Toen ze in Parijs uit het open treinraam naar haar had gekeken, was haar dochter elf jaar geweest. Nu zou ze spoedig twintig worden.

'Hoor je het?' fluisterde Albertine met een gezicht dat zich geleidelijk ontspande, en draaide zich om naar de kachel. 'Die muizen, weet je? Ze zitten er nog steeds...'

Later, op haar hurken voor het vuur dat achter het gietijzeren deurtje oplaaide, mompelde Albertine als voor zichzelf, zonder naar Charlotte te kijken die op de bank was gaan liggen en in slaap leek te zijn gevallen: 'Zo zit dit land in elkaar. Je komt er gemakkelijk binnen, maar je kunt er nooit meer uit weg...'

Warm water leek een geheel nieuw, onbekend iets. Charlotte stak haar handen uit naar het straaltje dat haar moeder langzaam uit een koperen schepje over haar schouders en rug liet lopen. In het donker van dit vertrek dat alleen maar werd verlicht door het vlammetje van een aangestoken houtspaander, leken de warme druppels op dennehars. Ze kriebelden verrukkelijk op het lichaam dat Charlotte met blauwe klei inwreef. Aan zeep bewaarden ze nog slechts een vage herinnering.

'Je bent erg mager geworden', zei Albertine heel zacht en haar stem stokte.

Charlotte lachte stilletjes. En toen ze haar hoofd met nat haar ophief, zag ze tranen van diezelfde amberen kleur in de doffe ogen van haar moeder blinken.

De daaropvolgende dagen probeerde Charlotte na te gaan hoe ze uit Siberië weg zouden kunnen komen (uit bijgeloof durfde ze niet te zeggen: weer naar Frankrijk terug te gaan). Ze ging naar het vroegere huis van de gouverneur. De soldaten bij de deur glimlachten tegen haar: een goed teken? De secretaresse van de nieuwe bestuurder van Bojarsk liet haar in een klein vertrek wachten – dat, dacht Charlotte, waar ze vroeger op het pakje met de resten van het middagmaal had gewacht...

De bestuurder ontving haar gezeten achter zijn zware bureau: ze liep al naar binnen, maar hij bleef met gefronste wenkbrauwen gewoon doorgaan met een rood potlood krachtige strepen te zetten op de bladzijden van een brochure. Op zijn werktafel lag een hele stapel van dezelfde boekjes.

'Goedendag, citoyenne!' zei hij ten slotte terwijl hij haar zijn hand toestak.

Ze begonnen met elkaar te praten. En met ongelovige verbazing constateerde Charlotte dat de antwoorden van de functionaris leken op een merkwaardig vervormde echo van de vragen die ze hem stelde. Ze had het over het Franse Hulpcomité en hoorde als een echo een korte verhandeling over de bedoelingen van de westerse imperialisten onder het mom van burgerlijke liefdadigheid. Ze gaf haar verlangen te kennen terug naar Moskou te willen en daarna... De echo onderbrak haar: de naar interventionisme strevende krachten in het buitenland en de binnenlandse klassenvijanden waren bezig de wederopbouw in de jonge republiek van de sovjets te ondermijnen...

Na een kwartier van alleen maar zulke uitspraken, kreeg Charlotte zin om te schreeuwen: 'Ik wil weg! Dat is alles!' Maar de absurde logica van dit gesprek hield haar gevangen: 'Een trein naar Moskou...'

'De sabotage van de burgerlijke specialisten bij de spoorwegen...'

'De slechte gezondheidstoestand van mijn moeder...'

'De afschuwelijke economische en culturele erfenis die het tsarisme heeft achtergelaten...'

Uitgeput fluisterde ze ten slotte zacht: 'Luister, geeft u mij alstublieft mijn papieren terug...'

De stem van de bestuurder scheen tegen een obstakel te botsen. Even trok er een krampachtige beweging over zijn gezicht. Zonder een woord te zeggen verliet hij zijn kantoor. Gebruik makend van zijn afwezigheid, wierp Charlotte een blik op de stapel brochures. De titel bracht haar in de grootste verwarring: *Hoe een eind te maken aan de seksuele vrijheid in de cellen van de Partij (aanbevelingen).* Wat de bestuurder met een rood potlood had zitten te onderstrepen waren dus deze aanbevelingen.

'We hebben de papieren niet terug kunnen vinden', zei hij toen hij weer binnenkwam.

Charlotte drong aan. Wat er toen gebeurde was even idioot als logisch. De bestuurder begon zo'n stortvloed van vloeken uit te braken dat het haar zelfs na twee maanden in overvolle treinen te hebben doorgebracht sprakeloos maakte. Hij bleef tegen haar tekeergaan toen ze al met de deurklink in de hand stond. Vervolgens bracht hij opeens zijn gezicht vlak bij het hare en hijgde: 'Ik ben in staat je te arresteren en je hier, op de binnenplaats, achter de schijthuizen, te fusilleren! Heb je dat begrepen, smerige spionne!'

Op de terugweg dwars door de besneeuwde velden begreep Charlotte dat er in dit land een nieuwe taal bezig was te ontstaan. Een taal die zij niet kende, daarom was het gesprek in het vroegere kantoor van de gouverneur haar ook zo belachelijk voorgekomen. Nee, toch niet, alles had zijn betekenis: ook deze revolutionaire spraakwaterval die opeens in een verbale modderstroom was veranderd, ook dat 'citoyenne-spionne', ook die brochure met regels voor het seksuele leven van de partijleden. Ja, er was een nieuwe orde der dingen ophanden. Alles in deze toch zo vertrouwde wereld zou een andere naam krijgen, op elk voorwerp, op elk levend wezen zou een ander etiket geplakt worden.

Ook op die traag vallende sneeuw, dacht ze, die half ingeslapen vlokken die in deze korte dooiperiode uit de zachtpaarse avondhemel omlaag dwarrelen? Ze herinnerde zich dat ze als kind blij was geweest dat deze sneeuw, als ze na haar les aan de dochter van de gouverneur de straat weer opliep, nog steeds viel. Net als nu... dacht ze terwijl ze diep ademhaalde.

Een paar dagen later verstarde het leven. Tijdens een heldere nacht daalde de Siberische kou uit de hemel neer. De wereld veranderde in een ijskristal waarin alles vast kwam te zitten, de bomen vol ijspegels, de witte en roerloze rookkolommen boven de schoorstenen, de zilverkleurige streep van de taiga aan de horizon, de door een waterige lichtkring omsloten zon. De menselijke stem had geen bereik meer, de ademdamp bevroor op de lippen.

De beide vrouwen wilden alleen nog maar overleven, van dag tot dag, met behoud van een uiterst kleine warmtezone rond hun lichamen.

Het was vooral het sparrehouten hutje dat hen redde. Alles was er ontworpen om eindeloze winters, pikdonkere nachten door te komen. De harde ervaring van verscheidene generaties Siberiërs zat tot in het hout van zijn dikke ronde palen opgesloten. Albertine kende de verborgen ademhaling van dat oude huis, had geleerd in nauw samenspel te leven met de grote kachel die de helft van de ruimte in beslag nam en traag haar warmte afgaf, met haar stilte die toch zoveel leven verraadde. En terwijl Charlotte het dagelijkse doen en laten van haar moeder gadesloeg, dacht ze vaak glimlachend: ze is toch een echte Siberische! In het halletje had ze al meteen de eerste dag bundels gedroogde kruiden opgemerkt. Deze deden haar denken aan de bosjes twijgen die Russen gebruiken om zich tijdens het baden mee te kastijden. Pas toen de laatste snee brood opgegeten was, ontdekte Charlotte waar die bundels uiteindelijk voor bedoeld waren. Albertine liet een hoeveelheid ervan in warm water weken en 's avonds aten ze wat ze later gekscherend 'Siberische soep' zouden noemen – een mengsel van stelen, zaden en wortels. 'Ik begin de planten van de taiga al uit mijn hoofd te kennen', zei Albertine terwijl ze die soep in hun borden goot. 'Ik vraag me trouwens af waarom de mensen van hier er zo weinig gebruik van maken...'

Wat hen redde, was ook de aanwezigheid van dat kind, dat zigeunerinnetje dat ze op een dag half bevroren op de veranda aantroffen. Ze krabde met haar verstijfde vingers, die paars zagen van de kou, aan de hard geworden planken van de deur... Om haar iets te eten te kunnen geven, deed Charlotte iets wat ze nooit voor zichzelf gedaan zou hebben. Je kon haar op de markt zien bedelen: een ui, een paar bevroren aardappelen, een stukje spek. Ze wroette in een afvalbak naast de kantine van de Partij, niet ver van de plek waar de bestuurder gedreigd had haar te fusilleren. Soms laadde ze zelfs goederenwagons uit voor een rond brood. Het kind, in het begin een geraamte, zweefde enkele dagen op de wankele grens tussen het licht en het niets, daarna gleed het langzaam, met aarzelende verwondering, terug in die ongewone stroom van dagen, woorden, geuren – die iedereen het leven noemde...

Op een zonnige dag in maart, hoewel de voetstappen van de voorbijgangers de sneeuw nog deden kraken, kwam een vrouw (haar moeder? haar zuster?) haar halen en nam haar zonder ook maar enige uitleg te geven mee. Charlotte haalde hen aan het eind van het dorp in en reikte het kind de grote pop met de afgeschilferde wangen aan waarmee het zigeunerinnetje al die lange winteravonden had gespeeld... Die pop was ooit uit Parijs meegenomen en vormde, samen met de oude kranten in de 'Siberische koffer', een van de laatste overblijfselen van hun vroegere leven.

De echte hongersnood, wist Albertine, zou pas in het voorjaar uitbreken... Aan de muren in het halletje hing niet één bundel kruiden meer, de markt was verlaten. In mei ontvluchtten ze hun sparrehouten hutje, zonder te weten waar ze heen zouden gaan. Ze liepen over een pad dat door de nattigheid van het voorjaar nog moeilijk begaanbaar was en bukten af en toe om de tere uitlopers van zuring te plukken.

Een koelak nam hen op zijn boerderij aan als dagloonsters. Het was een krachtige en stugge Siberiër, met een gezicht dat half schuilging onder een baard waar een enkele keer een paar korte en geen tegenspraak duldende woorden doorheen klonken.

'Ik kan jullie niets betalen', zei hij ronduit. 'Een maaltijd, een bed. Dat ik jullie aanneem is niet om jullie mooie ogen. Ik heb helpende handen nodig.'

Ze hadden geen keus. De eerste dagen viel Charlotte als ze thuiskwam meer dood dan levend op haar armzalige bed, met haar handen vol opengesprongen blaren. Albertine, die de hele dag grote zakken naaide voor de komende oogst, verzorgde haar zo goed ze kon. Op een avond was ze zo moe dat ze, toen ze de eigenaar van de boerderij tegenkwam, in het Frans tegen hem begon te praten. De baard van de boer kwam met een heftige beweging tot leven, zijn ogen versmalden zich – hij glimlachte.

'Goed, morgen mag je uitrusten. Als je moeder naar de stad wil, laat ze haar gang gaan...' Hij deed een paar stappen en draaide zich vervolgens om: 'De jongeren uit het dorp dansen elke avond, weet je dat wel? Ga ze eens opzoeken als je dat...'

Zoals was overeengekomen, betaalde de boer hen niets.

Toen ze zich in de herfst opmaakten om naar de stad terug te keren, toonde hij hun een boerenwagen waarvan de lading was bedekt met een nieuwe baaien lap.

'Hij rijdt jullie', zei hij met een blik op de oude boer die op de bok zat.

Albertine en Charlotte bedankten hem en klommen over de rand van de boerenwagen die vol stond met kistjes, zakken en pakken.

'Gaat dat allemaal naar de markt?' vroeg Charlotte om de verlegen stilte van deze laatste minuten te vullen.

'Nee. Dat is wat jullie verdiend hebben.'

Ze kregen de tijd niet om te reageren. De voerman trok aan

de teugels, de boerenwagen schommelde even en zette zich in het warme stof van de veldweg in beweging... Onder de lap ontdekten Charlotte en haar moeder drie zakken aardappels, twee zakken tarwe, een tonnetje honing, vier reusachtige pompoenen en verscheidene kistjes met groenten, bonen en appels. In een hoek zagen ze zes kippen met aan elkaar gebonden poten; daartussen wierp een haan hen boze en verongelijkte blikken toe.

'Toch ga ik een paar bundels kruiden drogen', zei Albertine toen ze er eindelijk in slaagde haar ogen van die hele schat af te wenden. 'Je weet maar nooit...'

Twee jaar later stierf ze. Het was een augustusavond, rustig en helder. Charlotte keerde terug uit de bibliotheek waar men haar had belast met het onderzoeken van de bergen boeken die uit de verwoeste adellijke landhuizen waren bijeengebracht... Haar moeder zat op een bankje dat tegen de wand van het sparrehouten hutje weggedrukt stond, met het hoofd steunend tegen het gladde hout van de ronde palen. Haar ogen waren gesloten. Waarschijnlijk was ze in slaap gevallen en in haar slaap overleden. Een licht windje dat van de taiga kwam bewoog de bladzijden van het boek dat open op haar knieën lag. Het was hetzelfde Franse boekje met het dof geworden verguldsel op de snede.

Ze trouwden in het voorjaar van het daaropvolgende jaar. Hij was afkomstig uit een dorp aan de kust van de Witte Zee, op tienduizend kilometer afstand van die Siberische stad waar de burgeroorlog hem naartoe had gebracht. Charlotte had al snel opgemerkt dat zijn trots een 'volksrechter' te zijn samenging met een vaag gevoel van onbehagen waarvan hij in die tijd zelf niet geweten zou hebben wat er de oorzaak van kon zijn. Tijdens het bruiloftsmaal stelde een van de gasten met een ernstige stem voor met een minuut stilte de dood van Lenin te herdenken. Iedereen stond op... Drie maanden na de huwelijksvoltrekking werd hij benoemd aan het andere eind van het rijk, in Boekhara. Charlotte wilde beslist de grote met oude Franse kranten gevulde koffer meenemen. Haar echtgenoot had er niets op tegen, maar in de trein gaf hij haar, zonder moeite te doen dat koppige gevoel van onbehagen te verbergen, te verstaan dat er van nu af aan een grens tussen haar Franse leven en hun leven liep die moeilijker over te steken was dan welk gebergte ook. Hij zocht naar de woorden om te zeggen wat spoedig niets bijzonders meer zou lijken: het ijzeren gordijn.

6

Kamelen in een sneeuwstorm, kou die het sap in de bomen deed bevriezen en hun stammen deed openbarsten, Charlottes verkleumde handen die grote houtblokken opvingen die uit een goederenwagon werden gegooid...

Daarmee werd in onze met rook gevulde keuken, tijdens lange winteravonden, dat wonderbaarlijke verleden weer tot leven gewekt. Achter het besneeuwde raam lagen een van de grootste steden van Rusland en de grijze vlakte waar de Wolga doorheen stroomde, verhieven zich de gebouwen die er door de stalinistische architectuur als vestingen uitzagen. Terwijl hier, te midden van de wanorde van een eindeloze avondmaaltijd en regenboogkleurige wolken tabaksrook, de schim opdoemde van die raadselachtige Française die in Siberië verdwaald was. De televisie stortte het journaal over ons uit, deed verslag van de zittingen van het laatste Partijcongres, maar dat geluid op de achtergrond had niet de geringste invloed op de gesprekken van onze gasten.

Weggedoken in een hoek van deze overvolle keuken, met mijn schouder tegen de plank waar de televisie op stond, luisterde ik gretig naar hen en probeerde intussen onzichtbaar te blijven. Ik wist dat spoedig het gezicht van een volwassene uit de blauwe nevel zou opduiken en dat ik een kreet van opgewekte verontwaardiging zou horen: 'Ah, kijk me die nachtbraker nou toch eens! Het is al over twaalven en hij ligt nog niet in bed. Vooruit, hup, wegwezen! We roepen je wel als je baard is doorgekomen...'

Uit de keuken verdreven, kon ik er toch niet toe komen meteen te gaan slapen, bleef ik piekeren over die vraag die onafgebroken door mijn jonge hoofd spookte: 'Waarom praten ze zo graag over Charlotte?'

Eerst meende ik te begrijpen dat deze Française voor mijn ouders en hun gasten een ideaal gespreksonderwerp was. Want ze hoefden maar over de herinneringen aan de laatste oorlog te beginnen, of er barstte een discussie los. Mijn vader had vier jaar, in de frontlinie, bij de infanterie doorgebracht, schreef de overwinning op rekening van die door de modder baggerende troepen die, zoals hij het uitdrukte, deze modder van Stalingrad tot Berlijn met hun bloed hadden besprenkeld. Zonder hem te willen beledigen, merkte zijn broer dan vervolgens op dat, 'zoals iedereen weet', de artillerie het paradepaardje van de moderne oorlog was. De discussie liep gewoonlijk hoog op. Het draaide erop uit dat de artilleristen werden uitgemaakt voor onderduikers, en de infanterie, vanwege de modderwegen tijdens de oorlog, voor 'infecterie'. Op dat moment kwam hun beste vriend, ex-piloot van een jachtvliegtuig, met zijn argumenten tussenbeide en raakte het gesprek in zeer gevaarlijk vaarwater. En dan hadden ze het nog niet eens gehad over de verdiensten van hun respectievelijke, voor alle drie verschillende, legeronderdelen, noch over de rol van Stalin tijdens de oorlog...

Deze discussie, voelde ik, deed hen veel verdriet. Want ze wisten dat de teerling was geworpen, welke bijdrage ze ook aan de overwinning hadden geleverd: hun gedecimeerde, zwaar getroffen generatie zou spoedig verdwijnen. En de infanterist, en de artillerist, en de piloot. Mijn moeder zou hen zelfs nog voorgaan, overeenkomstig het lot van veel kinderen die aan het begin van de jaren twintig waren geboren. Als ik vijftien was, zou ik alleen met mijn zuster achterblijven. In hun politiek school iets van een stilzwijgende voorkennis van die zeer nabije toekomst... Het leven van Charlotte, dacht ik, bracht hen tot elkaar omdat het een neutraal onderwerp was.

Naarmate ik ouder werd begon ik een heel andere reden te zien waarom ze tijdens hun eindeloze discussies zo graag over die Française spraken. Het was omdat Charlotte als een buitenaards wezen in het Russische luchtruim was verschenen. Zij had met de wrede geschiedenis van dit immense rijk, met zijn hongersnoden, revoluties, burgeroorlogen niets te maken... Wij, Russen, hadden geen keus. Maar zij? Via haar blik, namen zij een onherkenbaar land waar, want beoordeeld door een buitenlandse, die zich soms naïef, maar dikwijls veel scherpzinniger toonde dan zijzelf. In de ogen van Charlotte had zich een verontrustende wereld weerspiegeld, vol van een onbevangen waarheid – een ongewoon Rusland dat zij nog moesten ontdekken.

Ik luisterde naar hen. En ook ik ontdekte het Russische leven van Charlotte, maar op mijn manier. Sommige kleinigheden waarover nauwelijks gesproken was, vergrootten zich in mijn hoofd om de vorm aan te nemen van een hele verborgen wereld. Andere gebeurtenissen, waaraan de volwassenen een aanzienlijk belang hechtten, bleven onopgemerkt.

Op een merkwaardige manier deden de afgrijselijke beelden van kannibalisme in dorpen aan de Wolga me nauwelijks iets. Ik had zojuist *Robinson Crusoë* gelezen, en de soortgenoten van Vrijdag met hun vrolijke mensenetersrituelen hadden me op een romantische manier ongevoelig gemaakt voor de gruwelijkheden die echt plaatsvonden.

Ook was het niet het harde werken op de boerderij dat in het plattelandsverleden van Charlotte het meest indruk op me maakte. Nee, wat ik vooral onthouden had was haar bezoek aan de jongeren van het dorp. Ze was er nog dezelfde avond naartoe gegaan en toen zij ze aantrof waren ze in een vergezochte discussie gewikkeld: het ging erom erachter te komen door wat voor soort dood degene zou worden geveld die het aandurfde precies om middernacht een kerkhof te bezoeken. Glimlachend had Charlotte te kennen gegeven dat ze in staat was die nacht, te midden van de graven, alle bovennatuurlijke krachten het hoofd te bieden. Verzetjes waren zeldzaam. De jongelui, die heimelijk op een macabere ontknoping hoopten, hadden haar moed met laaiende geestdrift begroet. Er moest alleen nog een voorwerp gevonden worden dat de lichtzinnige Française op een van de graven op het dorpskerkhof zou achterlaten. En dat was niet gemakkelijk. Want alles wat werd voorgesteld kon vervangen worden door iets dat precies hetzelfde was: een sjaal, een steen, een muntstuk... Ja, die gewiekste vreemdelinge zou heel goed in staat zijn er bij het aanbreken van de dag naartoe te gaan en die sjaal ergens vast te maken terwijl iedereen sliep. Nee, het moest een voorwerp zijn dat enig was in zijn soort... De volgende ochtend had een hele afvaardiging 'het Pont-Neuftasje' aangetroffen, dat in de meest schaduwrijke hoek van het kerkhof aan een kruis hing...

Bij het beeld van dat damestasje te midden van de kruisen, onder de Siberische hemel, begon ik een idee te krijgen van het ongelooflijke lot dat voorwerpen ten deel kon vallen. Ze reisden, hoopten onder hun banale oppervlak de perioden van ons leven op en verbonden zo ver uiteengelegen momenten.

Wat het huwelijk van mijn grootmoeder met de volksrechter betreft, had ik waarschijnlijk geen oog voor wat de volwassenen er nu allemaal zo gedenkwaardig en kleurrijk aan vonden. De liefde van Charlotte, dat mijn grootvader haar het hof maakte, dat ze in deze Siberische contreien zo'n bijzonder paar vormden – dat alles is me slechts in fragmenten bijgebleven: Fjodor, in een keurig gestreken kiel, met blinkend gepoetste laarzen, op weg naar de plaats waar hun beslissende ontmoeting zal plaatsvinden. Een paar stappen achter hem zijn griffier, een jonge zoon van de pope, die zich bewust is van de ernst van het moment en langzaam lopend een reusachtige bos rozen draagt. Een volksrechter, ook al was hij verliefd, mocht vooral niet op zomaar een aanbidder uit een operette lijken. Charlotte ziet hen van verre aankomen, begrijpt meteen het waarom van de enscenering en aanvaardt met een schalkse glimlach de bos bloemen die Fjodor de griffier uit handen neemt. Deze laatste stapt verlegen, maar nieuwsgierig, achteruit en verdwijnt.

Of misschien nog dit fragment: de enige huwelijksfoto (alle andere foto's, die waarop ook de grootvader te zien was, zouden toen hij gearresteerd werd in beslag genomen worden): hun beide gezichten, iets naar elkaar toegewend, met op de lippen van Charlotte, ongelooflijk jong en mooi, die glimlach waar het 'petite pomme' doorheen schemert...

Overigens was in die lange verhalen die 's avonds verteld werden niet altijd alles duidelijk wat mijn kinderoren hoorden. Die onbezonnen daad van de vader van Charlotte, bijvoorbeeld... Deze eerbiedwaardige en rijke dokter hoort op een dag van een van zijn patiënten, een hoge functionaris bij de politie, dat de grote arbeidersdemonstratie die elk moment het grootste plein van Bojarsk kan bereiken op een van de kruispunten door mitrailleurs onder vuur zal worden genomen. Zodra de patiënt vertrokken is, trekt dokter Lemonnier zijn witte jas uit, springt, zonder zijn koetsier te roepen, in zijn rijtuig en snelt door de straten om de arbeiders te waarschuwen.

Het bloedbad vond niet plaats... En ik vroeg me dikwijls af waarom deze 'bourgeois', deze bevoorrechte zo had gehandeld. We waren gewend de wereld in zwart en wit in te delen: de rijken en de armen, de uitbuiters en de uitgebuiten, kortom de klassenvijanden en de gelijkhebbers. De daad van de vader van Charlotte bracht me in verwarring. Uit de menselijke massa, zo gemakkelijk in tweeën gehakt, rees opeens de mens met zijn onvoorspelbare vrijheid op.

Ook begreep ik niet wat er in Boekhara gebeurd was. Wel vermoedde ik dat het een afschuwelijke gebeurtenis geweest was. Kon het geen toeval zijn dat de volwassenen er slechts in bedekte termen over spraken, waarbij ze veelbetekenend het hoofd schudden? Het was een soort taboe waar ze in hun verhaal omheen draaiden door vooral op het decor in te gaan. Eerst zag ik een rivier die over gladde stenen stroomde, daarna een weg die langs de rand van de eindeloze verlatenheid liep. En de zon begon in de ogen van Charlotte te dansen, en haar wang werd vuurrood van het schurende zand, en de lucht was vol gehinnik... Het voorval waarvan ik de betekenis niet begreep, maar waarvan ik wel het feitelijke belang doorzag, verflauwde in de aandacht. De volwassenen zuchtten, gaven het gesprek een andere wending en schonken zich nog eens een glas wodka in.

Ten slotte raakte ik ervan doordrongen dat deze gebeurtenis, die op de zandvlakten van Centraal-Azië had plaatsgevonden, op een geheimzinnige en zeer diepgaande manier voorgoed een stempel op onze familiegeschiedenis had gedrukt. Ook merkte ik op dat er nooit over gepraat werd als de zoon van Charlotte, mijn oom Serguej, tot de gasten behoorde...

Als ik de nachtelijke gesprekken afluisterde, was dat eigenlijk vooral om een beeld te krijgen van het Franse verleden van mijn grootmoeder. De Russische kant van haar leven interesseerde me minder. Ik was als een onderzoeker die bij de bestudering van een meteoriet voornamelijk wordt aangetrokken door de glinsterende kristalletjes die het basaltachtige oppervlak te zien geven. En zoals je droomt van een verre reis waarvan het doel nog onbekend is, droomde ik van het balkon van Charlotte, van haar Atlantis waar ik meende de afgelopen zomer een deel van mezelf achtergelaten te hebben.

Twee

I

Die zomer was ik heel bang de tsaar nog eens te ontmoeten... Ja, die jonge keizer en zijn echtgenote in de straten van Parijs terug te zien. Net zoals je opziet tegen de ontmoeting met een vriend van wie de dokter je zijn naderende einde heeft aangekondigd, een vriend die je in blije onwetendheid zijn plannen toevertrouwt.

Want hoe had ik Nicolaas en Alexandra nog kunnen volgen in de wetenschap dat hun lot bezegeld was? In de wetenschap dat zelfs hun dochter Olga niet gespaard zou blijven? Dat zelfs de andere kinderen die Alexandra nog niet eens ter wereld had gebracht hetzelfde tragische lot beschoren was?

Met heimelijke vreugde zag ik die avond een kleine gedichtenbundel op de knieën van mijn grootmoeder liggen die ze, tussen de bloemen op haar balkon zittend, doorbladerde. Had ze mijn verwarring gevoeld, herinnerde ze zich het voorval van de afgelopen zomer? Of wilde ze ons heel gewoon een van haar lievelingsgedichten voorlezen?

Ik ging naast haar op de grond zitten en legde mijn ellebogen op het hoofd van de stenen bacchante. Mijn zuster bevond zich aan de andere kant, leunde op de balustrade en staarde naar de steppen waarboven een warme nevel hing.

De stem van Charlotte klonk zangerig zoals deze dichtregels het wilden:

> Er is een lied dat mij meer dan muziek
> van Mozart, Weber en Rossini roert,
> Een oud lied, somber en melancholiek,
> Dat enkel mij met zijn geheim vervoert.

De magie van dit gedicht van Nerval liet uit het donker van de avond een kasteel uit de tijd van Lodewijk XIII en de 'blonde zwartogige, in haar ouderwetse kleren gestoken' kasteelvrouwe opdoemen...

Op dat moment onderbrak de stem van mijn zuster mijn dichterlijke overpeinzing.

'En die Félix Faure, wat is er van hem geworden?'

Ze stond daar nog steeds, iets over de balustrade gebogen, in de hoek van het balkon. Met verstrooide bewegingen rukte ze af en toe een uitgebloeide bloem van de winde af en keek hoe die omlaag dwarrelend in het nachtelijke donker verdween. Weggezonken in haar jongemeisjesdromen, had ze niet naar het voorlezen van het gedicht geluisterd. Ze was die zomer vijftien geworden... Waarom had ze aan de president gedacht? Waarschijnlijk zag zij in deze knappe, indrukwekkende man met zijn sierlijke snor en zijn grote, rustige ogen, via een grillig spel van tedere gedachten, opeens een voorafschaduwing van de man die ooit in haar leven zou verschijnen. En ze vroeg in het Russisch – als wilde ze het onrustbarende raadsel van deze heimelijk gewenste verschijning beter tot uitdrukking brengen: 'En die Félix Faure, wat is er van hem geworden?'

Charlotte wierp me een snelle blik toe die iets van een glimlach verraadde. Daarna sloot ze het boek dat op haar knieën lag en keek zacht zuchtend in de verte, in de richting van die horizon waarboven wij een jaar geleden Atlantis hadden zien oprijzen.

'Een paar jaar na het bezoek van Nicolaas II aan Parijs, stierf de president...'

Ze aarzelde even, een ongewilde pauze die ons alleen maar aandachtiger maakte.

'Hij stierf plotseling, in het Elysée. In de armen van zijn minnares, Marguerite Steinheil...'

Deze zin kondigde het einde van mijn kindertijd aan. 'Hij stierf in de armen van zijn minnares...'

De tragische schoonheid van deze paar woorden bracht me in hevige beroering. Ik zag opeens een hele nieuwe wereld voor me.

Deze onthulling trof me trouwens vooral door haar decor: deze liefdes- en doodsscène had zich afgespeeld in het Elysée! In het presidentiële paleis! Aan de top van die piramide van de macht, van de vermaardheid, van de wereldse roem... Ik stelde me een weelderig interieur voor met wandtapijten, vergulde versieringen, rijen spiegels. Te midden van deze pracht – een man (de president van de republiek!) en een vrouw in een hartstochtelijke omhelzing...

Sprakeloos begon ik deze scène onbewust in een Russische om te zetten. Dat wil zeggen de Franse hoofdrolspelers te vervangen door hun equivalenten in eigen land. Er trok een reeks in zwarte pakken gehulde gedaanten aan mijn ogen voorbij. Secretarissen van het politbureau, machthebbers in het Kremlin: Lenin, Stalin, Chroesjtsjov, Brezjnev. Vier zeer verschillende karakters, geliefd of gehaat door de bevolking en van wie ieder zijn stempel had gedrukt op een hele periode in de geschiedenis van het rijk. Toch hadden ze één kenmerk gemeen: een vrouw aan hun zijde, of sterker nog een geliefde, was ondenkbaar. Het kostte veel minder moeite ons Stalin in het gezelschap van een Churchill op Jalta of van een Mao in Moskou voor te stellen dan met de moeder van zijn kinderen...

'De president stierf in het Elysée in de armen van zijn minnares, Marguerite Steinheil...' Deze zin leek op een gecodeerde boodschap afkomstig uit een ander sterrenstelsel.

Charlotte ging in de Siberische koffer op zoek naar een paar kranten uit die tijd in de hoop ons een foto van mevrouw Steinheil te kunnen laten zien. Ook herinnerde ik me, verward bezig het Franse liefdesavontuur in een Russisch om te zetten, de woorden weer die ik op een avond hoorde uit de mond van een slungelachtige jongen die op school nooit iets uitvoerde, een kameraad uit mijn klas. We liepen door de donkere gangen van de school na een oefening in gewichtheffen, de enige sport waar hij in uitblonk. Toen we langs het portret van Lenin liepen, had mijn metgezel zeer oneerbiedig zachtjes gefloten en beweerd: 'Ha ha, die Lenin toch. Hij had niet eens kinderen.

Stomweg omdat hij niet wist hoe hij de liefde moest bedrijven...'

De woorden om deze seksuele activiteit aan te duiden, en waartoe Lenin volgens hem niet in staat was, hadden me zeer grof in de oren geklonken. Woorden waarvan ik me nooit zou hebben durven bedienen en die, toegepast op Vladimir Iljitsj, als een monsterlijke obsceniteit klonken. Verbluft hoorde ik de echo van deze heiligschennende woorden door de lange lege gangen galmen...

'Félix Faure... De president van de republiek... In de armen van zijn minnares...' Meer dan ooit leek Atlantis-Frankrijk een *terra incognita* waar onze Russische begrippen niet meer gangbaar waren.

De dood van Félix Faure maakte me bewust van mijn leeftijd: ik was dertien jaar, ik had vaag door wat er bedoeld werd met 'sterven in de armen van een vrouw', en ik vond dat ik in het vervolg over dat soort onderwerpen kon meepraten. Overigens toonden de moed en de volstrekte afwezigheid van schijnheiligheid in het verhaal van Charlotte aan wat ik al wist: ze was anders dan andere grootmoeders. Nee, geen enkele Russische baboesjka zou zich aan een dergelijk gesprek met haar kleinzoon gewaagd hebben. Ik bespeurde in deze vrije manier om zich uit te drukken een ongewone kijk op het lichaam, de liefde, de betrekkingen tussen man en vrouw – een geheimzinnige 'Franse blik'.

's Morgens ging ik naar de steppe om er in mijn eentje te mijmeren over de opmerkelijke verandering die de dood van de president in mijn leven teweeg had gebracht. Tot mijn grote verbazing bleek de scène, omgezet naar een Russische situatie, niet meer goed onder woorden te brengen. Zelfs onmogelijk onder woorden te brengen! Ze werd gecensureerd door een onverklaarbare schroom van de woorden, opeens weggedrongen door een merkwaardige moraal die er aanstoot aan nam. Toen het eindelijk wel lukte, bleef de weergave van de scène hangen tussen ongezonde vuiligheid en eufemismen die dit liefdespaar veranderden in personages uit een slecht vertaalde sentimentele roman.

Nee, dacht ik, in het golvende gras liggend terwijl er een warme wind woei, hij kon alleen maar in het Frans sterven in de armen van Marguerite Steinheil...

Dank zij de geliefden in het Elysée begreep ik het geheim van die jonge dienstmaagd die zich, nadat ze door haar baas in de badkuip was betrapt, aan hem overgaf met de verwarring en de heftigheid van een eindelijk werkelijkheid geworden droom. Ja, al eerder was er dat merkwaardige drietal geweest dat ik in een roman van Maupassant had ontdekt die ik in het voorjaar had gelezen. Het hele boek door hunkerde een Parijse dandy naar de onbereikbare liefde van een vrouw vol decadent raffinement, probeerde hij het hart van deze verstandelijke, verveelde courtisane te veroveren, zij die nog het meest op een kwetsbare orchidee leek en hem wel steeds hoop liet, maar tevergeefs. En naast hen – de dienstmaagd, de jonge baadster met haar stevige en gezonde lichaam. Toen ik het boek voor het eerst las, had ik deze driehoeksverhouding die me er met de haren bijgesleept en zonder gewicht leek, niet opgemerkt: het was inderdaad onmogelijk dat de beide vrouwen elkaar als rivalen zouden beschouwen...

Sindsdien bekeek ik het Parijse trio met een heel andere blik. Ze werden concreet, van vlees en bloed, tastbaar – ze leefden! Ik herkende nu ook die gelukzalige angst die de jonge dienstmaagd deed huiveren toen ze uit de badkuip werd getrokken en kletsnat naar een bed werd gesleurd. Ik voelde het kriebelen van de druppels die over haar welgevormde boezem vloeiden, het gewicht van haar heupen in de armen van de man, ik zag zelfs de heftige woeling van het water in de badkuip waar haar lichaam zojuist uitgetrokken was. Geleidelijk kwam het water weer tot rust... En de ander, de ongenaakbare vrouw van de wereld die me voorheen aan een gedroogde bloem tussen de bladzijden van een boek had doen denken, openbaarde zich met een verborgen, ondoorgrondelijke zinnelijkheid. Haar lichaam omsloot een welriekende warmte, een opwindende geur die werd gevoed door haar in de aderen kloppende bloed, de glans van haar huid en de verleidelijke traagheid van haar woorden.

De noodlottige liefde waardoor het hart van de president het had begeven, gaf me een ander beeld van het Frankrijk dat ik in me meedroeg. Dat was voornamelijk een romantisch beeld. Op die gedenkwaardige avond leken de literaire personages die over haar wegen liepen na een lange slaap te ontwaken. Vroeger konden ze nog zo met hun zwaarden zwaaien, touwladders beklimmen, arsenicum slikken, hun liefde verklaren, in een karos rijden met op hun knieën het afgehouwen hoofd van hun teer beminde – ze bleven in hun denkbeeldige wereld. Hoe exotisch, luisterrijk of grappig ook, ze deden me niets. Net als die pastoor bij Flaubert, die priester uit de provincie aan wie Emma haar narigheden opbiechtte, begreep ook ik niets van deze vrouw: 'Maar wat kan ze zich nog meer wensen, zij die in een mooi huis woont, een hardwerkende man heeft en door haar buren geacht wordt'...

De geliefden in het Elysée hielpen me *Madame Bovary* te begrijpen. Met een feilloze intuïtie werd me duidelijk wat bijvoorbeeld deze bijzonderheid inhield: de vettige vingers van de kapper die vaardig aan de haren van Emma trekken en ze gladstrijken. In die kleine kapsalon hangt een beklemmende sfeer, het licht van de kaarsen dat het donker van de avond verjoeg – wekt een bedrieglijke schijn. Deze vrouw, die voor de spiegel zit, is zojuist bij haar jonge minnaar geweest en maakt zich nu op om naar huis terug te keren. Ja, ik doorzag wat een overspelige vrouw voelde, 's avonds, bij de kapper, tussen de laatste kus tijdens de ontmoeting in het hotel en de eerste, zeer alledaagse woorden die ze tegen haar man zou moeten zeggen... Zonder dat ik het zelf kon verklaren, hoorde ik zoiets als een trillende snaar in de ziel van deze vrouw. En mijn hart trilde mee. 'Emma Bovary, dat ben ik!' fluisterde een opgewekte stemme in die uit de verhalen van Charlotte opklonk.

De tijd die in ons Atlantis verstreek, kende zijn eigen wetten. Hij verstreek nu juist niet, maar waarde vrij rond elke gebeurtenis waarover Charlotte vertelde. Elk feit, al was het volkomen toevallig, hechtte zich voorgoed aan het alledaagse in dat land. Langs zijn nachtelijke hemel trok altijd een komeet, hoewel onze grootmoeder ons aan de hand van een kranteknipsel precies de datum kon vertellen waarop deze hemelse verschijning had plaatsgevonden: 17 oktober 1882. We konden ons de Eiffeltoren niet voorstellen zonder die rare Oostenrijker voor ons te zien die zich van de puntige top stortte en, in de steek gelaten door zijn parachute, te midden van een menigte nieuwsgierigen te pletter viel. Père-Lachaise had voor ons niets van een vredig kerkhof, met alleen maar een paar eerbiedig fluisterende toeristen. Nee, tussen de graven renden kris kras gewapende lieden, die elkaar beschoten en zich achter de grafstenen verscholen. Nadat het ons één keer verteld was, bleef deze strijd tussen Communards en troepen van de Nationale Vergadering in onze hoofden voorgoed verbonden met de naam 'Père-Lachaise'. Overigens hoorden we de nagalm van deze schietpartij ook in de Parijse catacomben. Want volgens Charlotte werd in die doolhoven eveneens gevochten, en versplinterden de kogels er de schedels van doden van verscheidene eeuwen geleden. En werd de hemel boven Atlantis 's nachts verlicht door de komeet en Duitse zeppelins, overdag vulde het blauwe uitspansel zich geregeld met het gebulder van een eendekker: een zekere Louis Blériot stak het Kanaal over.

De keuze van de gebeurtenissen was min of meer subjectief. Hun opeenvolging hing vooral af van onze koortsachtige nieuwsgierigheid, van onze tomeloze vragen. Maar van welk belang ze ook waren, ze ontsnapten nooit aan de algemene regel: de luchter die tijdens de voorstelling van *Faust* in de Opera van het plafond viel, deed zijn kristallen onmiddellijk uiteenspatten in alle Parijse zalen. De echte voorstelling hield voor ons dat zachte gerinkel in van die reusachtige glazen tros die zo rijp was dat hij bij de klanken van een triller of een alexandrijn vanzelf van het plafond losliet... Wat het echte Parijse circus betreft, wisten wij dat de dompteur er altijd verscheurd werd door wilde dieren – net als die 'neger met de naam Delmonico' die door zijn zeven leeuwinnen werd aangevallen.

Charlotte putte deze kennis nu eens uit de Siberische koffer, dan weer uit haar jeugdherinneringen. Sommige van haar verhalen gingen nog veel verder terug in de tijd, waren haar verteld door haar oom of door Albertine, die ze zelf weer van hun ouders gehoord hadden.

Maar voor ons deed de precieze tijdsorde er weinig toe! De tijd in Atlantis viel altijd op wonderbaarlijke wijze samen met het heden. Terwijl de trillende stem van de bariton in *Faust* de zaal vulde met: 'Laat me, laat me je gezicht bekijken...', viel de luchter, wierpen de leeuwinnen zich op de onfortuinlijke Delmonico, sneed de komeet de nachtelijke hemel open, sprong de parachutist van de Eiffeltoren, verlieten twee dieven, profiterend van de zomerse zorgeloosheid, het Louvre met medeneming van de *Mona Lisa*, zette prins Borghese trots een hoge borst op omdat hij de eerste langeafstandsrit per auto van Peking, via Moskou, naar Parijs had gewonnen... En ergens in het halfduister van een onopvallende salon in het Elysée omhelsde een man met een mooie witte snor zijn minnares en bleef in die laatste kus.

Dat heden, die tijd waarin de feiten zich eindeloos herhaalden, was natuurlijk een zinsbegoocheling. Maar dankzij deze bedrieglijke kijk ontdekten wij enkele wezenlijke karaktertrekken bij de bewoners van ons Atlantis. De Parijse straten dreunden in onze verhalen voortdurend van de bomontploffingen. De anarchisten die de bommen gooiden waren waarschijnlijk even talrijk als de snolletjes of de aapjeskoetsiers. Wat sommige van deze vijanden van de maatschappelijke orde betreft, zou in hun naam voor mij nog lang iets van een knal of wapengekletter doorklinken: Ravachol, Santo Caserio...

Ja, in die dreunende straten trad voor ons een van de eigenaardigheden van dat volk aan het licht: het was steeds bezig eisen te stellen, nooit tevreden met de bereikte *status quo*, klaar om elk moment de hoofdverkeerswegen op te stromen om iets te onttronen, aan het wankelen te brengen, af te dwingen. Vergeleken bij de maatschappelijke rust in ons vaderland, leken die Fransen geboren rebellen, mensen die protesteerden uit overtuiging, eeuwige kankeraars. De Siberische koffer vol kranten die het hadden over stakingen, aanslagen, gevechten op barricaden wekte daardoor eveneens de indruk een grote bom midden in het vredig slapende Saransk te zijn.

Maar toen stuitten we, op een paar straten afstand van waar de ontploffingen klonken, en alsof dit heden nog steeds stilstond, op dat rustige bistrootje waarvan Charlotte ons glimlachend de tekst op het uithangbord voorlas zoals zij zich die herinnerde: *Au Ratafia de Neuilly*. 'Die ratafia', verduidelijkte ze, 'werd door de baas geserveerd in zilveren schelpen...'

De mensen in ons Atlantis waren dus in staat zich gevoelsmatig te hechten aan een café, zijn uithangbord mooi te vinden, er een eigen sfeer te ontdekken. En zich hun hele leven te blijven herinneren dat je daar, op de hoek van een straat, ratafia dronk uit zilveren schelpen. Ja, niet uit geslepen glazen, ook niet uit bekers, maar uit die delicate schelpen. Dat was voor ons een nieuwe ontdekking: die occulte wetenschap die de plaats van het restaurant verbond met het ritueel van de maaltijd en zijn psychologische tonaliteit. Hun lievelingsbistro's, hebben die een eigen ziel, vroegen wij ons af, of tenminste een persoonlijk uiterlijk? In Saransk was maar één café. Ondanks zijn leuke naam, *Sneeuwvlok*, riep het bij ons geen enkel speciaal gevoel op, niet meer dan de meubelzaak ernaast of de spaarbank ertegenover. Het ging 's avonds om acht uur dicht en wat ons nog het meest nieuwsgierig maakte was zijn donkere interieur, met het blauwe oog van een nachtlampje. De vijf of zes restaurants in de stad aan de Wolga waar ons gezin woonde, leken allemaal op elkaar: om klokslag zeven uur opende de portier voor een ongeduldige menigte de deur, meteen werd de straat overspoeld door het donderende lawaai van de muziek en de stank van aangebrand vet, en om elf uur stroomde dezelfde menigte, slap en suf, het bordes weer op, waar een zwaailicht van de politie nog een originele noot aan dat onveranderlijke ritme toevoegde... De zilveren schelpen in *Au Ratafia de Neuilly*, herhaalden we stilletjes.

Charlotte legde ons de samenstelling van die ongewone drank uit. Het verhaal roerde, hoe kon het ook anders, de wereld van de wijnen aan. En daarmee maakten we, in de ban van een bonte verscheidenheid aan benamingen, smaken en geuren, kennis met die buitengewone voortbrengselen waarvan het verhemelte in staat was alle nuances te onderscheiden. Terwijl het nog steeds ging om diezelfde bouwers van barricaden! En bij de herinnering aan de etiketten op enkele flessen die in de *Sneeuwvlok* op de schappen uitgestald stonden, drong het nu tot ons door dat daar uitsluitend Franse namen op stonden: 'Champanskoé', 'Koniak', 'Silvaner', 'Aligoté', 'Mouskat', 'Kagor'...

Ja, vooral deze tegenstrijdigheid sloeg ons met stomheid: die anarchisten hadden blijkbaar een zeer samenhangend en ingewikkeld assortiment dranken weten te ontwikkelen. En meer nog, al deze ontelbare wijnsoorten maakten, volgens Charlotte, eindeloze combinaties met kazen mogelijk! En die laatste vormden op hun beurt weer een ware kaascaleidoscoop van smaken, plaatselijke kenmerken – van individuele stemmingen bijna... Rabelais, die ons tijdens onze avonden op de steppen vaak door het hoofd spookte, had dus niet gelogen.

Wij ontdekten dat een maaltijd, ja, het gewoon voedsel tot je nemen, een heel theaterstuk, een eredienst, een kunst kon worden. Zoals in dat *Café Anglais* op de Boulevard des Italiens waar de oom van Charlotte vaak met zijn vrienden dineerde.

Hij was het ook die zijn nicht het verhaal had verteld over die ongelooflijke rekening van tienduizend frank voor een honderdtal... kikkers! 'Het was heel koud,' herinnerde hij zich, 'alle rivieren waren dichtgevroren. Hij had vijftig arbeiders moeten laten komen om het ijs open te hakken en kikkers te vinden...' Ik weet niet wat ons het meest verbaasde: dat onvoorstelbare gerecht, in strijd met al onze gastronomische opvattingen, of dat grote aantal moezjieks (zo zagen wij ze) dat blokken ijs hakte uit een bevroren Seine.

Eerlijk gezegd begonnen we de draad een beetje kwijt te raken: het Louvre, *Le Cid* in de Comédie-Française, de barricaden, de schietpartij in de catacomben, de Académie, de afgevaardigden in een bootje, en de komeet, en de luchters die de een na de ander vielen, en de Niagara van wijnen, en de laatste kus van de president... En de in hun winterslaap gestoorde kikkers! We hadden te maken met een volk met een fabelachtige verscheidenheid aan gevoelens, houdingen, manieren van kijken, praten, creëren, liefhebben.

En dan was er ook nog, vertelde Charlotte ons, de beroemde kok Urbain Dubois die een soep met garnalen en asperges aan Sarah Bernhardt had opgedragen. Stel je voor, een borsjtsj die je aan iemand opdroeg, zoals een boek... Op een dag volgden we door de straten van Atlantis een jonge dandy die bij *Weber* naar binnen ging, een café dat erg in was, volgens de oom van Charlotte. Hij bestelde wat hij altijd bestelde: een tros druiven en een glas water. Het was Marcel Proust. We keken naar dat water en naar die tros die, door ons geboeid gadegeslagen, veranderde in een onvergelijkelijk verfijnd gerecht. Het was dus niet de verscheidenheid aan wijnen of de rabelaisiaanse overvloed aan voedsel die telden, maar...

Opnieuw dachten we aan die Franse geest waarvan wij het geheim probeerden te doorgronden. En alsof Charlotte ons onderzoek nog spannender wilde maken, had ze het meteen ook over restaurant *Paillard* op de Chaussée-d'Antin. Daar had prinses Caraman-Chimay zich op een avond laten ontvoeren door de zigeunerviolist Rigo...

Zonder het nog te durven geloven, vroeg ik me stilletjes af: die Franse essentie waar we zo naar zochten, zou die soms als bron de liefde hebben? Want alle wegen in ons Atlantis leken elkaar te kruisen in het rijk van de Liefde.

Saransk verdween in het pittig ruikende donker van de steppe. Haar geuren vermengden zich met het welriekende parfum van die vrouw wier lichaam schuilging onder juwelen en hermelijn. Want Charlotte vertelde over de dwaze streken van de hemelse Otero. Met ongelovige verbazing bekeek ik die laatste grote courtisane aandachtig, die in al haar schoonheid op haar grillig gevormde canapé lag. Haar buitensporige leven was slechts gewijd aan de liefde. En rond die troon waren mannen in de weer – sommigen telden de magere restanten van hun verdwenen fortuin, anderen brachten langzaam de loop van hun revolver naar hun slaap. En zelfs bij die laatste beweging wisten ze nog van een distinctie blijk te geven die de tros druiven van Proust waardig was: een van deze ongelukkige minnaars had zich het leven benomen precies op de plek waar Caroline Otero voor het eerst aan hem was verschenen!

In dat exotische land kende de cultus van de liefde overigens geen maatschappelijke grenzen, en ver van deze van luxe uitpuilende boudoirs, zagen we twee rivaliserende bendes uit Belleville elkaar afmaken omwille van een vrouw. Het enige verschil was: het haar van de knappe Otero had de pracht van een ravevleugel, terwijl de haardos van de betwiste geliefde glansde als rijpe tarwe in het licht van de ondergaande zon. De bandieten uit Belleville noemden haar Goudhelmpje.

Op dat moment kwam onze kritische zin in opstand. We waren nog net bereid te geloven in het bestaan van eters van kikkers, maar het idee dat gangsters elkaar afmaakten om de mooie ogen van een vrouw!

Voor ons Atlantis was dat echter blijkbaar niets verbazingwekkends: hadden we de oom van Charlotte immers niet al waggelend, met troebele ogen en zijn arm in een bebloede doek gewikkeld, uit een aapje zien stappen – hij had zojuist in het bos van Marly geduelleerd om de eer van een dame te verdedigen... Bovendien, had die generaal Boulanger, die gevallen dictator, zich niet door het hoofd geschoten op het graf van zijn innige geliefde?

Op een dag werden we, op de terugweg van een wandeling, alle drie overvallen door een regenbui... We liepen door de oude straten van Saransk waar alleen maar met de jaren zwart geworden sparrehouten hutten stonden. Onder de luifel van een ervan vonden we een schuilplaats. De straat, die een minuut geleden nog stikkend heet was, hulde zich in een koude duisternis, terwijl er rukwinden met hagel doorheen joegen. Ze was op ouderwetse wijze geplaveid met granieten kinderhoofdjes. De regen deed er een sterke geur van natte steen van opstijgen. De huizen verdwenen achter een sluier van water – en dankzij die geur konden we ons bijna in een grote stad wanen, 's avonds, in een herfstregenbui. De stem van Charlotte, die nauwelijks meer boven het lawaai van de neerkletterende druppels uitkwam, leek op een echo die door de regenvlagen gedempt werd.

'Dankzij net zo'n bui ontdekte ik ook ooit die in steen gehouwen inscriptie aan de vochtige muur van een huis in de Allée des Arbalétriers in Parijs. We schuilden, mijn moeder en ik, onder een poort, en terwijl we wachtten tot de regen ophield, was het enige dat we al die tijd zagen die gedenkplaat. Ik heb er de tekst van uit mijn hoofd geleerd: *'In deze doorgang werd in de nacht van 23 op 24 november 1407 hertog Lodewijk van Orléans, de broer van Karel VI, vermoord door hertog Jan zonder Vrees van Bourgogne, toen hij uit hotel de Barbette kwam'*... Dat was het huis waar Isabella van Beieren woonde...

Onze grootmoeder verstomde, maar in de ruisende regen bleven die fabelachtige namen, verweven tot een tragisch monogram dat liefde en dood verenigde, nagalmen: Lodewijk van Orléans, Isabella van Beieren, Jan zonder Vrees...

Ik weet niet waarom, maar opeens schoot me de president

weer te binnen. Een zeer heldere, zeer eenvoudige, duidelijke gedachte: tijdens al die plechtigheden ter ere van het keizerlijke paar, ja, in de stoet op de Champs-Elysées, en voor het graf van Napoleon, en in de Opera – had hij geen moment opgehouden te denken aan haar, zijn minnares, Marguerite Steinheil. Hij richtte het woord tot de tsaar, hield toespraken, beantwoordde de vragen van de tsarina, wisselde een blik met zijn echtgenote. Maar elk moment was zij, zij daar.

De regen klaterde op het bemoste dak van de oude sparrehouten hut waarvan de veranda ons een schuilplaats bood. Ik vergat waar ik was. De stad die ik ooit in gezelschap van de tsaar had bezocht veranderde op slag. Opeens zag ik haar door de ogen van de verliefde president.

Deze keer had ik, toen ik Saransk verliet, het gevoel of ik van een expeditie terugkeerde. Ik bracht een schat aan kennis mee, een overzicht van gewoontes en gebruiken en een nog onvolledige voorstelling van de geheimzinnige beschaving die elke avond ver weg op de steppe weer tot leven werd gewekt.

Elke adolescent is iemand die ordent – een verdedigingsreflex tegenover de complexiteit van de volwassen wereld die hem op de drempel van de kindertijd naar zich toe trekt. Ik was het misschien nog meer dan anderen. Want het land dat ik wilde onderzoeken bestond niet meer, en ik moest zijn gedenkwaardige plekken en zijn heilige plaatsen opnieuw in kaart brengen, dwars door de dikke mist van het verleden.

Ik was vooral trots op een serie menselijke types die deel van mijn verzameling uitmaakte. Behalve de president-minnaar, de afgevaardigden in een bootje en de dandy met zijn tros druiven, zaten er ook heel eenvoudige mensen bij, hoewel niet minder ongewoon. Die kinderen bijvoorbeeld, heel jonge mijnwerkers, met hun zwart omrande glimlach. Een krantenverkoper (wij durfden ons zo'n malloot die 'De *Pravda*! De *Pravda*!' roepend door de straten rende niet eens voor te stellen). Een hondentrimmer die zijn beroep op de kaden uitoefende. Een veldwachter met zijn trommel. Stakers verzameld bij een 'communistische gaarkeuken'. En zelfs een handelaar in hondedrollen. Ik was heel trots te weten dat deze vreemde waar in die tijd gebruikt werd om leer soepel te maken...

Maar mijn belangrijkste stap voorwaarts na die zomer was dat ik nu begreep hoe je Frans kon zijn. De talrijke onderdelen van deze ongrijpbare identiteit hadden zich samengevoegd tot een levend geheel. Het was ondanks zijn excentrieke kanten een zeer geordende manier van leven.

Frankrijk was voor mij niet langer alleen maar een rariteitenkabinet, maar een gevoelig en complex wezen waarvan op een dag een stukje in mij was overgeplant.

2

'Nee, wat ik niet begrijp, is waarom zij zich in dat Saransk heeft willen begraven. Ze had heel goed hier bij ons kunnen wonen...'

Ik sprong bijna van mijn krukje dat voor de televisie stond. Want ik begreep maar al te goed om welke reden Charlotte aan haar provinciestad gehecht was. Het zou me heel makkelijk gevallen zijn haar keus aan de in de keuken verzamelde volwassenen uit te leggen. Ik zou over de droge lucht van de grote steppe verteld hebben die het verleden prijsgaf met rustige en heldere beelden. Ik zou het over die stoffige straten gehad hebben die nergens naartoe leidden en alle op de eindeloze vlakte uitkwamen. Over die stad waar de geschiedenis de kerken had onthoofd en de 'architecturale overbodigheden' met geweld had verwijderd en zo elk tijdsbesef teniet had gedaan. De stad waar leven betekende voortdurend zijn verleden opnieuw beleven door werktuiglijk de dagelijkse bezigheden te blijven verrichten.

Ik zei niets. Ik was bang uit de keuken weggejaagd te worden. De volwassenen, had ik al een tijdje gemerkt, legden zich gemakkelijker neer bij mijn aanwezigheid. Ik scheen, nu ik veertien jaar was, het recht verworven te hebben hun late gesprekken bij te wonen. Op voorwaarde dat ik onzichtbaar bleef. Verrukt over deze verandering, wilde ik een dergelijk voorrecht vooral niet verspelen.

Charlottes naam viel tijdens deze winteravonden even vaak als voordien. Ja, net als tevoren bood het leven van mijn grootmoeder de gasten een zodanige gespreksstof dat ieders ijdelheid aan haar trekken kwam.

Bovendien had deze Française het voordeel in haar bestaan de beslissende momenten van de geschiedenis van ons land te verenigen. Ze had onder de tsaar geleefd en de stalinistische zuiveringen overleefd, ze was de oorlog doorgekomen en had de val van talloze idolen meegemaakt. Haar leven kreeg, gezien tegen de achtergrond van de bloedigste eeuw die het rijk gekend had, in hun ogen een heroïsche dimensie.

Zij, die Française, geboren aan het andere eind van de wereld, die bij het geopende portier van de wagon met een starende blik de golvende zandvlakten gadesloeg ('Maar wat was dat voor een kerel, om haar mee te slepen naar die verrekte verlatenheid?' had de vriend van mijn vader, de oorlogspiloot, op een dag uitgeroepen). Naast haar, eveneens roerloos, stond haar echtgenoot Fjodor. De luchtstroom die door de wagon joeg bracht geen enkele verkoeling, ondanks het snelle rijden van de trein. Ze bleven lang in die deuropening in het licht en de warmte staan. De wind die langs hun voorhoofd streek, voelde aan als schuurpapier. In het zonlicht leek het alsof er talloze scherfjes in hun ogen brandden. Maar ze verroerden zich niet, alsof ze met dit schuren en branden een pijnlijk verleden wilden laten verdwijnen. Ze hadden Boekhara zojuist verlaten.

Zij, die na hun terugkeer uit Siberië eindeloze uren doorbracht achter een donker raam, af en toe tegen de dikke laag ijs blies om een gesmolten rondje open te houden. Door dit waterige kijkgaatje zag ze een witte, nachtelijke straat. Soms kwam er langzaam een rijtuig aanglijden, naderde hun huis en reed na een moment van aarzeling weer door. De klok sloeg drie uur in de ochtend en een paar minuten later hoorde ze het scherpe gekraak van sneeuw op de veranda. Ze sloot een ogenblik de ogen, ging dan opendoen. Haar echtgenoot kwam altijd om deze tijd thuis... Nadat er een donker rijtuig door de besneeuwde straten voorbij was gereden, verdwenen de mensen nu eens om naar hun werk, dan weer om midden in de nacht naar huis te gaan. Ze was ervan overtuigd dat haar, zolang ze achter het raam wachtte en tegen het ijs blies, niets kon gebeuren. Om drie uur stond hij op, ordende de dossiers op zijn werktafel en vertrok. Zoals alle staatsambtenaren in het reusachtige rijk. Zij wisten dat de leider van het land in het Kremlin om drie uur zijn werkdag beëindigde. Zonder nadenken beijverde iedereen zich zijn tijdsbesteding over te nemen. En men dacht er zelfs niet bij na dat, als je van Moskou tot Siberië de verschillende tijdszones in aanmerking nam, die 'drie uur in de ochtend' helemaal nergens meer op sloeg. En dat Stalin opstond en zijn eerste pijp van de dag stopte, terwijl in een Siberische stad zijn trouwe onderdanen bij het vallen van de avond op hun stoelen die zo bijna in martelwerktuigen veranderden tegen de slaap vochten. In het Kremlin leek de leider de tijd en zelfs de zon naar zijn hand te zetten. Wanneer hij naar bed ging gaven alle klokken op de planeet drie uur in de ochtend aan. Althans, zo zag iedereen het in die tijd.

Op een dag viel Charlotte, uitgeput door dat nachtelijke wachten, een paar minuten voor dat wereldomvattende tijdstip in slaap. Toen ze even later wakker schrok, hoorde ze de voetstappen van haar echtgenoot in de kinderkamer. Ze ging er naar binnen en zag hem over het bed van hun zoon gebogen staan, een jongen met zwart en steil haar die op niemand in de familie leek...

Fjodor werd niet op klaarlichte dag in zijn kantoor gearresteerd, ook niet vroeg in de ochtend, na door een autoritair geroffel op de deur uit zijn slaap te zijn gewekt. Nee, het was op oudejaarsavond. Hij had zich uitgedost met de rode mantel van de kerstman en als gehypnotiseerd staarden de kinderen naar zijn gezicht dat onherkenbaar achter een lange baard schuilging: die jongen van twaalf jaar en zijn jongere zusje – mijn moeder. Charlotte schikte juist de grote tsjapka op het hoofd van haar echtgenoot toen ze de flat binnenvielen. Ze kwamen binnen zonder eerst geklopt te hebben, de deur stond open, zodat ze konden horen dat er gasten waren.

Dat tafereel van een arrestatie had zich enkel de afgelopen tien jaar in het bestaan van het rijk al miljoenen keren herhaald, alleen werd deze avond het decor gevormd door die kerstboom en die twee kinderen met hun kartonnen maskers op – hij dat van een haas, zij dat van een eekhoorn. En midden in het vertrek die kerstman, verstard, die precies wist wat het vervolg zou zijn en bijna blij was dat de kinderen de bleekheid van zijn wangen onder de watten baard niet opmerkten. Charlotte zei met een heel rustige stem tegen de haas en de eekhoorn die de indringers aankeken zonder hun maskers af te zetten: 'Kom kinderen, laten we naar hiernaast gaan. Dan mogen jullie het Bengaals vuur aansteken.'

Ze had het in het Frans gezegd. De twee agenten wisselden een zeer veelbetekenende blik...

Fjodor werd gered door wat logischerwijze zijn ondergang had moeten betekenen: de nationaliteit van zijn vrouw... Toen een paar jaar daarvoor mensen waren begonnen te verdwijnen, gezin na gezin, huis na huis, had hij er al meteen aan gedacht. Charlotte zat op twee punten die 'volksvijanden' meestal ten laste werden gelegd ernstig fout: ze was van afkomst een 'bourgeois' en ze had banden met het buitenland. Getrouwd met een 'bourgeoiselement', en dan ook nog een Française, werd hij er natuurlijk van beschuldigd een 'door de Franse en Britse imperialisten betaalde spion' te zijn. Dat was in de loop der tijd de gangbare formule geworden.

Juist omdat dit zo volkomen duidelijk was, liep de geolied draaiende onderdrukkingsmachine echter vast. Want om een proces te kunnen aanspannen, was men gewoonlijk verplicht aan te tonen dat de beschuldigde slinks en jaren achtereen zijn banden met het buitenland verborgen had gehouden. En aangezien het om een Siberiër ging die alleen maar zijn moedertaal sprak, nooit zijn vaderland had verlaten of een vertegenwoordiger van de kapitalistische wereld had ontmoet – moest je om dat aan te tonen, ook al verdraaide je alles, een bepaalde handigheid bezitten.

Maar Fjodor verborg niets. Het paspoort van Charlotte gaf zwart op wit haar nationaliteit aan: Française. Haar geboorteplaats, Neuilly-sur-Seine, op z'n Russisch geschreven, deed haar buitenlandse afkomst alleen maar sterker uitkomen. Haar reizen naar Frankrijk, haar 'bourgeois'-neven die nog steeds daarginds woonden, haar kinderen die even goed Frans als Russisch spraken – alles was volkomen duidelijk. De valse bekentenissen die men, na wekenlange verhoren, gewoonlijk met martelingen afdwong, waren deze keer vanaf het begin vrijwillig afgelegd. De machine maakte pas op de plaats. Fjodor werd opgesloten, daarna, omdat men steeds meer met hem in zijn maag zat, overgeplaatst naar het andere eind van het rijk, naar een geannexeerde stad in Polen.

Ze brachten een week samen door. De tijd dat de reis dwars door het land duurde met daaraan gekoppeld een lange en chaotische dag om een huis te betrekken. De volgende dag vertrok Fjodor naar Moskou om zich weer als lid van de Partij in te schrijven waar hij destijds meteen uitgestoten was. 'Het is een kwestie van twee dagen', zei hij tegen Charlotte die hem naar het station vergezelde. Toen ze weer thuis kwam, merkte ze dat hij zijn sigarettenkoker was vergeten. Dat is niet erg, dacht ze, over twee dagen... En dat nabije moment (Fjodor zou de kamer binnenstappen, die sigarettenkoker op de tafel zien liggen, zich tegen het voorhoofd slaan en uitroepen: 'Wat stom! Die heb ik overal gezocht...') ja, die ochtend in juni zou de eerste worden van een fonkelende reeks gelukkige dagen...

Ze zagen elkaar pas vier jaar later terug. En Fjodor zou zijn sigarettenkoker nooit meer terugvinden: Charlotte had hem, toen de oorlogsellende het ergst was, tegen een rond boekweitbrood geruild.

De volwassenen praatten. De televisie met haar stralende nieuws, haar berichten over de laatste prestaties van de nationale industrie, haar concerten uit het Bolsjoi Theater, vormde een kalm geroezemoes op de achtergrond. De wodka verzachtte de bitterheid van het verleden. En ik voelde dat onze gasten, zelfs de nieuwkomers, allen gesteld waren op die Française die zonder morren het lot van hun land aanvaard had.

Deze verhalen leerden me veel. Ik begreep nu ook waarom de feesten rond de jaarwisseling in ons gezin altijd een zekere onrust teweegbrachten, zoals je die ook voelt wanneer in de avondschemering een gemene tochtvlaag de deuren in een leeg huis dichtslaat. Ondanks de opgewektheid van mijn vader, ondanks de cadeaus, het lawaai van de rotjes en het glinsteren van de kerstboom, was er dat nauwelijks waarneembare gevoel van onbehagen. Alsof men midden onder het toosten, het knallen van de kurken en het gelach verwachtte dat er opeens iemand binnen zou komen. Ik geloof zelfs dat onze ouders de alledaagse rust en de sneeuw van de eerste dagen van januari zonder het elkaar te bekennen met een zekere opluchting begroetten. Hoe dan ook, die periode na de feestdagen vonden mijn zuster en ik prettiger dan het feest zelf...

De Russische dagen van mijn grootmoeder – die dagen die op een gegeven moment gewoon haar leven werden en niet een 'Russische fase' voor de terugkeer naar Frankrijk – hadden voor mij een verborgen helderheid die anderen niet opmerkten. Charlotte droeg in de loop van dat verleden een soort onzichtbaar licht in zich mee dat in onze rokerige keuken weer zichtbaar werd. Met een verwondering die me verrukte bedacht ik: deze vrouw die maanden en maanden achter een met ijs bedekt raam wachtte tot de klok drie uur in de ochtend sloeg, deze vrouw was hetzelfde geheimzinnige en zo nabije wezen dat op een dag in een café in Neuilly zilveren schelpen had gezien!

Wanneer ze over Charlotte spraken, verzuimden ze nooit ook over die ochtend te vertellen...

Op een keer werd haar zoon plotseling midden in de nacht wakker. Hij sprong uit zijn opvouwbaar bed en liep op blote voeten met de armen voor zich uitgestrekt naar het raam. Terwijl hij door het donkere vertrek liep, botste hij tegen het bed van zijn zuster. Charlotte sliep ook niet. Ze lag met open ogen in het donker en probeerde erachter te komen wat dat zware en eentonige gedreun was waarvan de doffe trillingen zich in de muren leken voort te zetten. Ze voelde hoe dat trage en langgerekte lawaai haar lichaam en haar hoofd deden schudden. De kinderen waren er wakker van geworden en renden naar het raam. Charlotte hoorde het verbaasde roepen van haar dochter: 'Ah! Allemaal sterren! Maar ze bewegen...'

Zonder het licht aan te doen, ging Charlotte naar hen toe. In het voorbijgaan zag ze op de tafel vaag een metalen voorwerp glanzen: de sigarettenkoker van Fjodor. Hij zou die ochtend uit Moskou terugkeren. Ze zag de rijen lichtpuntjes die langzaam langs de nachtelijke hemel bewogen.

'Vliegtuigen', zei de jongen met zijn rustige stem die nooit van toon veranderde. 'Hele escadrilles...'

'Maar waar vliegen ze zo dan allemaal naartoe?' zuchtte het meisje terwijl ze haar ogen, die zwaar waren van de slaap, wijd opensperde.

Charlotte pakte ze allebei bij de schouders.

'Ga slapen! Waarschijnlijk zijn het manoeuvres van ons leger. Jullie weten immers dat de grens vlakbij is. Manoeuvres of misschien oefeningen voor een luchtparade...'

De zoon kuchte en zei zacht, als voor zichzelf en steeds met die kalme droefheid die bij deze jongeman zo verbazingwekkend was: 'Of, misschien, een oorlog...'

'Zeg geen domme dingen, Serguej', begon Charlotte weer. 'Ga gauw naar bed. Morgen moeten we jullie vader van het station afhalen.'

Ze deed een bedlampje aan en keek op haar horloge: 'Half drie. Dus vandaag al...'

Ze kregen niet eens de tijd om weer in slaap te vallen. Opeens gierden de eerste bommen door de nacht. De escadrilles die al sinds een uur over de stad vlogen hadden veel verder gelegen gebieden als doel, diep in het land, waar hun aanval op een aardbeving zou lijken. Pas tegen half vier in de ochtend begonnen de Duitsers de grenslinie te bombarderen om de weg vrij te maken voor hun grondleger. En dat slaperige meisje, mijn moeder, dat geboeid naar die veel te netjes geordende, vreemde sterrenbeelden had gekeken, bevond zich in één klap in een bliksemende periode tussen vrede en oorlog.

Het was al bijna onmogelijk het huis nog te verlaten. De aarde bewoog, rij na rij vlogen de dakpannen van het dak en vielen met een dof gekraak stuk op de traptreden naar de veranda. Het lawaai van de ontploffingen was zo oorverdovend dat horen en zien je verging.

Ten slotte lukte het Charlotte de kinderen naar buiten te duwen, verliet ze zelf het huis waarbij ze een grote koffer meedroeg die als lood aan haar arm hing. Van de huizen aan de overkant waren de ruiten al kapot. In de net weer opgestoken wind wapperde een gordijn. De lichte stof bewoog even rustig als op een ochtend in vredestijd.

De straat naar het station lag bezaaid met glasscherven en afgebroken takken. Hier en daar versperde een afgeknapte boom de weg. Op een gegeven moment moesten ze om een reusachtige trechter heenlopen. Op die plek werd de menigte vluchtelingen ook dichter. Terwijl ze opzij gingen voor het gat, duwden de met tassen beladen mensen elkaar voort en merkten opeens dat ze niet de enigen waren. Ze probeerden met elkaar te praten, maar de schok die plotseling tussen de huizen door golfde, onmiddellijk gevolgd door een oorverdovende klap, maakte hen monddood. Ze zwaaiden machteloos met hun armen en vervolgden hun weg.

Toen Charlotte aan het eind van de straat het station zag, voelde ze bijna lijfelijk hoe haar leven van gisteren een verleden tegemoet snelde waaruit ze nooit meer zou terugkeren. Alleen de muur van de voorgevel stond nog overeind en door de gaten waar de ruiten gezeten hadden zag je de bleke ochtendhemel...

Ten slotte drong het door honderden monden herhaalde bericht door het lawaai van de bommen heen. De laatste trein naar het oosten was zojuist vertrokken, op een absurde manier precies volgens de dienstregeling. De menigte stuitte op de puinhopen van het station, bleef staan en verspreidde zich vervolgens, overweldigd door het gebrul van een vliegtuig, over de naburige straten en onder de bomen van een plantsoen.

Verbijsterd wierp Charlotte een blik om zich heen. Voor haar voeten lag een bord: 'Verboden het spoor over te steken! Gevaarlijk!' Maar het spoor, dat waren alleen nog maar die door de ontploffingen losgerukte, dwaze rails die daar met een scherpe bocht tegen de betonnen pijler van een viaduct omhoog staken. Ze wezen naar de hemel, en hun dwarsliggers leken net een bizarre trap die rechtstreeks naar de wolken voerde.

'Daar staat een goederentrein die zo gaat vertrekken', hoorde ze de rustige en bijna verveelde stem van haar zoon plotseling mompelen.

In de verte zag ze een rij grote, bruine wagons staan, waar omheen menselijke figuurtjes druk in de weer waren. Charlotte greep het handvat van haar koffer, de kinderen pakten hun tas.

Net toen ze bij de laatste wagon aankwamen, zette de trein zich in beweging en hoorde je een zucht van bange vreugde die dit vertrek begroette. In de opening tussen de schuifdeuren verscheen een opeengepakte massa angstige mensen. Charlotte, die voelde dat haar bewegingen hopeloos traag waren, duwde haar kinderen naar die opening die zich langzaam verwijderde. De zoon klom naar binnen, greep de koffer. Zijn zuster moest haar pas al versnellen om zich aan de hand die de jongen haar toestak vast te kunnen klampen. Charlotte pakte het kind bij haar middel, tilde het op en slaagde erin het op de rand van de overvolle wagon te hijsen. Ze moest nu rennen en intussen proberen de grote ijzeren deurklink vast te grijpen. Dat duurde slechts een seconde, maar net lang genoeg om de verstarde gezichten van de geredden, de tranen van haar dochter en, onwezenlijk duidelijk, het gespleten hout van de wagondeur te zien...

Ze struikelde, viel op haar knieën. De rest ging zo snel dat ze niet eens meer kon zeggen of ze de witte kiezelstenen langs de spoorbaan nu wel of niet had gevoeld. Twee handen grepen haar krachtig bij haar middel, de hemel maakte een plotselinge zigzagbeweging en ze voelde hoe ze in de wagon werd geduwd. En in een heldere flits zag ze nog net even de pet van een spoorwegarbeider, de gestalte van een man die zich een fractie van een seconde tegen het licht in tussen de opzijgeschoven deuren aftekende...

Omstreeks het middaguur reed de trein door Minsk. Door de dikke rook heen schitterde een roodachtige zon, alsof je op een andere planeet was. Ook dwarrelden er treurige vlinders – grote vlokken as – door de lucht. Niemand was in staat te begrijpen hoe een paar uur oorlog de stad had kunnen veranderen in deze eindeloze rijen zwarte karkassen.

De trein vervolgde langzaam, als op de tast, zijn weg door die verkoolde resten, in een zonlicht dat geen pijn meer deed aan de ogen. Ze waren al gewend aan dat aarzelende rijden en aan die hemel vol vliegtuiggeronk. En zelfs aan dat snerpende gefluit boven de wagon, gevolgd door een regen van kogels op zijn dak.

Bij het verlaten van de in de as gelegde stad, stuitten ze op de resten van een door bommen opengereten trein. Verscheidene wagons lagen ondersteboven naast de spoorbaan, andere, op hun zij of in elkaar geschoven tot een wanstaltige harmonica, versperden de rails. Enkele verpleegsters liepen, geslagen door machteloosheid bij het zien van het grote aantal uitgestrekte lichamen, langs de rijtuigen. In hun donkere binnenste zag je menselijke omtrekken, soms hing er een arm uit een gebroken raam. Wat vooral verbazing wekte, was de hoeveelheid poppen die op de dwarsliggers en in het gras lag... Aan een van de wagons hing nog de emaillen plaat waarop je de bestemming kon lezen. Verbijsterd stelde Charlotte vast dat het de trein was die ze die ochtend gemist hadden. Ja, die laatste trein naar het oosten die nog volgens de vooroorlogse dienstregeling had gereden.

Toen de avond viel, begon de trein weer sneller te rijden. Charlotte voelde hoe haar dochter zich tegen haar schouder drukte en rilde. Daarom stond ze op om de grote koffer waar ze op zaten te kunnen openen. Ze moesten zich gereedmaken voor de nacht, ze wilde er warme kleren en twee zakken biscuits uithalen. Charlotte deed het deksel half open, stak haar hand naar binnen en verstijfde, waarbij ze een korte schreeuw die haar buren wakker maakte niet kon onderdrukken.

De koffer zat vol oude kranten! In de consternatie van die ochtend had ze de Siberische koffer meegenomen...

Hoewel ze haar ogen nog niet kon geloven, haalde ze er een vergeeld stuk papier uit en in het vale licht van de avondschemering kon ze lezen: 'Afgevaardigden en senatoren van alle gezindten hadden met spoed gehoor gegeven aan de oproep van de heren Loubet en Brisson... In de salon Murat waren vertegenwoordigers van alle hoge staatscolleges bijeen...'

Met het gebaar van een slaapwandelaarster deed Charlotte de koffer weer dicht, ging zitten en keek met een licht hoofdschudden om zich heen, alsof ze het nog niet wilde geloven.

'Er zit een oud jasje in mijn tas. Bovendien heb ik het brood bij elkaar geraapt dat nog in de keuken lag toen we vertrokken...'

Ze herkende de stem van haar zoon. Waarschijnlijk had hij haar ontreddering opgemerkt.

's Nachts sliep Charlotte maar even, net lang genoeg voor een snelle droom, waarin de klanken en kleuren van vroeger samenvloeiden... Toen iemand naar de deur kroop, werd ze wakker. De trein stond midden in de velden stil. De nacht was hier niet zo pikdonker als in de stad die ze ontvlucht waren. De vlakte die zich voor de bleke rechthoek van de geopende deur uitstrekte, had dezelfde asgrijze kleur als tijdens de nachten in het noorden. Toen haar ogen aan de duisternis gewend waren, onderscheidde ze naast de spoorbaan, in de luwte van enkele bomen, de omtrekken van een sparrehouten hutje waar alles in rust was. En ervoor, in een weide die langs het spoor liep, zag ze een paard. Het was zo stil dat je het zachte knappen van de grassprieten die tijdens het grazen afbraken en het gesop van de hoeven in de vochtige aarde kon horen. Met een bitter gevoel en een onbewogenheid die haar zelf verbaasde, begon deze heldere gedachte door haar hoofd te spelen: eerst was er die hel van verbrande steden en een paar uur later – dat paard dat daar in de koelte van de nacht gras vol dauw staat te grazen. Dit land is te groot om door hen overwonnen te kunnen worden. Hun bommen zullen de stilte op deze eindeloze vlakte niet kunnen aantasten...

Nog nooit had ze zich zo met deze grond verbonden gevoeld.

Gedurende de eerste maanden van de oorlog zag zij in haar slaap een eindeloze stoet verminkte lichamen voorbij trekken die zij verzorgde tijdens diensten van veertien uur per dag. In die stad, op zo'n honderd kilometer van het front, werden de gewonden met treinen tegelijk aangevoerd. Vaak ging Charlotte met de arts mee naar het station om deze treinen vol zwaar gewonden op te wachten. Soms zag ze dan op het spoor ernaast een andere trein, vol soldaten die net onder de wapenen geroepen in tegenovergestelde richting vertrokken, op weg naar het front. De ronde langs de verminkte lichamen hield zelfs in haar slaap niet op. Ze bevolkten haar dromen, verzamelden zich aan het eind van haar nachten en bleven op haar wachten: zoals die jonge infanterist wiens onderkaak was afgerukt en wiens tong uit het vuile verband stak, of die ander – zonder ogen, zonder gezicht... Maar vooral het steeds toenemende aantal van degenen die armen en benen waren kwijtgeraakt – afschuwelijke rompen zonder ledematen, met verwilderde blikken van de pijn en de wanhoop.

Ja, het waren vooral die ogen die de tere sluier van haar dromen verscheurden. Zij vormden flonkerende sterrenbeelden in de duisternis, volgden haar overal, spraken zwijgend tot haar.

Op een nacht (er trokken eindeloze colonnes tanks door de stad), sliep ze lichter dan ooit – ze dommelde even weg en werd weer wakker temidden van het metalige geknars van de rupsbanden. Op de bleke achtergrond van een van deze dromen begon Charlotte al die door ogen gevormde sterrenbeelden opeens te herkennen. Ja, ze had ze al eens gezien, ooit, in een andere stad. In een ander leven. Ze werd wakker, verbaasde zich erover dat ze geen enkel lawaai meer hoorde. De tanks hadden de straat verlaten. De stilte maakte doof. En in die diepe en stille duisternis zag Charlotte weer de ogen van de gewonden die tijdens de Eerste Wereldoorlog waren gevallen. Opeens kwam de tijd in het ziekenhuis van Neuilly weer dichtbij. Nog maar zo kort geleden, dacht Charlotte.

Ze stond op en ging naar het venster om een raampje dicht te doen. Halverwege stopte ze haar beweging. Buiten legde een sneeuwstorm (de eerste sneeuw die eerste oorlogswinter) met krachtige vlagen een wit tapijt over de nog zwarte aarde. De hemel waarin wolken sneeuw voortstoven deed haar in diepe gedachten verzinken. Ze dacht aan het leven van de mannen. Aan hun dood. Aan de aanwezigheid, ergens onder deze stormachtige hemel, van wezens zonder armen of benen, aan hun open ogen die in het donker staarden.

Op dat moment kwam het leven haar voor als een eentonige reeks oorlogen, een eindeloos verbinden van altijd open wonden. En het geraas van staal op vochtige straatstenen... Ze voelde een sneeuwvlok op haar arm neerkomen. Ja, deze nooit eindigende oorlogen, die wonden en, terwijl ze te midden daarvan in het verborgene wachtte, dat moment van de eerste sneeuw.

De blikken van de gewonden verdwenen tijdens de oorlog maar twee keer uit haar dromen. De eerste keer toen haar dochter tyfus kreeg en zij koste wat kost brood en melk moest zien te vinden (ze aten al maanden aardappelschillen). De tweede keer toen ze van het front een overlijdensbericht ontving... Nadat ze 's morgens in het ziekenhuis was aangekomen, bleef ze er de hele avond in de hoop dat ze van vermoeidheid zou instorten, bang om terug naar huis te gaan, daar de kinderen aan te treffen en tegen hen te moeten praten. Tegen middernacht ging ze ten slotte met haar hoofd tegen de muur naast de kachel zitten, sloot de ogen en liep meteen een straat in... Ze hoorde op de stoepen de geluiden van de ochtend, ademde een lucht in die werd verlicht door een bleke, lage zon. Terwijl ze door die nog slapende stad liep, herkende ze bij elke stap haar eenvoudige topografie: stationsrestauratie, kerk, marktplein... Het lezen van de straatnamen, het kijken naar het spiegelen van de ruiten, naar het gebladerte in het plantsoen achter de kerk bezorgden haar een merkwaardige vreugde. De man die naast haar liep vroeg haar een van deze namen te vertalen. Toen begreep ze waarom deze ochtendwandeling dwars door die stad haar zo gelukkig maakte...

Charlotte ontwaakte uit haar slaap terwijl haar lippen nog de laatste woorden prevelden die ze daarginds gesproken had. En pas toen tot haar doordrong dat wat ze gedroomd had volstrekt onmogelijk was – zij en Fjodor in die Franse stad op een heldere ochtend in de herfst – pas toen ze besefte dat die toch zo eenvoudige wandeling een absoluut onwerkelijke voorstelling was geweest, haalde ze het rechthoekige stukje papier weer uit haar zak en las voor de honderdste keer het in onduidelijke letters gedrukte overlijdensbericht en de met de hand, met paarse inkt geschreven naam van haar echtgenoot. Aan het andere eind van de gang werd ze alweer door iemand geroepen. De nieuwe trein met gewonden kon elke moment aankomen.

'Samovars'! Zo noemden mijn vader en zijn vrienden hen soms tijdens hun gesprekken 's avonds, die soldaten zonder armen of benen, die levende rompen in wier ogen alle wanhoop van de wereld besloten lag. Ja, het waren samovars: met dijbeenstompen die op de poten van dit koperen vat en armstompen die op zijn handvatten leken.

Onze gasten praatten erover met een mengeling van branie, spot en bitterheid. Dat ironische en wrede 'samovar' betekende dat de oorlog ver weg was, door sommigen vergeten, voor anderen, voor ons, jongeren die zo'n tien jaar na hun overwinning geboren waren, onbelangrijk. En om niet pathetisch te lijken, dacht ik, riepen ze daarom het verleden op met die wat kwajongensachtige bravoure, alsof ze voor god en de duvel niet bang waren, zoals een Russische zegswijze luidde. Pas veel later kwam ik erachter welk geheim werkelijk achter die nuchtere toon stak: een 'samovar' was een ziel gevangen in een afgezet lichaamsdeel, een stuk van de geest los van het lichaam, een machteloze blik opgenomen in de sponzige brij van het leven. Deze toegetakelde ziel werd door de mensen 'samovar' genoemd.

Over het leven van Charlotte vertellen was voor hen ook een manier om niet over hun eigen pijn en verdriet te hoeven spreken. Te meer omdat haar ziekenhuis, met die honderden soldaten van alle fronten bij elkaar, met al die levens op een hoop, genoeg andere persoonlijke verhalen had opgeleverd die ter sprake konden worden gebracht.

Bijvoorbeeld over die soldaat die vanwege zijn met... hout gevulde been steeds weer indruk op me maakte. Een scherf die hem onder de knie had getroffen, had een houten lepel versplinterd die hij in de lange schacht van zijn laars gestoken bij zich droeg. De wond was niet ernstig, maar toch moesten alle overblijfselen verwijderd worden. 'Al die splinters', volgens Charlotte.

Een andere gewonde klaagde er dagenlang over dat onder het gips zijn been zo jeukte dat hij niet wist waar hij het zoeken moest. Hij wrong zich in allerlei bochten en krabde aan het witte pantser alsof hij met zijn vingers tot op de wond had willen doorgaan. 'Haal het weg', smeekte hij. 'Het is alsof het aan me knaagt. Haal het weg, of ik breek het met een mes zelf open!' De chef-arts, die twaalf uur per dag onafgebroken met het operatiemes in de weer was, wilde er met geen woord over horen en meende met een zeurpiet van doen te hebben. De samovars klagen nooit, dacht hij. Ten slotte wist Charlotte hem ertoe te overreden een kleine opening in het gips te maken. Zij was het ook die met een pincet de witte maden uit het bloederige vlees haalde en de wond schoonmaakte.

Bij dit verhaal kwam alles in mij in opstand. Mijn lichaam kromp ineen als ik me dat beeld van ontbinding voor de geest probeerde te halen. Ik voelde op mijn huid lijfelijk de aanraking van de dood. En met wijd opengesperde ogen sloeg ik de volwassenen gade, die deze verhalen, die allemaal in dezelfde geest lagen, vermakelijk vonden: houtsplinters in een wond, maden...

Zo had je ook nog die wond die niet meer wilde dichtgaan. Toch heelde ze goed; de rustige en ernstige soldaat bleef ermee in bed, in tegenstelling tot de anderen die, nog maar net geopereerd, meteen op de gangen begonnen rond te hangen. De dokter boog zich over het been en schudde het hoofd. Onder het verband bloedde de wond, waarop zich de dag ervoor een dun vliesje huid had gevormd, opnieuw, haar randen leken op de rafels van een stukje gescheurd kant. 'Hoogst merkwaardig!' merkte de dokter verbaasd op, maar hij kon er niet lang aandacht aan besteden. 'Leg een nieuw verband aan!' zei hij tegen de dienstdoende verpleegster en beende weg tussen de dicht op elkaar staande bedden... Zonder het te willen betrapte Charlotte de gewonde 's nachts. Alle verpleegsters droegen schoenen waarvan de hakken de gangen met een gehaast geroffel vulden. Alleen Charlotte verplaatste zich op haar vilten laarsjes geruisloos. Hij had haar niet horen binnenkomen. Ze ging de donkere zaal binnen en bleef bij de deur staan. De omtrekken van de soldaat, die op zijn bed zat, tekenden zich duidelijk af tegen de door de sneeuw goed zichtbare ramen. Charlotte had een paar seconden nodig om het door te krijgen: de soldaat veegde met een spons over zijn wond. Op zijn kussen lag het opgerolde verband dat hij zojuist had verwijderd... 's Ochtends lichtte ze de chef-arts in. Deze keek haar na een nacht zonder slaap als door een nevel aan en begreep er niets van. Daarna schudde hij de versuftheid van zich af en schreeuwde met een hese stem: 'Wat wil je dat we eraan doen? Ik bel meteen om hem te laten oppakken. Dit is zelfverminking...'

'Dan komt hij voor de krijgsraad...'

'Nou en? Dat heeft hij toch ook verdiend, of niet soms? Terwijl anderen in de loopgraven verrekken... zit hij... De deserteur!'

Er viel even een stilte. De dokter ging zitten en begon met zijn handpalmen die vlekken van jodiumtinctuur vertoonden zijn gezicht te masseren.

'En als we hem eens in het gips legden?' zei Charlotte.

Het gezicht van de dokter dat achter zijn handpalmen verscheen was vertrokken van woede. Hij wilde zijn mond al opendoen maar bedacht zich. Zijn rode ogen begonnen te twinkelen, hij glimlachte.

'Jij altijd met je gips. Bij de een halen we het eraf omdat het hem jeuk bezorgt, de ander heeft jeuk en pakken we er juist in. Je blijft me verbazen, Charlota Norbertovna!'

Tijdens zijn rondgang bekeek hij de wond en zei langs zijn neus weg tegen de verpleegster: 'Hij moet in het gips. Een dun laagje maar. Dat doet Charlota nog wel voor ze weggaat.'

De hoop keerde terug toen zij anderhalf jaar na het eerste overlijdensbericht een tweede kreeg. Fjodor kon niet twee keer omgekomen zijn, dacht ze, dus was hij misschien nog in leven. Deze tweevoudige dood werd een bewijs van nog aanwezig leven. Zonder tegen iemand iets te zeggen begon Charlotte weer te wachten.

Hij kwam terug, niet uit het westen en zoals de meeste soldaten aan het begin van de zomer, maar uit het Verre Oosten, in september, na de nederlaag van Japan...

Saransk was van een stad dicht bij het front veranderd in een vredige plek, weer ingedut aan de rand van de steppen, achter de Wolga. Charlotte woonde er alleen: haar zoon (mijn oom Serguej) was naar een militaire academie gegaan, haar dochter (mijn moeder) was naar de naburige stad vertrokken, net als alle andere leerlingen die hun opleiding wilden vervolgen.

Op een zachte septemberavond verliet ze het huis en liep de verlaten straat op. Ze wilde voor het donker werd op de steppe nog wat stengels wilde dille plukken voor bij het inzouten. Op de terugweg zag ze hem opeens... Ze droeg een bos lange planten met aan het eind gele bloemschermen. Haar jurk, haar lichaam ademden dezelfde zuiverheid als de stille velden, als het gedempte licht van de ondergaande zon. Aan haar vingers hing nog de sterke geur van dille en droge kruiden. Ze wist al dat dit leven, ondanks al het verdriet, de moeite waard was geleefd te worden, dat je het langzaam op je moest laten inwerken, van die zonsondergang tot de doordringende geur van deze stengels, van de eindeloze rust op de vlakte tot het gekweel van een vogel hoog in de lucht, ja van die hemel tot zijn donkere weerkaatsing die zij in haar borst gewaar werd als een oplettende en levendige aanwezigheid. Ja, dat je zelfs bereid moest zijn het warme stof op te merken op dit weggetje dat naar Saransk voerde...

Ze keek op en zag hem. Hij liep haar tegemoet, hij was nog ver weg, moest de hele straat nog door. Als Charlotte hem in de deuropening van de kamer had begroet, als hij de voordeur had geopend en binnen was gestapt, zoals ze zich al heel lang voorstelde, zoals alle soldaten deden die uit de oorlog terugkeerden, in het echt of in films, zou ze ongetwijfeld een kreet hebben geslaakt, op hem toe zijn gesneld, zijn koppelriem hebben gegrepen, gehuild hebben...

Hij doemde echter in de verte op, werd pas geleidelijk herkenbaar, liet zijn vrouw de tijd aan die straat te wennen die onherkenbaar was geworden door de gestalte van een man wiens onzekere glimlach zij al waarnam. Ze renden niet, spraken geen woord, omhelsden elkaar niet. Het kwam hen voor alsof het naar elkaar toelopen een eeuwigheid had geduurd. De straat was leeg, het avondlicht dat door de goudgele bladeren van de bomen werd weerkaatst onwerkelijk helder. Ze bleef voor hem staan, bewoog zacht haar bos dille heen en weer. Hij knikte alsof hij wilde zeggen: 'Ja, ja, ik begrijp het.' Hij droeg geen koppelriem, alleen maar een gordel met een gesp van dof brons. Zijn laarzen waren rood van het stof.

Charlotte woonde op de benedenverdieping van een oud houten huis. Al een eeuw rees jaar na jaar nauwelijks waarneembaar de grond, en het huis zakte weg, zodat het raam van de kamer nog maar nauwelijks hoger dan de stoep zat... Ze gingen zwijgend naar binnen. Fjodor zette zijn tas op het krukje, wilde iets zeggen, maar zei niets, bracht zijn vingers naar zijn lippen en kuchte alleen maar. Charlotte begon eten klaar te maken.

Ze betrapte zich erop dat ze zijn vragen beantwoordde, antwoorden gaf zonder erbij na te denken (ze hadden het over brood, rantsoenbonnen, het leven in Saransk), dat ze hem thee aanbood, dat ze glimlachte toen hij zei dat 'alle messen in dit huis geslepen moesten worden'. Maar al nam ze deel aan dit eerste, nog aarzelende gesprek, ze voelde zich elders. Niet hier maar ver weg, waar heel andere woorden gesproken werden: 'Deze man met kort haar dat eruit ziet alsof er krijt overheen is gestrooid, is mijn echtgenoot. Ik heb hem al vier jaar niet meer gezien. Ze hebben hem twee keer begraven – eerst na de slag om Moskou, daarna in de Oekraïne. En nu is hij hier, terug. Ik zou moeten huilen van vreugde. Ik zou moeten... Zijn haar is helemaal grijs...' Ze had wel in de gaten dat ook hij nauwelijks met zijn gedachten bij dit gesprek over rantsoenbonnen was. Hij was teruggekeerd nadat de Overwinningsvuren al lang gedoofd waren. Het leven had zijn dagelijkse loop hernomen. Hij was te laat teruggekeerd. Als een verstrooide man die, uitgenodigd voor het middagmaal, pas komt aanzetten als het tijd is voor het avondeten en de vrouw des huizes overvalt terwijl ze net bezig is afscheid van de laatste late gasten te nemen. Hij zal me wel heel oud vinden, dacht Charlotte maar zelfs die gedachte was niet in staat een eind te maken aan het merkwaardige uitblijven van ontroering in haar hart, het maakte haar van streek dat ze geen enkele aandoening voelde.

Ze begon pas te huilen toen ze zijn lichaam zag. Na de maaltijd maakte ze water warm, haalde ze een zinken bak te voorschijn, het badteiltje van de kinderen dat ze midden in de kamer neerzette. Fjodor dook in elkaar in de grijze bak waarvan de bodem onder zijn gewicht met een klakkend geluid doorzakte. En terwijl ze een straaltje warm water over het lichaam van haar man goot die het onhandig over zijn schouders en rug verspreidde, begon Charlotte te huilen. De tranen liepen over haar gezicht waarvan geen spier bewoog, vielen in de bak en vermengden zich met het zeepwater.

Dit lichaam was het lichaam van een man die ze niet kende. Een lichaam vol littekens, sporen van wonden – nu eens diep, met vlezige randen, als reusachtige gulzige lippen, dan weer met een glad oppervlak, glinsterend als het spoor van een slak. In een van de schouderbladen zat een gat – Charlotte wist welk soort van klauwen voorziene scherfjes zoiets veroorzaakten. Rond de schouder liepen roze sporen van hechtingen, tot op de borst...

Door haar tranen heen bekeek ze de kamer alsof het voor het eerst was: een raam vlak boven de grond, die bos dille die al uit een andere periode van haar leven stamde, een ransel op het krukje naast de voordeur, grote laarzen bedekt met rood stof. En onder een kale en bleke gloeilamp, midden in dit half in de grond weggezakte vertrek – dat onherkenbare lichaam dat, zo leek het wel, tussen de raderen van een machine had klemgezeten. Onbewust kwamen er woorden van verbazing bij haar op: 'Ik, Charlotte Lemonnier, ik ben hier, in deze onder steppegras verscholen sparrehouten hut, met deze man, deze soldaat met zijn door wonden gehavende lichaam, de vader van mijn kinderen, de man van wie ik zoveel hield... Ik, Charlotte Lemonnier...'

Een van Fjodors wenkbrauwen vertoonde een brede witte groef die, smaller wordend, over zijn voorhoofd doorliep. Daardoor leek het net alsof zijn blik voortdurend verbazing uitdrukte. Alsof het hem maar niet lukte aan dat leven van na de oorlog te wennen.

Hij leefde geen jaar meer... In de winter verhuisden ze naar de flat waar we als kinderen altijd samen met Charlotte de zomer doorbrachten. Ze kregen zelfs de tijd niet meer om nog nieuw vaatwerk en bestek te kopen. Fjodor bleef het brood snijden met het mes dat hij van het front had meegebracht – gemaakt van een bajonet...

Terwijl ik naar de verhalen van de volwassenen luisterde, stelde ik me onze grootvader tijdens dit ongelooflijk korte weerzien zo voor: een soldaat beklom de veranda van de sparrehouten hut, keek zijn vrouw diep in de ogen en had nog net de tijd om te zeggen: 'Ik ben terug, zoals je ziet...', om vervolgens neer te vallen en te sterven aan zijn verwondingen.

3

Dat jaar zorgde Frankrijk ervoor dat ik me in diepe eenzaamheid terugtrok en ijverig studeerde. Aan het eind van de zomer keerde ik uit Saransk terug als een jonge onderzoeker met duizend-en-een gelukkige vondsten in mijn bagage – van de druiventros van Proust tot het schild dat herinnerde aan de tragische dood van de hertog van Orléans. In de herfst en vooral tijdens de winter veranderde ik in een maniak die alles wilde weten, een archivaris die als een bezetene zoveel mogelijk informatie verzamelde over een land dat hem tijdens zijn uitstapje die zomer even aan zijn geheim had laten ruiken.

Ik las alles wat de bibliotheek van onze school voor interessants over Frankrijk bezat. Ik stortte me op de planken met nog uitgebreider materiaal in onze stadsbibliotheek. Tegenover de impressionistische verhalen van Charlotte die de zaken slechts met puntjes en strepen aangaven, wilde ik een systematische studie stellen, die de eeuwen in de juiste volgorde, eerst de ene Lodewijk, dan pas de volgende, een schrijver in samenhang met zijn collega's, leerlingen of navolgers behandelde.

Dat ik zulke lange dagen in die stoffige doolhoven vol boeken doorbracht, kwam waarschijnlijk voort uit een soort behoefte me als een monnik terug te trekken, zoals iedereen die op deze leeftijd voelt. Je probeert nog even te vluchten voor je door de tandwielen van het volwassen leven wordt gegrepen, je wilt nog even alleen fantaseren over de toekomstige liefdesavonturen. Dat afwachten, dat kluizenaarsleven begint je echter spoedig zwaar te vallen. Vandaar de neiging tot collectivisme van jongeren, ze willen op een wriemelende hoop bij elkaar kruipen, tot een groep behoren – een ongeduldige poging, voor het echt zover is, alle scenario's van de volwassen maatschappij alvast eens uit te proberen. Er zijn er maar weinig van dertien of veertien jaar die in staat zijn weerstand te bieden aan deze rollenspelen die je ook als eenling, als een meer beschouwend iemand worden opgedrongen, met alle wreedheid en onverdraagzaamheid van hen die gisteren nog kinderen waren.

Dankzij mijn op Frankrijk gerichte speurwerk wist ik, hoewel een jongere, de eenling te blijven die ik graag wilde zijn.

De minimaatschappij van mijn leeftijdgenoten legde voor mij nu eens een ongeïnteresseerde toegeeflijkheid aan de dag (ik was 'nog niet rijp', ik rookte niet en vertelde geen vieze verhalen waarin de geslachtsdelen, de mannelijke en de vrouwelijke, volledig de hoofdrol speelden), dan weer een agressiviteit waarvan de gemeenschappelijke heftigheid me versteld deed staan: ik voelde me maar nauwelijks anders dan de anderen, en vond dat ik zoveel vijandigheid niet verdiende. Maar het was waar, de films die in hun minimaatschappij tijdens de pauzes van commentaar werden voorzien lieten me koud, ik kende niet een van de voetbalclubs waar zij de hartstochtelijke aanhangers van waren. Mijn onwetendheid krenkte hen. Ze zagen er een uitdaging in. Ze vielen me aan met hun spotternij, met hun vuisten. Die winter begon ik een verwarrende waarheid te onderscheiden: dat verre verleden met je meedragen, met je geest verwijlen in dat fabelachtige Atlantis, was geen onschuldig tijdverdrijf. Ja, het was wel degelijk een uitdaging, een provocatie aan het adres van degenen die in het heden leefden. Op een dag had ik genoeg van dat getreiter en deed ik of ik belang hechtte aan de uitslag van de laatste wedstrijd, mengde me in hun gesprek, liet de namen van de voetballers vallen die ik de dag ervoor uit mijn hoofd geleerd had. Maar iedereen rook het bedrog. De discussie werd afgebroken. De minimaatschappij viel uiteen. Sommigen keken me meewarig aan. Ik voelde me nog dieper in hun achting gezonken.

Na deze jammerlijke poging begon ik nog fanatieker te speuren en te lezen. De vluchtige beelden van Atlantis, verspreid in de tijd, bevredigden me niet langer. Vanaf dat moment wilde ik dieper in zijn geschiedenis doordringen. Door de spelonken van onze oude bibliotheek dwalend, probeerde ik meer duidelijkheid te krijgen over het waarom van dat zonderlinge huwelijk tussen Hendrik I en de Russische prinses Anna. Ik wilde weten wat haar vader, de beroemde Jaroslav de Wijze, haar als bruidsschat kon hebben meegegeven. En hoe hij vanuit Kiev de kudden paarden bij zijn Franse schoonzoon had gekregen die door oorlogszuchtige Noormannen was aangevallen. En wat was het dagelijkse tijdverdrijf van Anna Jaroslavna in de sombere middeleeuwse kastelen waar zij zozeer naar de Russische baden terugverlangde... Ik stelde me niet langer tevreden met het tragische verhaal dat de dood van de hertog van Orléans onder de ramen van de schone Isabella schilderde. Nee, thans zette ik de achtervolging in op zijn moordenaar, die Jan zonder Vrees in wiens familieverleden ik wilde teruggaan, wiens wapenfeiten ik wilde weten, ik wilde nagaan hoe men gekleed ging en bewapend was, waar de lenen lagen... Ik nam er kennis van hoeveel uur de divisies van maarschalk Grouchy te laat waren gekomen, die paar uur die Napoleon bij Waterloo noodlottig waren geworden...

Natuurlijk was de bibliotheek, aan handen en voeten gebonden door de ideologie, zeer ongelijk toegerust: ik vond er maar één boek over de tijd van Lodewijk XIV, terwijl op de plank ernaast wel twintig boeken stonden die gewijd waren aan de Commune van Parijs en wel twaalf over de opkomst van de Franse communistische partij. Maar in mijn dorst naar kennis wist ik deze historische manipulatie te omzeilen. Ik wendde me tot de literatuur. Op een paar verboden beroemdheden na, zoals Rétif de La Bretonne, Sade of Gide, waren de grote Franse klassieken in hun geheel aan de censuur ontsnapt.

Mijn jeugd en mijn onervarenheid maakten me tot een fetisjist: ik verzamelde eerder dan dat ik me een juist beeld van het verleden wilde vormen. Ik zocht vooral naar anekdotes, het soort verhalen dat gidsen aan toeristen vertellen als ze voor de monumenten in een bepaalde plaats staan. Zo zaten er in mijn verzameling het rode vest van Théophile Gautier dat hij had gedragen tijdens de eerste voorstelling van *Hernani*, de wandelstokken van Balzac, de waterpijp van George Sand en het tafereel van haar ontrouw in de armen van de dokter die geacht werd Musset te behandelen. Ik bewonderde de bevalligheid waarmee ze haar minnaar het onderwerp voor *Lorenzaccio* aan de hand deed. Ik kon er maar niet genoeg van krijgen me de beeldenrijke scènes weer voor de geest te halen die mijn geheugen, weliswaar in grote wanorde, probeerde vast te houden. Zoals die waarin Victor Hugo, een grijs geworden en droefgeestige patriarch, onder een baldakijn in een park Leconte de Lisle ontmoette. 'Weet u waaraan ik net dacht?' vroeg de eerbiedwaardige grijsaard. En toen hij de verwarring van zijn gesprekspartner waarnam, verklaarde hij hoogdravend: 'Ik dacht eraan wat ik tegen God moet zeggen wanneer ik, misschien al heel gauw, zijn koninkrijk betreed...' Waarop Leconte de Lisle, ironisch en tegelijk respectvol, overtuigd de woorden sprak: 'Oh, u zegt gewoon: "Waarde collega..."'

Merkwaardigerwijs was het iemand die niets van Frankrijk af wist, die nog nooit ook maar één Franse schrijver gelezen had, iemand die, zo wist ik zeker, dit land zelfs niet op de wereldbol zou kunnen aanwijzen, ja, het was die iemand die me, zonder dat hij het wilde, hielp mijn verzameling anekdotes de rug toe te keren en mijn onderzoek een heel nieuwe richting uit te sturen. Het was die luie leerling die me op een dag vertelde dat Lenin geen kinderen had omdat hij niet wist hoe hij de liefde moest bedrijven...

De door onze klas gevormde minimaatschappij had net zoveel minachting voor hem als voor mij, maar om heel andere redenen. Ze hadden een hekel aan hem omdat hij hun een heel onaangenaam beeld van de volwassene voorhield. Hij was twee jaar ouder dan wij, dus op die leeftijd waarop leerlingen al graag even van de vrijheid proefden, maar mijn vriend de luie leerling maakte daar nauwelijks gebruik van. Pasjka, zoals iedereen hem noemde, leidde het leven van die wonderlijke moezjieks die tot hun dood iets van het kind in zich bewaarden, wat heel erg afstak bij hun woeste en mannelijke uiterlijk. Zij ontvluchtten koppig de stad, de maatschappij, het comfort, leidden een leven als jagers of zwervers, woonden in het bos en stierven daar vaak ook.

Pasjka bracht de geur van vis, sneeuw en in de perioden dat het even dooide, die van klei de klas binnen. Hij baggerde hele dagen door de modder op de hoge oevers van de Wolga. En dat hij naar school ging, was om zijn moeder geen verdriet te doen. Hij kwam altijd te laat, merkte de minachtende blikken van de toekomstige volwassenen niet eens op, liep de klas door en schoof zijn bank in, helemaal achterin de klas. Als hij langs liep, snoven de leerlingen demonstratief, de juffrouw zuchtte en sloeg haar ogen ten hemel. Langzaam vulde het lokaal zich met de geur van sneeuw en vochtige aarde.

Doordat de door onze klas gevormde maatschappij ons de status van paria verleende, raakten we ten slotte met elkaar verbonden. Zonder vrienden in eigenlijke zin te worden, merkten we dat we allebei alleen stonden en dat werkte voor ons als een herkenningsteken. Sindsdien kwam het vaak voor dat ik Pasjka vergezelde als hij naar de besneeuwde oevers van de Wolga trok om vis te vangen. Met behulp van een krachtige zwengelboor maakte hij een gat in het ijs, gooide er zijn vissnoer in en bleef roerloos boven deze ronde opening staan, die goed liet zien hoe dik het groenachtige ijs was. Ik stelde me een vis voor die aan het eind van die soms wel een meter lange tunnel voorzichtig naar het aas toekwam... Er doken rivierbaarzen met gestreepte ruggen, gevlekte snoeken, voorns met felrode staarten uit het gat op die, eenmaal van de vishaak losgemaakt, in de sneeuw werden gegooid. Na een paar stuiptrekkingen verstarden hun lichamen, bevroren ze door de ijskoude wind. Op de ruggegraten vormden zich kristallen die zich tot een bijzonder diadeem aaneenregen. We spraken weinig. De intense rust op de besneeuwde vlakten, de zilverkleurige hemel, de diepe slaap van de grote rivier maakten woorden overbodig.

Soms ging Pasjka, op zoek naar een plek waar misschien meer vis zat, gevaarlijk dicht naar de langgerekte, donkere en natte vlakken toe waar het ijs was verzwakt door stromingen... Als ik dan gekraak hoorde, draaide ik me om en zag mijn kameraad in het water spartelen, terwijl zijn vingers tot een waaier gespreid in de korrelige sneeuw klauwden. Ik rende naar hem toe, ging op een paar meter afstand van het gat plat op mijn buik liggen en wierp hem het uiteinde van mijn sjaal toe. Gewoonlijk lukte het Pasjka voor mijn ingrijpen eruit te komen. Als een bruinvis vocht hij zich uit het water, liet zich met zijn borst weer op het ijs vallen en kroop van het gat weg, terwijl hij een lang spoor van water achterliet. Maar af en toe, waarschijnlijk vooral om mij een plezier te doen, greep hij mijn sjaal en liet zich redden.

Na zo'n bad gingen we naar een van de karkassen van oude bootjes toe die hier en daar boven de opgewaaide sneeuw uitstaken. In hun zwart geworden binnenste staken we vervolgens een groot houtvuur aan. Pasjka trok zijn grote vilten laarzen uit en zette ze vlak bij het vuur. Met zijn gewatteerde broek deed hij hetzelfde en legde die er ook bij. Daarna begon hij met zijn blote voeten op een stuk hout de vissen te roosteren.

Rond deze houtvuren werden we spraakzamer. Hij vertelde me over bijzondere visvangsten (een vis die te groot was om door het met de zwengelboor gemaakte gat te kunnen!), de ijsgang die met oorverdovend lawaai alles vernietigde, bomen ontwortelde, bootjes meesleurde en zelfs sparrehouten hutjes met de katten nog op het dak... Ik vertelde hem over riddertoernooien (ik was net te weten gekomen dat de gezichten van de strijders van vroeger als ze na een steekspel hun helm afzetten onder de roest zaten: ijzer plus zweet; ik weet niet waarom maar deze bijzonderheid bracht me nog meer in vervoering dan het toernooi zelf...), ja, ik vertelde hem over die mannelijke gelaatstrekken die door de roodachtige zweetstraaltjes nog sterker uitkwamen, en over die jonge paladijn die drie keer op zijn hoorn blies ten teken dat hij versterking nodig had. Ik wist dat Pasjka, die zomer en winter langs de oevers van de Wolga trok, heimelijk droomde van de eindeloze zee. Ik was blij in mijn Franse verzameling voor hem het verhaal te vinden over die vreselijke strijd tussen een zeeman en een reusachtige inktvis. En aangezien mijn wijsheid voornamelijk teerde op anekdotes, vertelde ik hem ook nog dat andere, dat nauw aansloot bij zijn hartstocht en onze rustpauze in het karkas van een oud bootje. Eens, op gevaarlijke zee, kruiste een Engels oorlogsschip een Frans vaartuig en alvorens zich in een genadeloze strijd te storten, zette de Engelse kapitein zijn handen aan zijn mond en riep zijn eeuwige vijanden toe: 'Jullie Fransen, jullie vechten voor het geld. Maar wij, onderdanen van de koningin, vechten voor de eer!' Vanaf het Franse vaartuig hoorde je daarop, meegevoerd door een naar zout smakende windvlaag, de opgewekte stem van de kapitein dit antwoord roepen: 'Dan vecht ieder voor wat hij niet heeft, sir!'

Op een dag was hij bijna toch verdronken. Opeens – we zaten midden in een dooiperiode – begaf een heel stuk ijs het onder zijn voeten. Eerst stak alleen zijn hoofd nog maar boven het water uit, daarna kwam er ook een arm te voorschijn die tevergeefs steun zocht. Hij deed een verwoede poging zich met zijn borst op het ijs te werpen, maar het poreuze oppervlak brak onder zijn gewicht. Zijn laarzen, die vol water waren gelopen, werden al door de stroming meegesleurd. Ik gunde me niet eens de tijd meer mijn sjaal uit te rollen, ik ging plat in de sneeuw liggen, kroop naar het gat en stak hem mijn hand toe. Op dat moment zag ik in zijn ogen even een vleugje angst... Ik denk dat hij zich ook wel zonder mijn hulp gered zou hebben, hij was door en door gehard en zo vertrouwd met de krachten van de natuur dat hij zich er niet gauw door in de val zou laten lokken. Maar deze keer aanvaardde hij mijn hand zonder zijn gebruikelijke glimlach.

Een paar minuten later brandde het vuur en sprong Pasjka, met blote benen en zijn lichaam alleen maar bedekt met een lange trui die ik hem geleend had tot zijn kleren weer droog zouden zijn, op een plank rond waar ook de vlammen al vat op begonnen te krijgen. Met zijn rode, ontvelde vingers kneedde hij een bal klei waar hij de vis mee omhulde voor hij hem in het vuur legde... Om ons heen de witte verlatenheid van de winterse Wolga, de wilgen met dunne, kouwelijke takken, die als een doorzichtige haag langs de oever stonden en, bedolven onder de sneeuw, dat half uit elkaar gevallen bootje waarvan de spanten ons primitieve houtvuur gaande hielden. De dansende vlammen leken de avondschemering donkerder, het vluchtige gevoel van behaaglijkheid sterker te maken.

Waarom vertelde ik hem die dag juist dit verhaal en niet een ander? Wellicht had iets er aanleiding toe gegeven, een opmerking tijdens het gesprek die me het onderwerp aan de hand deed... Het was een, overigens heel korte, samenvatting van een gedicht van Hugo dat Charlotte me heel lang geleden een keer had voorgelezen en waarvan ik me niet eens de titel meer herinnerde... Ergens in de buurt van verwoeste barricaden fusilleerden soldaten opstandelingen, midden in dat weerspannige Parijs waar straatstenen zo buitengewoon geschikt waren om zich plotseling op te laten hopen tot verschansingen. Een met routine uitgevoerde executie, hard, meedogenloos. Mensen gingen met hun rug tegen de muur staan, keken een ogenblik strak naar de op hun borst gerichte geweerlopen, vervolgens sloegen ze hun ogen op naar de sierlijk voorbijtrekkende wolken. En vielen. Waarna hun plaats tegenover de soldaten werd ingenomen door hun kameraden... Onder deze veroordeelden bevond zich een soort Gavroche wiens leeftijd bij ieder ander medelijden zou hebben gewekt. Dat was helaas niet het geval! De officier beval hem in de noodlottige rij wachtenden te gaan staan, het kind zou de dood evenmin ontlopen als de volwassenen. 'Jij wordt ook gefusilleerd!' gromde deze beul die de leiding had. Maar even voor het kind tegen de muur moest gaan staan, rende het naar de officier toe en smeekte hem: 'Mag ik alstublieft dit horloge naar mijn moeder brengen? Ze woont hier vlak om de hoek, naast de fontein. Ik zweer u dat ik terugkom!' Deze kinderlijke slimheid trof zelfs de gevoelloze harten van die soldatenbende. Ze barstten in lachen uit, de list was werkelijk te doorzichtig. De schaterlachende officier kon nog net uitbrengen: 'Vooruit, smeer hem. Maak dat je wegkomt, deugniet!' En nog steeds lachend laadden ze de geweren. Plotseling vielen hun stemmen stil. Het kind kwam weer aangerend, ging naast de volwassenen tegen de muur staan en riep: 'Daar ben ik!'

Al de tijd dat ik vertelde, leek Pasjka nauwelijks naar me te luisteren. Hij bleef roerloos naar het vuur gebogen staan. Zijn gezicht ging schuil achter de neergeslagen klep van zijn dikke bonten tsjapka. Maar toen ik bij de laatste scène was aangekomen – het kind keert met een bleek en ernstig gezicht terug en gaat stijf voor de soldaten staan – ja, toen ik zijn laatste woorden had uitgesproken: 'Daar ben ik!', begon Pasjka te beven, ging hij rechtop staan... En er gebeurde iets ongelooflijks. Hij stapte over de rand van het bootje en begon op blote voeten door de sneeuw te lopen. Ik hoorde een soort onderdrukt gejammer dat snel vervloog in de vochtige wind die over de witte vlakte woei.

Hij deed een paar stappen, daarna hield hij, tot zijn knieën weggezakt in een sneeuwhoop, halt. Stomverbaasd bleef ik een ogenblik roerloos staan, vanuit het bootje naar die lange jongen kijkend, wiens uitgerekte trui als een korte wollen jurk opbolde door de wind. De oorkleppen van zijn tsjapka wapperden traag in die koude luchtstroom. Zijn in de sneeuw weggezonken blote benen fascineerden me. Ik begreep er niets meer van, sprong over de rand en ging naar hem toe. Toen hij het gekraak van mijn voetstappen hoorde, draaide hij zich plotseling om. Zijn gezicht was pijnlijk vertrokken. De vlammen van ons vuur weerkaatsten met ongewone helderheid in zijn ogen. Snel veegde hij er met zijn mouw langs. 'Ah, die rook!' gromde hij met zijn ogen knipperend en zonder me aan te kijken liep hij terug naar het bootje.

Terwijl hij zijn ijskoude voeten naar het vuur uitstak, vroeg hij me met toornige nadruk: 'En toen? Hebben ze die jongen ook vermoord, nietwaar?'

Overrompeld en zonder dat mijn geheugen me op dat punt ook maar enige opheldering kon verschaffen, stamelde ik onzeker: 'Eh... Dat weet ik niet precies...'

'Hoezo weet je dat niet? Je hebt me toch alles verteld!'

'Nee, maar, snap je, in het gedicht...'

'Wat kan dat gedicht me nou verdommen! In werkelijkheid, hebben ze hem toen vermoord of niet?'

Zijn ogen glansden en in de blik waarmee hij me over de vlammen heen aanstaarde, lag iets van een waanzinnige. Zijn stem klonk tegelijkertijd bars en smekend. Ik zuchtte, alsof ik me tegenover Hugo had willen verontschuldigen, en op vastberaden en heldere toon verklaarde ik: 'Nee, ze hebben hem niet gefusilleerd. Een oude sergeant die erbij was, herinnerde zich zijn eigen zoon die in zijn dorp achtergebleven was. En hij riep uit: "Wie die jongen aanraakt, krijgt met mij te doen!" En de officier moest hem laten gaan...'

Pasjka boog het hoofd en begon met een tak de door klei omsloten vis uit het vuur te halen. Zwijgend braken we die korst van gebakken klei open, waarvan je de stukken samen met de schubben kon losmaken en we aten het zachte en gloeiendhete vlees op nadat we er grof zout overheen gestrooid hadden.

We zwegen ook toen we bij het vallen van de avond naar de stad terugkeerden. Ik was nog steeds onder de indruk van de betovering die even tevoren had plaatsgevonden. Het wonder had me de almacht van de dichterlijke taal getoond. Ik besefte dat het zeker niet om een verbale kunstgreep ging en ook niet om een knappe samenvoeging van woorden. Nee! Want die waren eerst verdraaid in het verhaal dat Charlotte me ooit had verteld, daarna in de loop van mijn samenvatting. Dus op twee manieren verkeerd weergegeven... En toch had de weerklank van dit eigenlijk zo eenvoudige verhaal, verteld op duizenden kilometers afstand van de plek waar het was ontstaan, het voor elkaar gekregen een jonge, ongelikte beer tranen te ontlokken en hem naakt de sneeuw in te drijven! Heimelijk was ik er trots op even iets te hebben laten zien van de schittering die van Charlottes vaderland afstraalde.

Bovendien raakte ik er die avond van doordrongen dat wanneer ik las, anekdotes zoeken niet het belangrijkste mocht zijn. Dat het ook niet ging om leuk op een bladzijde gerangschikte woorden. Maar om iets dat heel diep ging en tegelijkertijd heel spontaan tot stand kwam: een duidelijk waarneembare harmonie die, eenmaal door de dichter aan het licht gebracht, eeuwig werd. Zonder het te kunnen benoemen, is dat wat ik voortaan in elk boek zocht. Later zou ik het een naam kunnen geven: Stijl. En daar viel het ijdele gepruts van bepaalde woordgoochelaars voor mij nadrukkelijk niet onder. Want ik zou meteen de blauwe benen van Pasjka weer voor me zien, diep weggezonken in een sneeuwhoop aan de oever van de Wolga, en de heldere weerschijn van de vlammen in zijn ogen... Ja, het lot van de jonge opstandeling maakte meer indruk op hem dan het feit dat hij een uur eerder zelf bijna was verdronken!

Toen we op een kruispunt in de buitenwijk waar hij woonde uiteengingen, reikte Pasjka me mijn deel van de vis aan: een paar langwerpige omhulsels van klei. Daarna vroeg hij, terwijl hij mijn blik ontweek, op norse toon: 'En dat gedicht over die gefusilleerden, waar kan ik dat vinden?'

'Ik zal het morgen voor je mee naar school nemen, het moet ergens bij me thuis liggen, ik heb het ooit overgeschreven...'

Ik zei het in één ruk tegen hem, kon intussen mijn vreugde nauwelijks bedwingen. Het was de gelukkigste dag van mijn jeugd.

4

Maar stel dat Charlotte me eens niets meer te vertellen heeft!

Deze verwarrende gedachte schoot door me heen toen ik 's ochtends in Saransk aankwam. Ik sprong uit het rijtuig op het kleine station, ik was de enige die hier uitstapte. Aan het andere eind van het perron zag ik mijn grootmoeder staan. Ze zag mij ook, zwaaide even met haar hand en liep me tegemoet. Op dat moment, terwijl ik naar haar toeliep, kreeg ik opeens die ingeving: ze had me niets nieuws meer over Frankrijk te vertellen, ze had me alles al verteld en dankzij wat ik gelezen had, beschikte ik nu misschien over meer kennis dan zij... Toen ik haar omhelsde schaamde ik me over deze gedachte die zo plotseling bij me was opgekomen. Ik beschouwde haar als een ongewild verraad.

Ik ging trouwens al maanden gebukt onder een merkwaardige angst, namelijk deze: dat ik teveel geleerd had... Ik leek op die zuinige man die hoopt dat zijn door sparen bijeengebrachte kapitaal spoedig een heel andere manier van leven mogelijk zal maken, weidse horizonnen zal openen, zijn kijk op de dingen geheel zal veranderen – tot zijn manier van lopen, van ademen, van praten tegen vrouwen toe. Het kapitaal blijft maar groeien, de radicale omwenteling laat echter op zich wachten.

Zo ging het ook met mijn reusachtige kennis van Frankrijk. Niet dat ik het verlangen koesterde er profijt van te trekken. De belangstelling die mijn luie schoolkameraad voor mijn verhalen aan de dag legde, stelde me al in ruime mate tevreden. Ik hoopte eerder op een geheimzinnige klik, zoals bij het in werking stellen van een speeldoos, een geratel dat het begin van een menuet aankondigt waarbij de poppetjes op het podium zullen gaan dansen. Ik had graag gezien dat die warboel van data, namen, gebeurtenissen, personen zich zou omvormen tot nog nooit eerder waargenomen levende materie, zich zou uitkristalliseren tot een volledig nieuwe wereld. Ik wilde dat het in mijn hart overgeplante, bestudeerde, onderzochte, vertrouwd geworden Frankrijk mij tot een ander zou maken.

Maar de enige verandering aan het begin van die zomer was de afwezigheid van mijn zuster die om haar studie voort te zetten naar Moskou was vertrokken. Ik was bang mezelf te bekennen dat dit vertrek misschien het einde van onze avonden op het balkon zou betekenen.

De eerste avond begon ik, als om mijn bange vermoedens bevestigd te zien, mijn grootmoeder vragen te stellen over het Frankrijk van haar jeugd. Ze antwoordde welwillend, waardeerde mijn oprechte nieuwsgierigheid. Al pratend ging Charlotte verder met het herstellen van de gekartelde kraag van een overhemdblouse. Ze hanteerde de naald met dat vleugje kunstzinnige zwier dat je altijd bij vrouwen ziet die werken en tegelijkertijd het gesprek met een gast gaande houden in de veronderstelling dat deze in hun verhaal geïnteresseerd is.

Met mijn ellebogen op de balustrade van het balkon luisterde ik naar haar. De antwoorden op mijn werktuiglijke vragen wekten de voorvallen uit het verleden weer tot leven met vertrouwde beelden, met bekende mensen die ik in mijn kindertijd al talloze keren had aanschouwd: die hondentrimmer op de Seinekade, de over de Champs-Elysées trekkende keizerlijke stoet, de mooie Otero, de president die zijn minnares omhelsde voor een noodlottige kus... Ik besefte nu dat Charlotte ons al die verhalen elke zomer weer had verteld omdat we het lievelingssprookje steeds opnieuw wilden horen. Ja, precies, het waren niets anders dan de verhalen die ons in onze jonge jaren hadden betoverd en waarvan we, zoals bij elk echt sprookje, nooit genoeg konden krijgen.

Die zomer was ik veertien. Ik begreep heel goed dat de tijd van de sprookjes niet opnieuw zou beginnen. Ik had teveel geleerd om me nog door hun bonte reeks te laten bedwelmen. In plaats van blij te zijn met dit duidelijke teken dat ik ouder werd, betreurde ik mijn kinderlijke vertrouwen van vroeger die avond vreemd genoeg ten zeerste. Want in tegenstelling tot wat ik ervan verwachtte, leek mijn nieuwe kennis de Franse verbeeldingswereld die in mij leefde aan te tasten. Als ik ook maar even naar het Atlantis van onze kindertijd terugwilde, kwam een schoolmeesterachtige stem tussenbeide: ik kon toch in de boeken kijken, daarin stonden de data vet gedrukt. En de stem begon commentaar te leveren, te vergelijken, te citeren. Ik voelde me als door een merkwaardige blindheid getroffen...

Op een gegeven moment stopte ons gesprek. Ik had zo verstrooid geluisterd dat de laatste woorden van Charlotte – waarschijnlijk een vraag – me waren ontgaan. Beschaamd peilde ik haar gezicht dat naar me opkeek. Ik hoorde in mijn oren de melodie van de zin die ze zojuist had uitgesproken. De intonatie hielp me de betekenis ervan te achterhalen. Ja, het was de intonatie geweest van een verteller die zegt: 'Nee, dat verhaal, dat hebben jullie vast al een keer gehoord. Ik wil jullie niet met mijn afgezaagde praatjes vervelen...' en heimelijk hoopt dat zijn toehoorders hem vervolgens zullen aanmoedigen door te beweren dat ze zijn verhaal nog niet kennen of het vergeten zijn... Ik schudde even met een twijfelende uitdrukking het hoofd.

'Nee, nee, daar staat me niets van bij. Weet je wel zeker dat je het me al verteld hebt?'

Ik zag hoe een glimlach het gezicht van mijn grootmoeder deed opklaren. Ze ging verder met haar verhaal. Deze keer luisterde ik aandachtig. En voor de zoveelste keer verscheen opeens de smalle middeleeuwse Parijse straat weer voor me, op een koude herfstavond, met op een muur – die donkere gedenkplaat die voorgoed drie levens en drie namen van vroeger had samengebracht: Lodewijk van Orléans, Jan zonder Vrees, Isabella van Beieren...

Ik weet niet waarom ik haar op dat moment onderbrak. Waarschijnlijk wilde ik haar mijn geleerdheid tonen. Maar wat me vooral plotseling al het andere deed vergeten, was dit besef:

een oude dame, op een balkon boven de eindeloze steppe, herhaalt nogmaals een verhaal dat ze uit haar hoofd kent, ze herhaalt het met de mechanische precisie van een grammofoonplaat, trouw aan dat min of meer legendarische verhaal waarin ze het heeft over een land dat alleen nog maar in haar geheugen bestaat... Ons gesprek onder vier ogen in de avondlijke stilte kwam me opeens absurd voor, de stem van Charlotte deed me denken aan die van een automaat. Ik greep bij de naam van de persoon die zij zojuist genoemd had meteen de gelegenheid aan zelf het woord te nemen. Jan zonder Vrees en zijn schandelijke samenspannen met de Engelsen. Parijs waar de 'revolutionair' geworden beulen de wet voorschreven en de vijanden van Bourgogne of die zij daarvoor hielden afslachtten. En de krankzinnige koning. En de galgen op de Parijse pleinen. En de wolven die door de buitenwijken van de door de burgeroorlog verwoeste stad zwierven. En het onvoorstelbare verraad dat Isabella van Beieren pleegde, die zich aansloot bij Jan zonder Vrees en de kroonprins verloochende door te beweren dat hij niet de zoon van de koning was. Ja, de mooie Isabella uit onze kindertijd...

Opeens kreeg ik geen lucht meer, ik stikte in mijn eigen woorden, zoveel had ik te vertellen.

Na een ogenblik stilte knikte mijn grootmoeder even en zei in volle oprechtheid: 'Ik ben dolblij dat je de geschiedenis zo goed kent!'

Toch meende ik in de stem, die vol overtuiging klonk, iets van een onuitgesproken gedachte te bespeuren: 'Het is goed de geschiedenis te kennen. Maar toen ik het over Isabella en die Allée des Arbalétriers, over die herfstnacht had, dacht ik aan iets heel anders...'

Ze boog zich over haar werk en begon weer met kleine, precieze en regelmatige steken te naaien. Ik liep de flat door, ging naar beneden, de straat op. In de verte floot een locomotief. De door de warme avondlucht gedempte klank had iets van een zucht, een jammerklacht.

Tussen het gebouw waar Charlotte woonde en de steppe lag een soort klein, heel dicht, zelfs ondoordringbaar bos: wilde braamstruiken, grillige takken van hazelaars, diepe greppels vol brandnetels. Trouwens, als het ons tijdens onze spelletjes al lukte in die natuurlijke wildernis door te dringen, werd de doorgang alsnog versperd door andere hindernissen, die door mensen waren opgeworpen: onontwarbare rollen prikkeldraad, verroeste, kruisvormige ijzers om tanks tegen te houden... Men noemde die plek de 'Stalinka', naar de naam van de verdedigingslinie die men tijdens de oorlog had aangelegd. Men vreesde dat de Duitsers zelfs tot zo ver zouden doordringen. Maar de Wolga en vooral Stalingrad had hen al eerder tegengehouden... De linie was ontmanteld, de resten van het oorlogsmaterieel waren in dit bos achtergebleven dat er nu zijn naam aan ontleende. 'De Stalinka', zeiden de inwoners van Saransk, en zo leek hun stad een plaats in de Historie te hebben gekregen.

Er werd beweerd dat er dieper in het bos mijnen lagen. Dat weerhield zelfs de stoutmoedigsten onder ons ervan zich in dat *no man's land* te wagen, dat dus nog steeds zijn verroeste schatten bewaarde.

Voorbij het struikgewas van de Stalinka liepen de rails van het smalspoor; het leek net een miniatuurspoorlijn, met een kleine locomotief die helemaal zwart was van het roet, wagentjes, eveneens klein, en – alsof het gezichtsbedrog was – de machinist, gekleed in een trui die vol vlekken van smeerolie zat: een onechte reus die uit het raampje hing. Elke keer voor de locomotief een van de wegen kruiste die aan de horizon verdwenen, slaakte zij haar half tedere, half klaaglijke kreet. Herhaald door zijn echo leek dit signaal op de welluidende roep van een koekoek. 'De Koekoesjka', zeiden wij met een knipoog wanneer we die trein op zijn smalle rails zagen die waren overwoekerd door paardebloemen en kamille...

Haar stem wees me die avond de weg. Ik liep om het struikgewas aan de rand van de Stalinka heen en zag nog net het laatste wagonnetje in het halfdonker verdwijnen. Het was warm in de avondschemering. Zelfs deze kleine trein verspreidde de unieke, wat prikkelende geur die bij spoorwegen hoort en nauwelijks merkbaar opriep tot lange reizen, waartoe je soms in een spontane opwelling besloot. In de verte hoorde ik in de blauwachtige avondnevel een droefgeestig 'koekoek' klinken. Ik zette mijn voet op de spoorstaaf, die nog heel licht trilde terwijl de trein al verdwenen was. De stille steppe leek van mij een teken, een daad te verwachten.

'Wat was dat vroeger aangenaam', zei een klankloze stem in mij. 'Die Koekoesjka waarvan ik dacht dat zij een onbekende richting uitging, naar landen die op de kaart niet bestonden, naar bergen met besneeuwde toppen, naar een nachtelijke zee waar de lantaarns van de bootjes niet te onderscheiden waren van de sterren. Nu weet ik dat deze trein van de steenbakkerij van Saransk naar het station gaat waar zijn wagentjes uitgeladen worden. Alles bij elkaar twee of drie kilometer. Een mooie reis! Ja, nu weet ik het en dus zal ik nooit meer kunnen denken dat deze rails oneindig zijn en dat deze avond, met die sterke geur van de steppe, die onmetelijke hemel, en met mijn onverklaarbare en merkwaardigerwijs noodzakelijke aanwezigheid hier, naast deze spoorbaan met haar gebarsten dwarsliggers, precies op dit moment, met de nagalm van dat 'gekoekoek' in de paarse lucht, uniek is. Terwijl vroeger alles me zo vanzelfsprekend leek...

Voor ik 's avonds weer in slaap viel, herinnerde ik me eindelijk achter de betekenis te zijn gekomen van de raadselachtige formule op het menu van het banket ter ere van de tsaar: 'Gebraden steenpatrijzen en ortolanen gevuld met truffels'. Ja, nu wist ik dat het door fijnproevers zeer gewaardeerd wild betrof. Een verfijnd, smakelijk, zeldzaam gerecht, maar ook niet meer dan dat. Ik kon, net als vroeger, nog zo vaak herhalen: 'Steenpatrijzen en ortolanen', de betovering die mijn longen vulde met de zoutige wind in Cherbourg was verbroken. En met een vertwijfeling die zich slechts aarzelend van mij meester maakte, mompelde ik heel zacht voor mezelf, terwijl ik in het donker mijn ogen wijd opensperde: 'Een deel van mijn leven is dus al voorbij!'

Van toen af aan waren onze gesprekken leeg. We merkten dat er een scherm tussen ons was neergelaten, waardoor we ons verder beperkten tot die gladde woorden, die dagelijkse prietpraat, dat plichtmatige geklets waartoe je je, niemand weet waarom, verplicht voelt om de stilte te vullen. Met verbijstering ontdekte ik dat praten in feite de beste manier was om het wezenlijke te verzwijgen. Wilde je het toch ter sprake brengen, dan had je de woorden op een heel andere manier moeten uitspreken, had je ze misschien moeten fluisteren, met de geluiden van de avond, de stralen van de ondergaande zon moeten verweven. Opnieuw voelde ik hoe die geheimzinnige taal zich in mij roerde, die heel sterk verschilde van de door het vele gebruik nietszeggend geworden woorden, een taal waarin ik, als ik de blik van Charlotte had ontmoet, zou hebben kunnen zeggen: 'Waarom ben ik bedroefd wanneer ik het verre signaal van de Koekoesjka hoor? Als ik denk aan die herfstochtend in Cherbourg honderd jaar geleden, ja, dat moment dat ik nooit beleefd heb, in een stad die ik nooit bezocht heb, waarom vind ik dan het licht en haar wind toen levendiger dan nu in mijn werkelijke leven? Waarom zweeft je balkon niet meer door de zachtpaarse avondlucht boven de steppe? Het heldere glas dat het als in een droom omhulde is gebroken, als een kolf van een alchimist. En die glassplinters knarsen en verhinderen ons te praten zoals we vroeger deden... En je herinneringen die ik nu uit mijn hoofd ken, zijn die niet een kooi die je gevangen houdt? En ons leven, is dat niet precies die dagelijkse verandering van het beweeglijke en hartelijke heden in een verzameling herinneringen die net zo zijn verstard als met naalden doorstoken vlinders achter stoffig glas? En waarom voel ik ook dat ik die hele verzameling zonder aarzelen zou weggeven in ruil voor de unieke bittere smaak die dat denkbeeldige zilveren kelkje in dat even denkbeeldige café in Neuilly op mijn lippen had achtergelaten? Voor één enkel vlaagje zoutige wind in Cherbourg? Voor één enkele fluittoon van de Koekoesjka uit mijn kindertijd?

Toch bleven we de stilte, als een vat der Danaïden, met nutteloze woorden, nietszeggende uitspraken vullen: 'Het is warmer dan gisteren! Gavrilytsj is weer dronken... De Koekoesjka is vanavond niet langsgekomen... Kijk, daarginds brandt de steppe! Nee, dat is een wolk... Ik zal nog thee zetten... Vandaag verkochten ze op de markt watermeloenen uit Oezbekistan...'

Het onzegbare! Dat was, begreep ik nu, op geheimzinnige wijze verbonden met het wezenlijke. Het wezenlijke was onzegbaar. Onmededeelbaar. En alles wat me in deze wereld door zijn stille schoonheid kwelde, alles wat het zonder woorden moest stellen, kwam me als wezenlijk voor. Het onzegbare was wezenlijk.

Deze vergelijking veroorzaakte in mijn jonge hoofd een soort geestelijke kortsluiting. En door de bondigheid ervan stuitte ik die zomer op deze verschrikkelijke waarheid: 'Mensen praten omdat ze bang zijn voor de stilte. Ze praten werktuiglijk, hardop of ieder voor zich, ze bedwelmen zich met die brij van stemgeluiden die elk voorwerp, elke mens gevangen houdt. Ze praten over koetjes en kalfjes, ze praten over geld, liefde, over niets. En zelfs als ze het over hun prachtigste liefdeservaringen hebben, gebruiken ze woorden die al honderd keer gezegd zijn, zinnen die tot op de draad versleten zijn. Ze praten om te praten. Ze willen de stilte bezweren...

De kolf van de alchimist was gebroken. De absurditeit van onze woorden beseffend, vervolgden we onze dagelijkse gesprekken: 'Het gaat misschien regenen. Kijk die grote wolk eens. Nee, de steppe staat in brand... Hé, de Koekoesjka is eerder langsgekomen dan gewoonlijk... Gavrilytsj... De thee... Op de markt...'

Ja, een deel van mijn leven lag voorgoed achter me. Mijn kindertijd.

Uiteindelijk waren onze gesprekken over koetjes en kalfjes die zomer niet eens helemaal ongegrond. Het regende vaak, en mijn droefheid kleurde deze vakantie in mijn geheugen met grauwe en fletse tinten.

Af en toe kregen die traag voorbij kruipende, eentonige dagen opeens weer even iets van de glans van onze vroegere avonden – zoals wanneer ik in de Siberische koffer, waarvan de inhoud voor mij al lang geen geheim meer verborg, toevallig een of andere foto ontdekte. Of wanneer Charlotte me, met de schuchtere vreugde van een berooide prinses die onder de versleten voering van haar beurs opeens een mooi gouden muntstukje vindt, een vluchtig detail uit het familieverleden onthulde dat me nog onbekend was.

Zo stuitte ik op een zeer regenachtige dag bij het keren van de stapels oude Franse kranten die in de koffer opeengepakt lagen op een pagina die waarschijnlijk afkomstig was uit een geïllustreerd tijdschrift dat aan het begin van de eeuw verscheen. Het was een reproductie, in bruine en grijze tinten, van een schilderij in die doorwrochte realistische stijl die de aandacht trekt door de nauwkeurige en overvloedige details. Waarschijnlijk omdat ik ze gedurende heel die lange, regenachtige avond aandachtig bekeek, heb ik het onderwerp onthouden. Een colonne strijders van velerlei slag, allen door vermoeidheid en leeftijd zichtbaar aan het eind van hun Latijn, liep door de hoofdstraat van een arm dorp waarin de bomen kaal waren. Ja, de soldaten waren allemaal heel oud – grijsaards, zo kwam het me voor, met lang wit haar dat onder hoeden met brede randen uit kwam. Het waren de allerlaatste gezonde mannen die, nadat het volk al massaal door de oorlog verzwolgen was, onder de wapenen waren geroepen. Ik had de titel van het schilderij niet onthouden, maar wel dat er iets van 'laatste' in voorkwam. Zij waren de laatsten die tegenover de vijand zouden komen te staan, de allerlaatsten die in staat waren wapens te hanteren. Heel primitieve wapens overigens: een paar spiezen, bijlen, oude sabels. Nieuwsgierig bestudeerde ik hun kleding, hun plompe schuiten met grote koperen gespen, hun hoeden; soms droeg er één een geblutste helm, van het soort dat ik wel eens bij conquistadores gezien had, en ze hielden hun knoestige vingers krampachtig om de stelen van hun spiezen geklemd... Frankrijk, dat ik altijd alleen maar met de luister van zijn paleizen, met de roemrijke momenten van zijn geschiedenis had verbonden, toonde zich opeens in de gedaante van dat dorp in het noorden, waarin de lage huizen lagen weggedoken achter armetierige hagen, waarin de iele bomen huiverden in de winterse wind. Tot mijn verbazing voelde ik me er heel dichtbij staan, én bij die modderige straat, én bij die oude strijders die gedoemd waren in een ongelijke strijd te sneuvelen. Nee, hun optreden had niets pathetisch. Het waren geen helden die zich op hun dapperheid of hun zelfverloochening lieten voorstaan. Het waren gewone, eenvoudige mensen. Vooral degene met die oude helm als van een conquistador, een oude man met een rijzige gestalte die, op zijn spies steunend aan het eind van de colonne liep. Zijn gezicht fascineerde me doordat het een verbazingwekkende rust uitstraalde, zowel bitterheid als een glimlach vertoonde.

Hoewel ik als jongen in de tienerleeftijd helemaal opging in mijn droefgeestige gedachten, maakte zich opeens een onbestemde vreugde van mij meester. Ik meende begrepen te hebben waarom die oude strijder, zich bewust van de zeer nabije nederlaag, oog in oog met het lijden en de dood, zo kalm was. Stoïcijns noch in vrome onschuld liep hij met het hoofd opgeheven door dit vlakke, koude en saaie land, dat hij ondanks alles 'vaderland' noemde omdat hij ervan hield. Hij leek onkwetsbaar. Gedurende een fractie van een seconde had ik het gevoel of mijn hart in hetzelfde tempo klopte als het zijne, om de angst, het noodlot en de eenzaamheid het hoofd te bieden. Het was als een uitdaging die mijn innige verbondenheid met Frankrijk versterkte. Ik probeerde er meteen een naam voor te vinden. Vaderlandslievende trots? Het gevoel van: wie doet me wat? Of de befaamde *furia francese* die de Italianen bij de Franse strijders vaststelden?

Terwijl deze aanduidingen door mijn hoofd speelden, zag ik hoe het gezicht van de oude soldaat langzaam zijn levendigheid verloor, hoe zijn ogen dof werden. Hij werd weer een personage op een oude reproductie in grauwe en donkerbruine kleuren. Het was alsof hij zijn blik had afgewend om zijn geheim net nu ik het op het spoor was gekomen voor me wilde verbergen.

Een andere verrassing uit het verleden was die vrouw. Ze droeg een gewatteerd jasje en een grote tsjapka en ik had een foto van haar ontdekt in een album vol kiekjes uit de Franse periode van onze familie. Ik herinnerde me dat deze foto meteen nadat ik er belangstelling voor had getoond en er met Charlotte over had gesproken uit het album was verdwenen. Ik probeerde me voor de geest te halen waarom ik toen geen antwoord had gekregen. Ik zag de scène weer voor me: ik toon mijn grootmoeder de foto en opeens zie ik een vluchtige schim die me mijn vraag doet vergeten; op de muur bedek ik met mijn hand een merkwaardige vlinder, een doodshoofdvlinder met twee koppen, twee lichamen en vier vleugels.

Ik bedacht dat die dubbele doodshoofdvlinder nu, vier jaar later, niets geheimzinnigs meer voor me had: doodeenvoudig twee parende vlinders. Ik dacht aan parende mensen, probeerde me de bewegingen van hun lichamen voor te stellen... En opeens besefte ik dat ik al maanden, jaren misschien, alleen maar aan zulke verstrengelde, innig verbonden lichamen dacht. Ik dacht eraan zonder me er rekenschap van te geven, elk moment van de dag, terwijl ik over andere dingen sprak. Alsof het onrustige trillen van de doodshoofdvlinders voortdurend mijn handpalm prikkelde. Nu leek het me voorgoed onmogelijk Charlotte te ondervragen om erachter te komen wie die vrouw in een gewatteerd jasje was. Opeens rees er een onoverkomelijke hinderpaal tussen mijn grootmoeder en mij op: het gedroomde vrouwelijke lichaam, dat ik in gedachten al talloze malen begeerd, bezeten had.

Toen Charlotte 's avonds thee voor me inschonk, zei ze op verstrooide toon: 'Merkwaardig, de Koekoesjka is nog niet langsgekomen...'

Ik ontwaakte uit mijn overpeinzingen en sloeg mijn ogen naar haar op. Onze blikken ontmoetten elkaar... Tot het einde van de maaltijd zeiden we niets meer tegen elkaar.

De volgende drie vrouwen veranderden mijn kijk op de wereld, mijn leven...

Ik had ze bij toeval ontdekt op de achterkant van een kranteknipsel onder in de Siberische koffer. Ik las het artikel over de eerste langeafstandsrit Peking-Parijs via Moskou voor auto's voor de zoveelste keer, als om mezelf te bewijzen dat er niets meer te vertellen viel, dat het Frankrijk van Charlotte me kort en goed niets nieuws meer te bieden had. Verstrooid had ik het knipsel op het vloerkleed laten glijden, had ik door de geopende balkondeur naar buiten gekeken. Het was een koele en zonnige dag aan het eind van augustus, maar toch een merkwaardige, omdat de koude wind die over de Oeral heen onze steppen bereikte de eerste aankondiging van de herfst betekende. Alles glansde in dit heldere licht. De bomen van de Stalinka tekenden zich duidelijk en breekbaar tegen de stralend blauwe hemel af. De horizon vormde een strakke, scherpe lijn. Gelaten maar bitter bedacht ik dat het einde van de vakantie naderde. Het einde ook van een fase in mijn leven, een einde dat gekenmerkt werd door deze buitengewone ontdekking: al mijn kennis betekende noch een garantie voor geluk noch een bevoorrecht contact met het wezenlijke... Door een plotseling inzicht ook: de hele tijd dacht ik aan het vrouwelijke lichaam, aan vrouwenlichamen. Alle andere gedachten waren bijkomstig, toevallig, leidden af van de hoofdzaak. Ja, het werd me duidelijk dat een man zijn betekende: voortdurend aan vrouwen denken, dat een man niets anders was dan iemand die van vrouwen droomde! En dat ik ook zo iemand aan het worden was...

Door een grappig toeval was het stuk krant toen het weggleed ondersteboven op het vloerkleed terechtgekomen. Ik raapte het op en pas toen zag ik het, op de achterkant stonden zij, die drie vrouwen uit het begin van de eeuw. Ik had ze nog nooit gezien, alsof ik er vanuit was gegaan dat dit knipsel gewoon geen achterkant had. Deze onverwachte ontmoeting maakte me nieuwsgierig. Ik hield de foto in het licht dat van het balkon binnenviel...

En meteen werd ik verliefd op hen. Op hun lichamen en op hun gevoelvolle en opmerkzame ogen die maar al te goed de aanwezigheid van een fotograaf verraadden, voorovergebogen onder een zwart zeil, achter een statief.

Het kon niet missen dat het hart van de eenzame en schuwe adolescent die ik was door hun vrouwelijkheid werd getroffen. In zekere zin een normatieve vrouwelijkheid. Alle drie droegen ze een lange zwarte jurk die de ronding van hun weelderige boezem goed liet uitkomen, nauw om hun heupen sloot; maar wat de stof, voor zij via de dijen in sierlijke plooien rond de voeten viel, vooral zichtbaar maakte was de bescheiden welving van hun buik. De ingetogen zinnelijkheid van die enigszins bolle driehoek fascineerde me!

Ja, hun schoonheid sloot precies aan bij wat een jonge, op het gebied van de lichamelijke liefde nog onschuldige dromer zich voortdurend in zijn erotische fantasieën voorstelde. Zij toonden het beeld van de 'klassieke' vrouw. Zij waren de vrouwelijkheid in persoon. Zij vertegenwoordigden de ideale minnares. Zo keek ik in ieder geval naar die drie smaakvol geklede vrouwen met hun grote zwart omrande ogen, hun enorme hoeden met linten van donker fluweel, hun ouderwetse voorkomen, dat ons op portretten van vorige generaties altijd lijkt te duiden op een zekere naïveteit, een spontane onschuld die bij onze tijdgenoten ontbreekt, die ons treft en ons vertrouwen inboezemt.

Eigenlijk was ik vooral verrukt over het feit dat het nu net deze toevalligheid betrof: mijn onervarenheid op het gebied van de liefde zorgde ervoor dat mijn aandacht zich voornamelijk richtte op die Vrouw in het algemeen, een vrouw nog helemaal zonder de lichamelijke bijzonderheden die een volwassen man, geprikkeld door zijn begeerte, in haar lichaam aan het licht zou weten te brengen.

Ik bekeek hen met een groeiend gevoel van onbehagen. Hun lichamen waren voor mij ongenaakbaar. Oh, het ging er niet om dat het echt onmogelijk was hen te benaderen. Mijn erotische verbeeldingskracht had me al lang geleerd deze hindernis te omzeilen. Ik hoefde mijn ogen maar te sluiten en ik zag mijn mooie wandelaarsters voor me – naakt. Door middel van een slimme synthese was ik als een chemicus in staat aan de hand van de gewoonste onderdelen hun lichaam weer tot een geheel samen te voegen: de zwaarte van de dij van die vrouw die een keer in een overvolle bus langs me gestreken was, de rondingen van de bruine lichamen op het strand, alle naakten op schilderijen. En zelfs mijn eigen lichaam! Ja, ondanks het taboe dat in mijn vaderland op naaktheid rustte, en nog sterker waar het vrouwelijke naaktheid betrof, zou ik me gemakkelijk de veerkracht van een vrouwenborst onder mijn vingers en de zachtheid van een heup hebben kunnen indenken.

Nee, de drie smaakvol geklede vrouwen waren voor mij op een heel andere manier ongenaakbaar... Steeds als ik de tijd waartoe zij behoorden weer tot leven wilde wekken, gehoorzaamde mijn geheugen onmiddellijk. Ik herinnerde me Blériot die, ongeveer in die periode, in zijn eendekker over het Kanaal vloog, Picasso die *Les demoiselles d'Avignon* schilderde... De historische feiten verdrongen zich in mijn hoofd. Maar de drie vrouwen kwamen niet in beweging, bleven levenloos – drie museumstukken met het kaartje erbij: smaakvol geklede vrouwen uit de beginjaren van de twintigste eeuw in het park aan de Champs-Elysées. Ik probeerde hen vervolgens tot de mijnen te maken, hen als mijn minnaressen voor te stellen. Via mijn erotische synthese vormde ik hun lichamen, ze begonnen te bewegen, maar met de stijfheid van lethargische slaapsters die je als het moest nog staande, gekleed, zou hebben meegenomen, aan wie je zou hebben voorgedaan hoe ze moesten ontwaken. En als om die indruk dat ze volkomen versuft waren nog te versterken, riep ik voor deze amateuristische synthese uit mijn geheugen een beeld op dat mijn gezicht deed vertrekken: die blote, slappe vrouwenborst, de verlepte borst van een oude dronken vrouw die ik eens op het station had gezien. Ik schudde het hoofd om me van dat walgelijke beeld te ontdoen.

Ik moest me dus neerleggen bij dit museum, bevolkt door mummies en wassen beelden met hun kaartjes: 'Drie smaakvol geklede vrouwen', 'President Faure en zijn minnares', 'Oude strijder in een dorp in het noorden'... Ik deed de koffer weer dicht.

Met mijn ellebogen op de balustrade van het balkon liet ik in het goudgele licht van de avond mijn blik over de steppe dwalen.

Waartoe diende hun schoonheid uiteindelijk? schoot opeens door mijn gedachten, helder als dat licht van de ondergaande zon. Ja, waartoe dienden hun mooie borsten, hun heupen, hun jurken die zo strak om hun jonge lichaam zaten? Zo mooi zijn en dan weggestopt liggen in een oude koffer, in een duffe en stoffige stad, ver weg midden op een eindeloze vlakte! In dit Saransk waar ze, toen ze nog leefden, niet de flauwste notie van hadden... Alles wat er van hen over is, is dus die foto, ontsnapt aan een onvoorstelbare reeks grote en kleine ongelukken, alleen maar bewaard gebleven omdat zij op de achterkant staat van een krantepagina met een bericht over de langeafstandsrit Peking-Parijs voor auto's. En zelfs Charlotte bewaart geen enkele herinnering aan die drie vrouwelijke gestalten. Ik, ik als enige op deze aarde, heb de laatste draad in handen die hen met de wereld van de levenden verbindt! Mijn geheugen is hun laatste toevluchtsoord, hun laatste verblijfplaats voor ze definitief, totaal vergeten zullen zijn. Ik ben in zekere zin de god van hun wankele wereld, van dat stukje Champs-Elysées waar hun schoonheid nog straalt...

Maar ook al was ik god, ik kon hun slechts een leven als marionetten bieden. Ik wond de veer van mijn herinneringen op en de drie smaakvol geklede vrouwen begonnen te trippelen, de president van de republiek omhelsde Marguerite Steinheil, de hertog van Orléans viel, doorboord door verraderlijke dolken, dood neer, de oude strijder greep zijn lange spies en zette zijn borst uit...

Hoe is het mogelijk, vroeg ik me angstig af, dat al die hartstochten, pijnen, liefdes, woorden zo weinig sporen achterlaten? Hoe absurd zijn de wetten van deze wereld waarin het leven van zo mooie, zo begerenswaardige vrouwen afhangt van het ondersteboven neerkomen van een vallende krantepagina: want als dat stuk papier niet omgekeerd was neergekomen, zou ik ze niet aan de vergetelheid ontrukt hebben, zouden ze voorgoed vergeten zijn. Wat een levensgrote dwaasheid, het verdwijnen van een mooie vrouw! Een onherroepelijke verdwijning. Helemaal weg. Zonder enig spoor, enig teken achter te laten. Weg, voorgoed...

Aan het eind van de steppe verbleekte de zon. Maar de lucht bleef op koele zomeravonden als deze nog heel lang kristalhelder. Achter het bos klonk het gefluit van de Koekoesjka, in deze koude lucht welluidender dan anders. Aan de bomen zaten al een paar gele bladeren. De allereerste. De fluit van het locomotiefje klonk nog eens. Verder weg nu, zwakker.

Toen, terwijl ik opnieuw aan de drie smaakvol geklede vrouwen moest denken, kreeg ik opeens deze eenvoudige ingeving, die een einde maakte aan de droeve overpeinzingen waarin ik even tevoren nog was verzonken: 'Maar toch was er in hun leven die koele en heldere herfstochtend geweest, die laan, met overal op de grond dorre bladeren, waar ze een ogenblik halt hadden gehouden, onbeweeglijk stil waren blijven staan voor de lens. Om dat ogenblik vast te leggen... Ja, er was in hun leven een heldere herfstochtend geweest...'

Dit handjevol woorden bracht het wonder teweeg. Want

opeens beleefde ik, in de tijd verplaatst, met al mijn zintuigen het ogenblik waarop de glimlach van de drie smaakvol geklede vrouwen was vastgelegd. Ik was in de herfst, snoof de geuren van het jaargetijde op, mijn neusvleugels trilden, zo doordringend was de pittige geur van de bladeren. De zon die tussen de takken door scheen, deed me met mijn ogen knipperen. Ik hoorde het verre geratel van een faëton die over de keien reed. En de nog vage klanken van enkele opgewekte woorden die de vrouwen met elkaar wisselden voor ze voor de fotograaf verstarden... Ja, ik leefde op een intense manier helemaal in hun tijd!

De uitwerking van mijn aanwezigheid daar op die herfstochtend, vlak bij hen, was zo groot dat ik bijna angstig voor het licht wilde wegvluchten. Opeens werd ik heel bang dat ik er voor altijd zou moeten blijven. Verblind, verdoofd keerde ik terug naar de kamer, haalde de krantepagina weer tevoorschijn...

Het oppervlak van de foto leek te bewegen, als dat van een vochtig overdrukplaatje met felle kleuren. De platte afbeelding zonder perspectief begon opeens diepte te krijgen, voor mijn blik te wijken. Zo keek ik als kind naar twee identieke plaatjes die langzaam naar elkaar toe vloeiden voor ze tot één, stereoscopisch, beeld versmolten. De foto met de drie smaakvol geklede vrouwen opende zich voor mij, omsloot me geleidelijk, liet me haar universum binnen. Boven me zag ik takken met grote gele bladeren...

Mijn overpeinzingen van een uur geleden (het geheel aan de vergetelheid prijsgegeven zijn, de dood...) waren van geen enkel belang meer. Alles was volkomen duidelijk, zonder dat er een woord aan te pas kwam. Ik hoefde zelfs niet meer naar de foto te kijken. Ik sloot mijn ogen, het ogenblik zat in mij. Ik onderging zelfs de vreugde die de drie vrouwen voelden over het feit dat, na de zomerse warmte en het nietsdoen, de koele herfst weer voor de deur stond, de kleren die bij dat jaargetijde hoorden weer tevoorschijn konden worden gehaald, de genoegens van het stadsleven weer begonnen en dat weldra de regen en de kou de aantrekkelijkheid van deze periode zelfs nog zouden vergroten.

Hun een moment geleden nog ongenaakbare lichamen leefden in mij, met om hen heen de prikkelende geur van dorre bladeren, in de lichte nevel waar de zon doorheen flonkerde... Ja, ik voelde bij hen die nauwelijks waarneembare huivering waarmee het vrouwelijke lichaam de nieuwe herfst begroet, die mengeling van vreugde en angst, die stille weemoed. Er stond geen enkele hindernis meer tussen die drie vrouwen en mij. Onze eenwording, zo voelde ik, was hartstochtelijker en zinnelijker dan welke lichamelijke inbezitneming ook.

Toen ik weer uit deze herfstochtend tevoorschijn trad, was de hemel boven me bijna zwart. Moe alsof ik zojuist een brede rivier overgezwommen was, keek ik om me heen en herkende de vertrouwde voorwerpen nauwelijks. Toch kreeg ik zin op mijn schreden terug te keren om de drie wandelaarsters uit het begin van de twintigste eeuw opnieuw te ontmoeten.

Maar de betovering die zojuist haar macht over me had uitgeoefend, was verbroken en leek zich niet te zullen herhalen. Onbewust begon mijn geheugen een heel ander beeld uit het verleden tot leven te wekken. Ik zag een knappe, in het zwart geklede man midden in een luxueus kantoor. Zachtjes ging de deur open en er trad een vrouw met een voile voor haar gezicht het vertrek binnen. En op zeer theatrale wijze omhelsde de president zijn minnares. Ja, het was de scène die me al talloze keren overrompeld had en waarin de geliefden elkaar in het Elysée in het geheim ontmoetten. Door mijn geheugen daartoe opgeroepen, gehoorzaamden zij meteen en speelden haar nog eens in de stijl van een haastig in elkaar gezette klucht na. Toch was dat voor mij niet langer voldoende...

De gedaanteverandering van de drie smaakvol geklede vrouwen liet me de hoop dat de betovering zich nog eens zou herhalen. Ik herinnerde me nog heel goed de zin die alles in gang had gezet: ‘En toch was er in het leven van die drie vrouwen die koele en zonnige herfstochtend geweest...’ Als een tovenaarsleerling stelde ik me opnieuw de man met de mooie snor in zijn kantoor, voor het donkere raam voor, en ik fluisterde de toverspreuk: 'En toch was er in zijn leven een herfstavond waarop hij voor het donkere raam stond waarachter kale takken in de tuin van het Elysée heen en weer bewogen...'

Ik kon niet zeggen op welk moment de tijdgrens nu precies wegviel... De president staarde naar de weerschijn van de bewegende takken, maar zonder dat de beelden echt tot hem doordrongen. Zijn lippen bevonden zich zo dicht bij de ruit dat zijn adem er een ronde vlek op vormde die haar een ogenblik ondoorzichtig maakte. Hij merkte het en schudde als reactie op zijn stille gedachten even het hoofd. Ik had vaag in de gaten dat de merkwaardige stijfheid van de kleren die hij droeg hem hinderde. Hij voelde zich als een vreemde tegenover zichzelf staan. Ja, een onbekende, vol spanning, die hij in bedwang moest houden door zich zo weinig mogelijk te bewegen. Hij vermoedde, nee, hij vermoedde het niet, hij zag het, ergens in die vochtige duisternis achter het raam ontwaarde hij de een steeds vertrouwder karakter krijgende aanwezigheid van haar die spoedig het vertrek zou binnenkomen. 'De president van de republiek', zei hij heel zacht, waarbij hij in een traag tempo elke lettergreep benadrukte. 'Het Elysée...' En opeens leken deze zo gewone woorden geen enkel verband te houden met wat hij was. Op een intense manier voelde hij zich de man die over enkele ogenblikken opnieuw ontroerd zou raken door de warme zachtheid van de vrouwelijke lippen achter de voile die glinsterde doordat er bevroren waterdruppeltjes aan hingen...

De verwarring over deze gewaarwordingen, die vol tegenstellingen zaten, verdween pas na een paar seconden van mijn gezicht.

De betovering die dit verleden dat zich zo fraai aandiende teweegbracht, had me zowel verrukt als uitgeput. Ik zat op het balkon, ademde met horten en stoten en staarde met niets ziende ogen in de donkere steppenacht. Ik raakte vast nog eens verslaafd aan deze alchimie van de tijd. Nauwelijks was ik weer tot mezelf gekomen, of ik sprak mijn 'toverformule' opnieuw uit: 'En toch was er in het leven van die oude soldaat die winterdag...' En ik zag de oude man die een helm droeg als van een conquistador. Terwijl hij liep, steunde hij op zijn lange spies. Zijn gezicht, dat door de wind een rode kleur had gekregen, liet zien dat hij werd beheerst door bittere gedachten: zijn ouderdom en deze oorlog die ook nog zou duren als hij er al niet meer was. Opeens rook hij, in de grauwe lucht van die ijskoude dag, de geur van een houtvuur. Deze aangename en enigszins scherpe geur vermengde zich met de frisheid van de rijp op de kale akkers. De oude man ademde een snijdend koude teug van de winterlucht in. Zijn strenge gezicht vertoonde even een glimlach. Hij kneep zijn oogleden samen. Hij was het helemaal, die man die gulzig de ijskoude wind opzoog die naar houtvuur rook. Hij. Hier. Nu. Onder deze hemel... De slag waaraan hij straks deel zou nemen, en die oorlog en zelfs zijn dood leken hem op dat moment onbelangrijke gebeurtenissen. Ja, kleine voorvallen in het oneindig veel grotere raderwerk van het noodlot waar hij bij betrokken was. Hij ademde krachtig, hij glimlachte, de ogen half gesloten. Hij voelde dat het moment dat hij beleefde het begin was van dat lot dat hij voorvoeld had...

Charlotte keerde tegen het vallen van de avond terug. Ik wist dat ze af en toe het eind van de middag op het kerkhof doorbracht. Ze ontdeed het bloembedje voor de grafsteen van Fjodor van onkruid, sproeide, maakte de steen met een rode ster erop schoon. Wanneer het schemerig begon te worden, vertrok ze. Ze liep langzaam heel Saransk door, af en toe nam ze even plaats op een bank. Die avonden gingen we niet meer op het balkon zitten...

Ze kwam binnen. Opgewonden luisterde ik naar haar voetstappen op de gang, daarna in de keuken. Zonder na te denken over wat ik deed, zou ik haar vragen of ze me over het Frankrijk uit haar jeugd wilde vertellen. Net als vroeger.

De ogenblikken die ik even tevoren had beleefd kwamen me nu voor als een merkwaardige ervaring van waanzin, mooi en beangstigend tegelijk. Ik kon er niet aan voorbijgaan want de heldere beelden speelden nog steeds door mijn hoofd. Ik had ze echt meegemaakt! Maar door een vervelende neiging tegen de dingen in te gaan, vermengd met angst en gezond verstand dat in opstand kwam, moest ik mijn ontdekking laten voor wat zij was, moest ik de wereld waar ik even vaag een paar beelden van had opgevangen laten verdwijnen. Ik hoopte van Charlotte een geruststellend kinderverhaal over het Frankrijk uit haar jonge jaren te horen. Een vertrouwde en aangename herinnering, als een fotoafdruk, die me zou helpen mijn kortstondige waanzin te vergeten.

Ze ging niet meteen in op mijn vraag. Waarschijnlijk had ze begrepen dat nu ik het waagde onze gewoontes zo te verstoren, ik daar wel toe gebracht moest zijn door een ernstige reden. Misschien dacht ze ook aan al die beuzelpraat waaruit onze gesprekken al verscheidene weken bestonden, aan de traditie dat ze ons bij zonsondergang verhalen vertelde, een gewoonte die we deze zomer ontrouw waren geworden.

Na een minuut stilte zuchtte ze, terwijl haar mondhoeken zich tot een glimlachje vertrokken: ‘Maar wat kan ik je nog vertellen? Je weet alles nu... Wacht, ik lees je liever een gedicht voor...’

Daarmee begon de meest opmerkelijke avond van mijn leven. Want Charlotte slaagde er maar niet in het boek dat zij zocht terug te vinden. En met die wonderbaarlijke vrijheid waarmee wij haar soms de hele orde der dingen ondersteboven zagen gooien, hoewel zij voor het overige een ordelijke en pietluttig nette vrouw was, veranderde zij de avond in een speurtocht die uitmondde in een lange, slapeloze nacht. De vloer raakte vol met stapels boeken. We klommen op de tafel om de bovenste planken van de boekenrekken af te zoeken. Het boek bleef onvindbaar.

Tegen twee uur in de ochtend kwam Charlotte te midden van een kleurrijke chaos van boeken en meubelstukken opeens overeind en riep uit: 'Wat ben ik toch stom! Dat gedicht, dat ben ik jou en je zuster de vorige zomer begonnen voor te lezen, weet je nog? En toen... Ik weet het niet meer. Nou ja, na het eerste couplet zijn we opgehouden. Dus moet het daar zijn.'

En Charlotte boog zich in de richting van een kastje vlakbij de balkondeur, deed het open, en naast een strohoed zagen we het bewuste boek staan.

Zittend op het vloerkleed luisterde ik naar wat zij voorlas. Een tafellamp die ze op de grond had gezet, verlichtte haar gezicht. Met buitengewone precisie tekenden zich onze omtrekken op de muur af. Af en toe joeg er door de open deur van het balkon een koude windvlaag van de steppen naar binnen. De stem van Charlotte klonk alsof je een echo woorden hoorde herhalen die al jaren eerder waren uitgesproken:

> En elke maal als ik dat lied mag horen,
> Verjongt mijn ziel opeens tweehonderd jaar...
> 'k Ben in de tijd van Louis Treize en ontwaar
> Een groene heuvel, geel in 't avondgloren.
>
> Daar ligt een slot van baksteen en arduin
> Met glasramen in roodachtige gloed,
> Te midden van een park, en aan zijn voet
> Vloeit een rivier dwars door de bloementuin.
>
> Daar rijst een edelvrouw in oud gewaad
> Blond en zwartogig bij het hoge raam,
> Die mij misschien in een ander bestaan
> Verscheen... en nog in mijn geheugen staat.

We spraken verder geen woord meer tijdens die ongewone nacht. Voor ik insliep dacht ik aan die man die anderhalve eeuw geleden in het land van herkomst van mijn grootmoeder de moed had gehad over zijn 'waanzin' te vertellen – dat gedroomde moment dat als waarachtiger werd ervaren dan welke werkelijkheid bij je volle verstand ook.

De volgende ochtend werd ik laat wakker. In de naastgelegen kamer was de orde reeds weergekeerd... De wind was van richting veranderd en voerde nu warme lucht van de Kaspische Zee aan. De koude dag van gisteren leek alweer heel ver weg.

Omstreeks het middaguur vertrokken we zonder dat we er iets over hadden afgesproken voor een wandeling over de steppe. We liepen zwijgend naast elkaar en trokken met een boog om het struikgewas van de Stalinka. Daarna staken we de smalle, door onkruid overwoekerde rails over. Van verre liet de Koekoesjka haar fluitsignaal horen. Toen we het treintje zagen verschijnen, leek het voort te bewegen door een bloemenzee. Het kwam dichterbij, kruiste ons pad en loste op in de nevel die de trillende hete lucht teweegbracht. Charlotte keek het na, begon weer te lopen en mompelde zacht: 'In mijn kindertijd reisde ik wel eens met een trein die een beetje op deze Koekoesjka leek. Die vervoerde echter passagiers en kronkelde met zijn wagonnetjes lange tijd dwars door de Provence. Dat was als we een paar dagen bij een tante gingen logeren die in... woonde. Ik kan me de naam van die stad niet meer herinneren. Ik herinner me alleen nog de zon die de heuvels in een stralend licht zette, het luide en schrille gezang van de krekels wanneer we op ingeslapen stationnetjes stopten. En op de heuvels strekten zich, zo ver het oog reikte, lavendelvelden uit... Ja, de zon, de krekels en dat diepblauw en die geur die met de wind door de open ramen naar binnen woei...

Ik liep zwijgend naast haar voort. Ik voelde dat 'Koekoesjka' van nu af aan het belangrijkste woord van onze nieuwe taal zou zijn. Van die taal die het onzegbare zou verwoorden.

Twee dagen later verliet ik Saransk. Voor het eerst van mijn leven vond ik de stilte tijdens de laatste minuten voor het vertrek van de trein niet vervelend. Van achter het raam keek ik naar Charlotte op het perron, te midden van mensen die gebaarden als doofstommen, uit angst dat degenen die vertrokken hen niet zouden horen. Charlotte zweeg en glimlachte even toen ze mijn blik ontmoette. Wij hadden geen woorden nodig.

Drie

I

In de herfst lagen er maar een paar dagen tussen het moment waarop ik, beschaamd het mezelf te bekennen, verheugd was over de afwezigheid van mijn moeder, die 'voor een eenvoudig onderzoek', vertelde men ons, in het ziekenhuis was opgenomen, en die middag waarop ik, uit school komend, hoorde dat ze gestorven was.

De dag na haar vertrek naar het ziekenhuis hing er in onze flat meteen een aangename en ongedwongen sfeer. Mijn vader bleef tot één uur in de ochtend voor de televisie zitten. Ik buitte dat begin van volwassen vrijheid uit door te proberen mijn terugkeer naar huis elke dag wat verder uit te stellen: negen uur, half tien, tien uur...

Ik bracht deze avonden door op een kruispunt dat tijdens avondschemeringen in de herfst en met een kleine inspanning van de verbeelding een verbazingwekkende illusie teweeg wist te brengen: die van een regenachtige avond in een westerse grote stad. Het was een unieke plek te midden van de brede, eentonige straten van onze stad. De wegen die elkaar hier kruisten verwijderden zich als de stralen van een cirkel – de gevels van de gebouwen rezen op in de vorm van trapeziums. Ik wist al dat Napoleon in Parijs op dezelfde manier grote kruispunten van wegen had laten aanleggen om te voorkomen dat de talloze rijtuigen tegen elkaar zouden botsen...

Hoe donkerder het was, hoe volmaakter mijn illusie werd. De wetenschap dat een van die huizen onderdak bood aan het plaatselijke museum voor atheïsme en dat achter de muren van de andere overvolle, door de staat gebouwde flatjes schuilgingen – dat stoorde me nauwelijks. Ik keek naar de natte ruiten die door de regen gele en blauwe kleurschakeringen vertoonden, naar de weerschijn van de straatlantaarns op het smerige asfalt, de omtrekken van de kale bomen. Ik was alleen, vrij. Ik was gelukkig. Fluisterend richtte ik in het Frans het woord tot mezelf. Ten overstaan van die trapezevormige gevels vond ik deze taal heel vanzelfsprekend klinken. Zou de magie die ik deze zomer had ontdekt zich tastbaar omzetten in een of andere ontmoeting? Elke vrouw die ik tegenkwam leek met me te willen praten. Elk half uur dat ik op de duisternis won, nam de schoonheid van mijn Franse zinsbegoocheling toe. Ik maakte niet langer deel uit van mijn tijd, noch van dit land. Op dit nachtelijke ronde plein voelde ik me op wonderbaarlijke wijze als een vreemde tegenover mezelf staan.

De zon hinderde me nu, de dag werd een zinloos wachten voor 's avonds mijn echte leven begon...

Toch was het op klaarlichte dag, terwijl ik verblind door het schitteren van de eerste rijp met mijn ogen knipperde, dat ik dat bericht hoorde. In het voorbijgaan hoorde ik uit de opgewekte groep leerlingen, die voor mij dezelfde minachtende vijandigheid aan de dag bleef leggen, een stem opklinken.

'Hebben jullie het gehoord? Zijn moeder is dood...'

Ik ving enkele nieuwsgierige blikken op. Ik herkende degene die gesproken had – de zoon van onze buren...

De onverschilligheid van de reacties liet me de tijd deze onvoorstelbare situatie tot me te laten doordringen: mijn moeder was dood. Alle gebeurtenissen van de afgelopen dagen vielen opeens op hun plaats: het vaak afwezig zijn van mijn vader, zijn stilzwijgen, de komst, twee dagen geleden, van mijn zuster (toch was het geen universitaire vakantie, bedacht ik nu...).

Toen ik thuis kwam, deed Charlotte de deur open. Ze was dezelfde ochtend uit Saransk aangekomen. Ze wisten dus alles! En ik, ik was 'het kind tegen wie men nog even niets zou zeggen'. En dat kind, dat van niets wist, ijsbeerde maar op zijn 'Franse' kruispunt, met het idee dat het volwassen, vrij, door raadselen omgeven was. Ik voelde me in één keer ontnuchterd, dat was het belangrijkste gevoel dat de dood van mijn moeder teweegbracht. Maar het maakte meteen plaats voor schaamte: mijn moeder lag op sterven en ik genoot met egoïstische voldoening van mijn vrijheid, zocht de koestering van de Parijse herfst onder de ramen van het museum voor atheïsme!

Tijdens die trieste dagen en de dag waarop de begrafenis plaatsvond, was Charlotte de enige die niet huilde. Met een gesloten gezicht, met ogen die rust uitstraalden, verrichtte zij al het huishoudelijke werk, ontving zij de bezoekers, bracht zij de familieleden onderdak die uit andere steden kwamen. De mensen vonden haar ongevoeligheid zelfs onaangenaam...

'Je kunt met mij meegaan als je wilt', zei ze toen ze vertrok. Ik schudde het hoofd, hoewel ik Saransk, het balkon, de met oude Franse kranten volgepropte koffer alweer voor me zag. Ik voelde opnieuw schaamte opkomen: terwijl wij elkaar verhalen vertelden, was het leven met zijn ware vreugden en zijn ware smarten gewoon doorgegaan, had mijn moeder, met de ziekte al onder de leden, gewoon doorgewerkt, zonder iemand te laten merken dat ze pijn had, zonder ook maar met een woord of een gebaar te verraden dat ze wist ten dode opgeschreven te zijn. En wij maar dagenlang babbelen over smaakvol geklede vrouwen uit het begin van de twintigste eeuw...

Met heimelijke opluchting zag ik Charlotte vertrekken. Ik had het gevoel alsof ik de dood van mijn moeder op geniepige wijze mede veroorzaakt had. Zoals je je als toeschouwer vaag verantwoordelijk voelt wanneer je een koorddanser ziet wankelen of zelfs ziet vallen. Charlotte had me geleerd midden in een grote industriestad aan de Wolga gestalten te onderscheiden die naar de Parijse mode gekleed waren, zij had mij in dat gedroomde verleden opgesloten, van waaruit ik slechts verstrooide blikken op het werkelijke leven wierp.

En dat werkelijke leven, dat was die laag water die ik de dag van de begrafenis huiverend op de bodem van het graf had zien staan. In een fijne herfstregen liet men de kist langzaam in dat mengsel van water en modder zakken...

Het werkelijke leven werd eveneens duidelijk waarneembaar met de komst van mijn tante, de oudste zuster van mijn vader. Zij woonde in een arbeidersdorpje waar de bevolking om vijf uur 's morgens opstond en naar de poorten van de reusachtige fabrieken in de stad stroomde. Deze vrouw bracht alles mee wat het Russische leven aan kracht en bezieling had – een merkwaardig mengsel van hardheid, gevoeligheid, vervoering, anarchisme, niet stuk te krijgen levensvreugde, droefheid, vrijwillige onderworpenheid, botte koppigheid, onverwachte bevalligheid... Ik ontdekte met toenemende verbazing een vroegere wereld die door het Frankrijk van Charlotte uit het zicht was verdwenen.

Tante was erg bang dat mijn vader zou beginnen te drinken, hetgeen voor veel mannen die ze in haar leven gekend had noodlottig was afgelopen. Dus herhaalde ze elke keer als ze ons kwam opzoeken: 'En Nicolaj, vooral van het sterke spul afblijven!' De wodka, bedoelde ze. Hij was het er werktuiglijk mee eens, zonder dat haar woorden echt tot hem doordrongen, en schudde ter bevestiging nog eens krachtig met zijn hoofd: 'Nee, nee, maar eigenlijk had ik het eerst moeten sterven. Dat is zeker. Met dit hier...'

En hij legde zijn hand op zijn kale schedel. Ik wist dat er boven zijn linkeroor een 'gat' zat – een plek die alleen maar met dunne en gladde huid bedekt was, die je af en toe duidelijk op en neer zag bewegen. Mijn moeder was altijd bang geweest dat mijn vader bij een vechtpartij betrokken zou raken, waarbij een simpel tikje hem had kunnen doden...

'Vooral niet aan het sterke spul komen...'

'Nee, maar eigenlijk had ik het eerst moeten sterven...'

Hij begon inderdaad niet te drinken. Toch bleken de waarschuwingen van zijn zuster op een stomme manier terecht. In februari, tijdens de laatste, de ergste koudeperiode van de winter, viel hij op een avond in een besneeuwd straatje neer, geveld door een hartstilstand. De politieagenten die hem in de sneeuw aantroffen, dachten natuurlijk aan een dronkaard en namen hem mee 'ter ontnuchtering'. Pas de volgende ochtend ontdekten ze hun vergissing...

Opnieuw wees het werkelijke leven, hooghartig zijn macht tonend, me op de ijdelheid van mijn droombeelden. Een enkel geluid bleek voldoende: men had het lichaam vervoerd in een met een zeil afgedekte wagen waarin het net zo koud was als buiten; en dat lichaam maakte, toen het op de onderzoekstafel gelegd werd, hetzelfde doffe geluid als een blok ijs dat tegen hout stoot...

Ik zou liegen als ik het ontkende. Ondanks de intense verwarring die er in mijn geest heerste, waarbij de gedachten door niets geremd werden, waarbij alles onverhuld werd toegegeven, sloeg het overlijden van mijn ouders geen ongeneeslijke wonden. Ja, ik moest mezelf bekennen dat ik gedurende die geheime onderonsjes met mezelf niet onder bovenmatig verdriet gebukt ging.

En als het me overkwam dat ik huilde, huilde ik niet om het feit dat ik hen kwijt was. Het waren tranen van onmacht ten overstaan van een verbijsterende waarheid: er was een hele generatie gedood, verminkt, zonder een 'jeugd' te hebben gehad. Er waren tientallen miljoenen mensen uit het leven weggerukt. Zij die op het slagveld waren gevallen, hadden tenminste nog het voorrecht gehad een heldhaftige dood te sterven. Maar de overlevenden die tien of twintig jaar na de oorlog verdwenen, leken heel 'normaal', 'van ouderdom' te sterven. Je moest heel dicht naar mijn vader toegaan om boven zijn oor dat wat holle merkteken te zien waar het bloed klopte. Je moest mijn moeder kennen om bij haar iets van dat kind op te merken dat verstijfd van angst voor het donkere raam stond toen op die eerste ochtend van de oorlog de hemel vol was met merkwaardige, ronkende sterren. Om in haar ook dat broodmagere, doodsbleke pubermeisje te herkennen die aardappelschillen verslond alsof het een lekkernij was...

Door een waas van tranen zag ik hun leven voor me. Ik zag

na de demobilisatie mijn vader op een warme juniavond in zijn geboortedorp terugkeren. Hij herkende alles nog: het bos, de rivier, de bocht in de weg. En toen – die onbekende plek, die zwarte straat, die alleen nog maar bestond uit twee rijen verkoolde sparrehouten hutjes. En niet één levend wezen. Alleen maar de opgewekte roep van een koekoek die met tussenpozen het heftige bonken van het bloed boven zijn oor begeleidde.

Ik zag mijn moeder, als studente die zojuist voor haar toelatingsexamens voor de universiteit geslaagd was, dat meisje dat versteend, stijf als een blok in de houding stond tegenover een muur van minachtende gezichten – een partijcommissie die bijeen was gekomen om uitspraak te doen over haar 'misdaad'. Ze wist dat de nationaliteit van Charlotte, ja, het feit dat ze tot de 'Franse cultuurgemeenschap' behoorde in die periode van strijd tegen het 'kosmopolitisme', een vreselijke zonde was. Op het vragenformulier dat ze voor het examen had moeten invullen, had ze met bevende hand aangegeven: 'Moeder – van Russische nationaliteit'...

En ze hadden elkaar ontmoet, die twee mensen, zo verschillend en door hun kapotgemaakte jeugd toch zo nauw met elkaar verbonden. En wij waren geboren, mijn zuster en ik, en het leven was doorgegaan, ondanks de oorlogen, de verbrande dorpen, de kampen.

Ja, als ik huilde was het vanwege hun stille berusting. Ze namen niemand iets kwalijk, vroegen niets om hen schadeloos te stellen. Ze leefden en probeerden ons gelukkig te maken. Mijn vader had zijn hele leven de eindeloze gebieden tussen de Wolga en de Oeral doorkruist om met zijn ploeg hoogspanningskabels op te hangen. Mijn moeder, na haar misdaad van de universiteit gestuurd, had nooit de moed gehad de poging nog eens te wagen. Ze was in een van de grote fabrieken in onze stad vertaalster geworden. Alsof dat technische en onpersoonlijke Frans haar vrijpleitte van de misdaad tot de Franse cultuurgemeenschap te behoren.

Ik beschouwde die twee zowel gewone als bijzondere levens

en voelde een vage woede in me opstijgen. Ik wist niet goed tegen wie. Ja, ik wist het wel: tegen Charlotte! Tegen de ongereptheid van haar Franse wereld. Tegen dat denkbeeldige verleden dat zo mooi werd voorgesteld maar niets te betekenen had: wat een waanzin je gedachten te verspillen aan drie schepsels die je toevallig op een kranteknipsel uit het begin van de eeuw had aangetroffen of te proberen je te verplaatsen in de zieleroerselen van een verliefde president! En daarbij dan die soldaat te vergeten. Gelukkig werd hij door de winter gered omdat hij erin slaagde het bloeden van zijn kapotte schedel te stelpen door die met een laag ijs te bedekken. Te vergeten dat ik leefde dankzij die trein die zich zo goed en zo kwaad als het ging langs treinen vol verminkte lichamen wist te wringen, een trein die Charlotte en haar kinderen meevoerde om hen diep in Rusland naar veiliger oorden te brengen... Ja, opeens kreeg die propagandistische zin, die patriottische leuze: 'Twintig miljoen mensen zijn gestorven om het jullie mogelijk te maken te leven!' voor mij een nieuwe en pijnlijke betekenis. En een heel persoonlijke.

Op dat moment werd Rusland in mij wakker, als een beer na een lange winter. Een meedogenloos, mooi, absurd, uniek Rusland. Een Rusland dat door zijn duistere toekomst tegenover de rest van de wereld stond.

Ja, als ik om de dood van mijn ouders huilde, was dat omdat ik me Rus voelde. En omdat de Franse entloot in mijn hart me af en toe heel erg pijn begon te doen.

Onbewust had de zuster van mijn vader, mijn tante, aan deze ommekeer bijgedragen... Blij de overvolle staatsflat in haar arbeidersdorp te kunnen verlaten, nam ze met haar beide zonen, jongere neven van mij, haar intrek in onze flat. En niet met de bedoeling de sporen van ons vroegere leven uit te wissen door ons opeens een andere levensstijl op te dringen. Nee, heel gewoon, zij probeerde zich ook door het leven te slaan. En het bijzondere van ons gezin – het kleine beetje Franse cultuur dat we meedroegen en dat even weinig met Frankrijk te maken had als het Frans dat bij de technische vertalingen van mijn moeder kwam kijken – begon vanzelf te vervagen.

Mijn tante was echt iemand ontsproten aan het Stalintijdperk. Stalin was al twintig jaar dood, maar zij was nog geen greintje veranderd. Het ging er niet om dat ze nu zo dol was op de grote leider. Haar eerste echtgenoot was gedood tijdens de bloedige onlusten die de eerste dagen van de oorlog hadden plaatsgevonden. Tante wist precies wie er schuldig was aan dit rampzalige begin en dat vertelde ze ook aan iedereen die het wilde horen. De vader van haar twee kinderen, met wie ze nooit getrouwd was, had acht jaar in een kamp gezeten. 'Omdat hij een lange tong had', zei ze.

Nee, haar 'stalinisme', dat bleek vooral uit haar manier van praten, de manier waarop ze zich kleedde, anderen in de gaten hield, alsof het nog steeds volop oorlog was, alsof de radio elk moment weer met een sombere en pathetische stem kon losbarsten met berichten als: 'Na heldhaftige en verbeten gevechten hebben onze legers de stad Kiev moeten opgeven... de stad Smolensk moeten opgeven... de stad... moeten opgeven...' en alle gezichten verstrakten bij het volgen van deze onstuitbare opmars naar Moskou... Ze leefde als in de jaren toen buren slechts een zwijgende blik hoefden te wisselen en met een beweging van de wenkbrauwen een huis hoefden aan te duiden – en je wist dat er 's nachts weer een heel gezin in een zwarte auto was meegenomen...

Ze droeg 's winters een grote bruine omslagdoek, een oude mantel van dikke wollen stof – 's zomers vilten laarzen – of anders dichte schoenen met een dikke zool. Het zou me helemaal niet verbaasd hebben als ik haar een militair uniform en soldatenlaarzen had zien aantrekken. En wanneer ze kopjes op tafel zette, leek het net of haar grote handen aan de lopende band van een wapenfabriek met granaathulzen in de weer waren, net als tijdens de oorlog...

De vader van haar kinderen, die ik bij zijn achternaam,

Dmitritsj, noemde, kwam maar af en toe bij ons thuis en dan dreunde de keuken van zijn schorre stem, alsof die, na een lange winter die verscheidene jaren leek te hebben geduurd, eerst weer geleidelijk op temperatuur moest komen. Mijn tante en hij hadden niets meer te verliezen en ze waren dan ook nergens meer bang voor. Alles was ze zeiden klonk grof, agressief en vertwijfeld. De man dronk veel, maar zijn ogen bleven altijd helder, alleen klapte hij zijn kaken steeds harder op elkaar om zo de grove vloeken die hij af en toe slaakte, en die hij in de kampen had geleerd, meer kracht bij te zetten. Hij was het die me mijn eerste glas wodka liet drinken. Dankzij hem ook slaagde ik er ten slotte in me een beeld te vormen van dat Rusland dat tot dan toe onzichtbaar was gebleven – een continent omgeven door prikkeldraad en uitkijktorens. In dat verboden land hadden de meest eenvoudige woorden een gevaarlijke betekenis, konden ze je keel verbranden als dat 'sterke spul' dat ik uit een dik, geslepen glaasje dronk.

Op een keer vertelde hij over een meertje, midden op de taiga, dat elf van de twaalf maanden dichtgevroren was. Omdat hun kampleider dat zo wilde, was de bodem ervan in een kerkhof veranderd: dat was gemakkelijker dan een gat in de altijd bevroren grond te hakken. De gevangenen stierven bij tientallen...

'In de herfst gingen we er een keer naartoe met de bedoeling daar zo'n tien, vijftien man in de plomp te donderen. Op een bepaalde plek kon je door het ijs kijken. En ja hoor, daar zag ik ze, al die anderen, die we er al eerder in gegooid hadden. Naakt, want hun kloffie konden we natuurlijk nog goed gebruiken. Ja, poedelnaakt, helemaal intact. Echt, het leken net stukken *kholodets*!

Kholodets, dat vlees in gelei, waarvan er nu net een bord op onze tafel stond, werd vanaf dat moment een woord waar we van gruwden – de klanken die het tot ijs, vleeshompen en dood deden verstarren, sneden ons opeens door merg en been.

Wat ik in de loop van hun nachtelijke bekentenissen het meest tegenstrijdig vond, was de onverwoestbare liefde voor Rusland die deze vertrouwelijke mededelingen in me deden ontstaan. Mijn verstand, dat vocht tegen het bijten van de wodka, kwam in opstand: 'Dit land is monsterlijk! Zijn bewoners brengen hun tijd het liefst door met kwaad doen, martelen, lijden, zichzelf verminken. En toch houd ik ervan? Ik houd ervan om zijn absurditeit. Om zijn monsterlijkheden. Ik zie er een verheven betekenis in die geen enkele logische redenering in staat is te doorgronden...'

Deze liefde bracht een voortdurend gevoel van verscheurdheid met zich mee. Hoe somberder het Rusland dat ik ontdekte bleek, hoe sterker die gehechtheid werd. Alsof je om ervan te houden je ogen moest uitrukken, je oren moest dichtstoppen en je jezelf moest verbieden na te denken.

Op een avond hoorde ik mijn tante en haar levensgezel praten over Beria...

In het verleden, tijdens de gesprekken van onze gasten, was me al duidelijk geworden dat deze naam met iets vreselijks verbonden was. Zij spraken hem vol minachting uit, maar niet zonder een vleugje eerbiedige angst. Omdat ik te jong was, lukte het me niet erachter te komen wat in het leven van deze tiran nu precies de verontrustende schaduwkant vormde. Ik had nog net door dat het misschien om een of andere menselijke zwakheid ging. Wanneer zij op gedempte toon over hem begonnen te praten en mijn aanwezigheid opmerkten, was dat gewoonlijk het moment om mij uit de keuken te verjagen...

Nu waren we meestal met z'n drieën in onze keuken. Drie volwassenen. Bovendien hadden mijn tante en Dmitritsj geen enkele reden iets voor me verborgen te houden. Zij praatten, en door de blauwe tabaksrook heen stelde ik me met mijn benevelde brein een grote zwarte auto voor met ruiten van rookglas. Ondanks de indrukwekkende afmetingen ervan, leek hij nog het meest op de taxi van een snorder. Hij reed tergend langzaam, leek af en toe even stil te blijven staan en reed daarna weer snel door, alsof hij iemand in wilde halen. Nieuwsgierig sloeg ik hem op zijn tocht door de straten van Moskou gade. Opeens had ik door waarom hij zo reed: de zwarte auto achtervolgde vrouwen. Mooie, jonge vrouwen. Van achter de ondoorzichtige ramen werden zij nauwkeurig bekeken, de snelheid werd aan hun loopritme aangepast. Daarna werd de achtervolging gestaakt. Of, wat ook af en toe gebeurde, leek er ten slotte een beslissing genomen te zijn en sloeg hij opeens een zijstraat in om hen achterna te gaan...

Dmitritsj had geen reden mij te ontzien. Hij vertelde alles zonder omwegen. Op de achterbank van de auto zat een dik, kaal mannetje onderuitgezakt met een vet gezicht waarin een knijpbril schuilging. Beria. Hij koos een vrouwenlichaam dat zijn begeerte opwekte. Waarna zijn handlangers de voorbijgangster arresteerden. Het was de tijd waarin je zonder opgaaf van redenen kon worden opgepakt.

De vrouw werd naar zijn huis meegenomen en verkracht – nadat eerst haar verzet was gebroken met alcohol, bedreigingen en martelingen...

Dmitritsj vertelde niet – omdat hij dat niet wist – wat er daarna met deze vrouwen gebeurde. Hoe dan ook, niemand zag ze ooit terug.

Ik kon er verscheidene nachten niet van slapen. Stond voor het raam en staarde met een klam voorhoofd in het donker. Dacht aan Beria en die vrouwen die nog maar één nacht te leven hadden. Mijn hoofd gloeide. Ik kreeg een wrange, metaalachtige smaak in mijn mond. Ik zag mezelf als de vader of de verloofde, of de echtgenoot van die jonge vrouw die door de zwarte auto achtervolgd werd. Ja, een paar seconden, zolang als ik het uithield, voelde ik me in de huid van die man steken, voelde ik zijn angst, zijn tranen, zijn vergeefse, machteloze woede, zijn berusting. Want iedereen wist op welke manier die vrouwen verdwenen! Er trok een afschuwelijke pijnscheut door mijn buik. Ik deed het raampje open, schraapte wat sneeuw van de vensterbank en wreef er mijn gezicht mee in. Dat bracht mijn gloeiende hoofd maar enkele ogenblikken verlichting. Nu zag ik die man weggedoken achter het autoraam van rookglas. In de glazen van zijn knijpbril weerspiegelden de vrouwelijke gestalten. Hij keurde ze, tastte ze met zijn blik af, beoordeelde of hij ze aantrekkelijk genoeg vond. Daarna koos hij...

En ik, ik haatte mezelf! Want ik kon het niet laten die bespieder van vrouwen te bewonderen. Ja, er zat iemand in me die – angstig, met weerzin, beschaamd – in vervoering raakte over het feit dat de man met de knijpbril zoveel macht had. Alle vrouwen waren van hem! Hij reed door het eindeloze Moskou alsof hij zich in een harem bevond. En wat me het meest fascineerde, was zijn onverschilligheid. Wat deed het ertoe of hij aardig gevonden werd, wat kon het hem schelen welke gevoelens zijn uitverkorenen jegens hem koesterden. Hij koos een vrouw uit, wilde haar hebben, en bezat haar nog dezelfde dag. Daarna vergat hij haar. En al het geschreeuw, gejammer, gehuil, gereutel, gesmeek, gescheld dat hij hoorde omdat die dingen nu eenmaal uit de omstandigheden voortvloeiden, waren voor hem slechts prikkels waardoor de verkrachting hem een groter genoegen verschafte.

Aan het begin van mijn vierde slapeloze nacht verloor ik het bewustzijn. Kort voor deze flauwte begonnen de gejaagde gedachten van een van deze verkrachte vrouwen ook door mijn eigen hoofd te spoken, stelde ik me voor hoe het opeens tot haar doordrong dat men haar in geen geval zou laten gaan. Deze gedachte baande zich een weg dwars door haar dronkenschap, haar verdriet, haar afkeer – drong mijn hoofd binnen en deed me ter aarde storten.

Toen ik weer bijkwam, voelde ik me een ander geworden. Rustiger, ook beter tegen de dingen opgewassen. Als een zieke die na een operatie geleidelijk weer leert lopen, bewoog ik me langzaam van het ene woord naar het andere. Ik had er behoefte aan alles weer op een rij te krijgen. In het donker mompelde ik korte zinnen die mijn nieuwe toestand feitelijk onder woorden brachten: 'Dus degene die in staat is deze verkrachtingen voor zich te zien, zit in mij. Ik kan hem bevelen zich stil te houden, maar hij blijft zitten. Dus in principe is alles geoorloofd. Dat heeft Beria me geleerd. En als Rusland me fascineert komt dat doordat het geen grenzen kent, noch wat het goede, noch wat het kwade betreft. Vooral niet wat het kwade betreft. Het veroorlooft mij die jager op vrouwenlichamen te benijden. En mezelf te verfoeien. En me met die gekwetste vrouw te vereenzelvigen, die daar onder een massa zwetend vlees verpletterd wordt. En me helder haar laatste gedachte voor te stellen: de gedachte aan de dood die waarschijnlijk op deze weerzinwekkende paring zal volgen. En het verlangen te koesteren tegelijk met haar te sterven. Want je kunt niet doorgaan te leven met die dubbelganger in je die Beria bewondert...'

Ja, ik was Rus. Ik begreep nu, op een nog wat vage manier, wat dat wilde zeggen. In je ziel al die mensen met van pijn vertrokken gezichten, die verkoolde dorpen, die dichtgevroren meren vol naakte lijken meedragen. De gelatenheid kennen van een door een satraap verkrachte groep mensen. En de afkeer gewaar worden omdat je het gevoel hebt aan deze misdaad mee te werken. En het hartstochtelijke verlangen voelen al deze voorbije gebeurtenissen nog eens mee te maken – om bij die gelegenheid het verdriet, het onrecht, de dood voorgoed een halt toe te roepen. Ja, de zwarte auto uit de straten van Moskou plukken en hem in je reuzenhand vermorzelen. Daarna, met ingehouden adem, met de blik de jonge vrouw volgen die de voordeur van haar huis openduwt, de trap oploopt... De Geschiedenis overdoen. De wereld zuiveren. Het kwaad uitroeien. In je hart aan al die mensen een schuilplaats bieden, om ze ooit weer los te laten in een wereld die is bevrijd van het kwaad. Maar intussen delen in het verdriet dat hen treft. Jezelf verfoeien om elke zwakheid. Deze verplichting nakomen tot je niet meer kunt, tot je erbij neervalt. Elke dag weer leven aan de rand van de afgrond. Ja, dat is Rusland.

Zo klampte ik me in mijn jeugdige verwarring vast aan mijn

nieuwe identiteit. Zij werd voor mij het leven zelf, zij zou, dacht ik, mijn Franse droombeeld voorgoed uitwissen.

Dit leven liet al gauw zijn voornaamste kenmerk aan het licht treden (dat de dagelijkse sleur ons verhindert te zien) – zijn volkomen absurditeit.

Voor die tijd werd mijn leven bepaald door boeken. Ik stapte van het ene personage over op het andere, of het verhaal nu een liefdesgeschiedenis of een oorlog betrof. Maar op die avond in maart, toen het zo warm was dat mijn tante zelfs het raam van onze keuken had opengezet, begreep ik opeens dat er van enige logica, van enige samenhang in dit leven geen sprake was. En dat de dood misschien de enige zekerheid was.

Die avond hoorde ik wat mijn ouders altijd voor mij verborgen hadden gehouden. Die duistere episode in Centraal-Azië: Charlotte, gewapende mannen, hun gedrang, hun geschreeuw. Dat was de enige vage en kinderlijke herinnering die ik aan de verhalen van vroeger bewaarde. Woorden van volwassenen waren altijd zo duister!

Deze keer werd ik door hun helderheid verblind. Terwijl mijn tante de dampende aardappels in een schaal stortte, zei ze langs haar neus weg tegen onze gast die naast Dmitritsj zat: 'Daarginds leven ze natuurlijk anders dan bij ons. Denk je eens in, ze bidden vijf keer per dag tot hun god! En ze eten niet eens aan een tafel. Ja, ze zitten allemaal gewoon op de grond. Nou ja, op een vloerkleed. En zonder lepels, met hun vingers!'

Om het gesprek nog wat te verlevendigen, bracht de gast ertegenin: 'Och, anders dan wij, dat is overdreven. Afgelopen zomer was ik in Tasjkent. Weet je, zo anders dan bij ons was het daar niet...'

'Maar ben je ook in hun woestijn geweest? (Ze begon luider te spreken, blij dat ze nu een mooi aanknopingspunt had en dat de maaltijd beloofde in een opgewekte en gezellige sfeer te verlopen). Ja, in de woestijn? Zijn grootmoeder, bijvoorbeeld (tante maakte met haar kin een beweging in mijn richting), die

Cherl... Chourl... nou ja die Française, erg leuk kun je het niet noemen wat haar daarginds is overkomen. Dat tuig, die bandieten die zo tegen het sovjetgezag waren, ze grepen haar, toen ze nog heel jong was, ergens langs de weg, en verkrachtten haar, het leken net wilde beesten! Allemaal, de één na de ander. Het waren er misschien wel zeventien. En jij zegt "ze zijn niet anders dan wij"... Daarna probeerden ze haar een kogel door het hoofd te schieten. Gelukkig mikte die moordenaar verkeerd. En de boer op wiens kar ze meereed, sneden ze als een schaap de keel af. Dus "net als bij ons", je kunt me wat...'

'Nee, luister eens, maar nou heb je het over vroeger!' merkte Dmitritsj op.

En al wodka drinkend en etend discussieerden ze verder. Door het geopende raam klonken de geluiden op onze binnenplaats even vredig als anders. De avondlucht was blauw, de temperatuur aangenaam. Ze praatten zonder in de gaten te hebben dat ik, verstijfd op mijn stoel, niet meer in staat was adem te halen, niets meer zag, dat de betekenis van hun woorden volkomen langs me heen ging. Ten slotte verliet ik als een slaapwandelaar de keuken, ging de straat op en begon met het gevoel dat deze heldere voorjaarsavond me nog vreemder voorkwam dan een marsmannetje door de gesmolten sneeuw te lopen.

Nee, het voorval in de woestijn had me niet echt van mijn stuk gebracht. Op deze alledaagse manier verteld, zou het, voorvoelde ik, nooit in staat zijn zich uit zijn ruwe omhulsel van woorden en dagelijkse bezigheden los te maken. Het zou altijd weer van zijn scherpe kanten ontdaan lijken bij de herinnering aan de dikke vingers die een augurk opvisten, het op en neer bewegen van de adamsappel wanneer onze gast zijn wodka doorslikte, het opgewekte geschreeuw van de kinderen op de binnenplaats. Het was net als met die mensenarm die ik een keer gezien had, op een autoweg, naast twee auto's die zich in elkaar geboord hadden. Een afgerukte arm die iemand, in afwachting van de komst van de ziekenauto's, in een stuk krant gewikkeld had. De gedrukte tekst, de foto's die aan het bloederige vlees kleefden maakten de arm bijna tot een willekeurig ding...

Nee, wat me wel echt van mijn stuk had gebracht, was de absurditeit van het leven. Een week tevoren had men mij over het geheim van Beria, zijn harem van verkrachte, vermoorde vrouwen verteld. Nu had ik het verhaal gehoord over de verkrachting van die jonge Française waarbij ik, zo had ik het gevoel, nooit aan Charlotte gedacht zou hebben.

Het was teveel tegelijk. Zo veel dat het mijn bevattingsvermogen te boven ging. Hoewel er geen enkel verband bestond, was de overeenkomst duidelijk, maar op zo'n waanzinnige manier dat ik er in mijn gedachten volstrekt niet meer uit wijs kon worden. In een roman, bedacht ik, zou men de lezer, na dat gruwelijke verhaal over midden in Moskou ontvoerde vrouwen, een aantal bladzijden gegund hebben om weer bij te komen. Zodat hij zich had kunnen voorbereiden op de verschijning van een held die korte metten met de tiran zou maken. In het leven was van zo'n samenhang echter geen sprake. Het leven maakte er een onoverzichtelijke warboel van. Door zijn onhandigheid bezoedelde het de zuiverheid van ons medelijden en maakte het onze terechte woede verdacht. In feite was het leven één lang probeersel waarbij de gebeurtenissen ten koste van elkaar in wanorde hun plaats opeisten, waarbij de mensen, omdat er teveel waren, elkaar verhinderden ieder voor zich te zeggen wat ze te zeggen hadden, hun verdriet, liefde of haat te uiten.

Beide tragische verhalen bleven me bezighouden: Beria en die jonge vrouwen wier leven eindigde met de laatste schreeuw van genot van hun verkrachter; Charlotte, jong, onherkenbaar, die, in het zand geworpen, werd geslagen, gefolterd. Er maakte zich een merkwaardige ongevoeligheid van mij meester. Deze botte onverschilligheid stelde me teleur, nam ik mezelf kwalijk.

Nog dezelfde nacht kwamen al mijn gedachten over het gebrek aan samenhang in het leven, waarmee ik mijn geweten even had gesust, me opeens als onjuist voor. Terwijl ik half sliep, zag ik in een droombeeld de in een krant gewikkelde arm weer voor me... Nee, in die banale verpakking was hij honderd keer schrikwekkender! De werkelijkheid met al haar onwaarschijnlijkheid stak ver uit boven de fictie. Ik schudde het hoofd om het beeld van de stukjes krant die aan de bebloede huid kleefden te verjagen. Opeens hechtte zich, helder, duidelijk, scherp, een ander beeld aan mijn netvlies. Dat van een jong vrouwenlichaam, dat uitgeput in het zand lag. Een lichaam dat zich al niet meer verroerde, ondanks de woeste, krampachtige bewegingen van de mannen die zich als wilden op haar stortten. Het plafond waar ik naar staarde werd groen. De pijn was zo hevig dat ik het gevoel kreeg alsof in mijn borst mijn hart door vlammen omringd werd. Het kussen onder mijn nek was hard en ruw als zand...

Opeens had ik mijn bewegingen niet meer onder controle. Ik begon mezelf als een bezetene in het gezicht te slaan; eerst hield ik de klappen nog in, daarna sloeg ik er meedogenloos op los. Ik voelde iemand in mezelf die, in de zompige uithoeken van mijn gedachten, vol genot naar dat vrouwenlichaam keek...

Ik sloeg mezelf tot mijn opgezwollen, betraande gezicht door zijn kleverige oppervlak mijn afkeer begon te wekken. Tot die ander die in mij weggedoken zat, helemaal stil geworden was... Daarna liep ik, struikelend over het kussen dat door mijn heftige bewegingen op de grond was gevallen, naar het raam. Een heel kleine maansikkel leek een sneetje in de hemel te hebben gemaakt. De vage, trillende sterren klonken als krakend ijs onder de voeten van een nachtbraker die de binnenplaats overstak. De koude lucht verkwikte mijn geschonden gezicht.

'Ik ben een Rus', zei ik opeens zacht.

2

Dankzij dat jonge en zinnelijke maar nog onschuldige lichaam werd ik genezen. Ja, die dag in april meende ik me eindelijk te hebben losgemaakt van de onaangenaamste winter van mijn jeugd, van zijn rampen, zijn doden en de last van alles wat hij aan het licht had gebracht.

Maar het belangrijkste was dat mijn Franse entloot verdwenen leek te zijn. Alsof het me gelukt was dat tweede hart in mijn borst te smoren. Zijn laatste stuiptrekkingen voelde ik die middag in april, die voor mij waarschijnlijk het begin betekende van een leven zonder hersenschimmen...

Ik zag haar van achteren, terwijl ze onder de bomen voor een tafel van dikke, ruwe, grenehouten planken stond. De instructeur volgde haar bewegingen en wierp af en toe een blik op de chronometer die hij in zijn hand geklemd hield.

Waarschijnlijk was ze net zo oud als ik, vijftien jaar, dat meisje wier door zonlicht overspoelde lichaam me zo betoverde. Ze was bezig een machinepistool uit elkaar te halen om het vervolgens zo snel mogelijk weer in elkaar te zetten. Het betrof paramilitaire wedstrijden waaraan verscheidene scholen in de stad deelnamen. Om de beurt gingen we voor de tafel staan, wachtten op het teken van de instructeur, stortten ons op de kalasjnikov en namen het zware wapen tot in de kleinste onderdelen uiteen. Als alle stukken eenmaal los op de planken lagen, begonnen de bewegingen een ogenblik later op een vermakelijke manier in omgekeerde richting om ze weer in elkaar te zetten. Sommigen van ons lieten de zwarte veer op de grond vallen, anderen vergisten zich bij het in elkaar zetten in de volgorde... Wat haar betreft dacht ik aanvankelijk dat ze voor de tafel stond te huppelen. Gekleed in een jekker en een kaki jurk en met een muts over haar rode krullen liet ze haar lichaam wiegen op het ritme van de oefening. Waarschijnlijk had ze veel geoefend om zo behendig met de gladde onderdelen van het wapen om te gaan.

Ik sloeg haar stomverbaasd gade. Alles aan haar was zo eenvoudig en zo levendig! Aansluitend bij de bewegingen van haar armen, wiegde ze licht met haar heupen. Haar stevige, goudbruine benen trilden. Ze genoot van haar eigen lenigheid die haar zelfs overbodige bewegingen veroorloofde – zoals dat ritmische schokken van haar lieftallige gespierde achterste. Ja, ze danste. En zelfs zonder haar gezicht te zien, wist ik dat ze erbij glimlachte.

Ik werd verliefd op dat jonge, onbekende, roodharige meisje. Het was voor alles natuurlijk een zeer lichamelijk verlangen, een zinnelijke verrukking ten overstaan van haar nog kinderlijke, kwetsbare gestalte, hoewel haar bovenlichaam al duidelijk vrouwelijke vormen vertoonde... Al mijn ledematen waren stram toen ik mijn nummertje uit-elkaar-halen-in-elkaar-zetten opvoerde, en het kostte me ruim drie minuten, zodat ik ten slotte tot de minst begaafden bleek te behoren... Maar meer nog dan dat ik ernaar verlangde dat lichaam te omhelzen, met mijn vingers die gebruinde huid aan te raken, voelde ik me in de greep van een nieuw en onbeschrijflijk geluk.

Daar, aan de rand van een bos, stond die tafel van dikke planken. De zon scheen, je rook de geur van de laatste sneeuw die in het donker van het struikgewas verscholen lag. Alles was goddelijk eenvoudig. En licht. Net als dat lichaam met zijn nog schuchtere vrouwelijke vormen. Net als mijn verlangen. Net als de bevelen van de instructeur. De helderheid van dat moment werd door geen enkele schaduw uit het verleden vertroebeld. Ik ademde, verlangde, voerde de bevelen werktuiglijk uit. En met een onuitsprekelijke vreugde voelde ik hoe de prop onaangename, verwarrende gedachten die me die winter in beslag hadden genomen, zich in mijn hoofd oploste... Licht heupwiegend stond het roodharige meisje voor de pistoolmitrailleur. De zon scheen door de dunne stof van haar jurk waardoor je de omtrekken van haar lichaam zag. Haar vuurrode krullen staken onder de muts uit. En alsof er vanaf de bodem van een put een doffe en naargeestige echo opklonk, hoorde ik deze bespottelijke namen: Marguerite Steinheil, Isabella van Beieren... Ik kon me niet meer voorstellen dat deze stoffige overblijfselen ooit mijn leven hadden beheerst. Ik had zonder zon, zonder verlangen geleefd – mijn blik door boeken laten verduisteren. Op zoek naar een schimmenrijk, dat Frankrijk van vroeger, bevolkt door geesten, dat slechts uit drogbeelden bleek te bestaan...

Opeens slaakte de instructeur een kreet van vreugde en liet aan iedereen zijn chronometer zien. 'Eén minuut vijftien seconden!' Dat was de beste tijd. Het roodharige meisje draaide zich stralend om. Ze zette haar muts af en schudde met haar hoofd. Haar haar leek in het zonlicht in brand te staan, haar sproeten lichtten op als vonken. Ik sloot mijn ogen.

En de volgende dag werd ik voor het eerst van mijn leven die zeer eigenaardige wellust gewaar wanneer je een vuurwapen, in dit geval een kalasjnikov, omklemt en zijn zenuwachtige trillen tegen je schouder voelt. En ziet hoe in de verte een gedaante van triplex opeens allemaal gaten vertoont. Ja, het nadrukkelijke schokken ervan, zijn mannelijke kracht onderging ik als iets zeer zinnelijks.

Al bij het eerste salvo klapten trouwens mijn oren dicht; wat bleef was een dreunend gegons in mijn hoofd. Mijn linker buurman had als eerste geschoten en ik hoorde meteen niets meer. Dit voortdurende gedreun in mijn oren, het door mijn oogwimpers gefilterde zonlicht, de wildedierenlucht die de grond onder mijn lichaam uitwasemde – ik was volmaakt gelukkig.

Want eindelijk keerde ik terug naar het leven. Vond ik het zin hebben. Leven, dat wil zeggen de gelukkige eenvoud ervaren van deze geordende handelingen: schieten, in het gelid lopen, rats, kuch en bonen eten uit aluminium gamellen. In een raderwerk meedraaien, onder leiding van anderen. Die wisten wat het uiteindelijke doel was. Die ons grootmoedig de hele last van onze verantwoordelijkheid van de schouders namen, ons licht, doorzichtig, zuiver maakten. Ook dat doel was eenvoudig en maar voor één uitleg vatbaar: het vaderland verdedigen. Ik haastte me, mij met dat indrukwekkende doel te vereenzelvigen, samen met mijn kameraden op te gaan in die als door een wonder van verantwoordelijkheid ontslagen massa. Ik gooide oefengranaten, ik schoot, ik zette een tent op. Blij. Gelukzalig. Onbekommerd. En stomverbaasd dacht ik soms weer aan die puber die, in een oud huis aan de rand van de steppe, hele dagen diep zat na te denken over het leven en de dood van drie vrouwen van wie hij in een stapel oude kranten toevallig een afbeelding was tegengekomen. Als men mij die dromer had voorgesteld, zou ik hem waarschijnlijk niet herkend hebben. Ik zou mezelf niet herkend hebben...

De volgende dag nam de instructeur ons mee om de aankomst van een tankcolonne bij te wonen. Het eerste wat we zagen was een grijze wolk die aan de horizon verrees. Daarna maakte zich een hevig getril aan onze schoenzolen kenbaar. De aarde beefde. De wolk werd geel en woei zo hoog op dat de zon erdoor verduisterd werd. Alle geluiden werden overstemd door het metalige geraas van de rupsbanden. Het eerste kanon brak door de muur van stof, de tank van de commandant verscheen, toen de tweede, de derde... Voor ze stopten maakten de tanks een scherpe draai om zich in een rij naast elkaar op te stellen. Daarbij knarsten hun rupsbanden nog eens zo hard en rukten lange repen gras uit de grond.

In de ban van deze macht van het rijk, bedacht ik opeens dat deze tanks – onze tanks! – misschien wel in staat waren het hele aardoppervlak om te woelen. Een kort bevel zou voldoende geweest zijn. Ik had me nog nooit zo trots gevoeld...

En de soldaten die uit hun geschutskoepels klommen fascineerden me vanwege hun onbewogen mannelijkheid. Ze zagen er allemaal hetzelfde uit, waren uit hetzelfde harde en gezonde hout gesneden. Ik achtte hen ongevoelig voor zulke ernstige gedachten als die mij tijdens de winter gekweld hadden. Nee, dat hele geestelijke gewroet in de modder zou geen seconde geleken hebben op de heldere manier waarop ze zelf redeneerden, eenvoudig en direct, net als de bevelen die ze uitvoerden. Ik was verschrikkelijk jaloers op hun leven. Dat speelde zich af daar in de zon, door niets overschaduwd. En dan hun kracht, de mannelijke geur van hun lichamen, hun onder het stof zittende jekkers. Terwijl bovendien dat roodharige meisje ergens rondliep, dat al bijna vrouw geworden pubermeisje, dat een belofte voor de liefde leek in te houden. Ik verlangde nog maar naar één ding: me op een dag uit de enge geschutskoepel van een tank te mogen wringen, op zijn rupsbanden te springen, daarna op de zachte grond, en met een aangenaam vermoeid gevoel in de benen op de vrouw van mijn dromen af te stappen.

Dat leven, eigenlijk een leven dat helemaal bij Rusland hoorde, waarin ik tot nu steeds niet meer dan een randfiguur was geweest, bracht me in verwarring. Me gewoon zijn goedmoedige traditionalisme laten aanleunen, zoals de meeste mensen deden, leek me opeens de ideale oplossing. Leven zoals iedereen deed! Een tank besturen, daarna, eenmaal gedemobiliseerd, tussen de machines staan in een grote staalgieterij aan de oever van de Wolga en elke zaterdag naar het stadion gaan om naar een voetbalwedstrijd te kijken. Maar vooral weten dat je al die dagen, kalm en zeker, naar de voltooiing van een groot messiaans plan toewerkte – dat communisme dat kristalhelder in onze gedachten leefde en dat ons ooit voorgoed en zonder onderscheid gelukkig zou maken...

Toen verschenen er opeens, rakelings over de toppen van de bomen scherend, jachtvliegtuigen boven onze hoofden. In groepjes van drie lieten ze de hemel uit elkaar knallen en de brokstukken op ons neerploffen. Terwijl ze in opeenvolgende golven op ons afkwamen, scheurden ze de lucht aan flarden, sneden hun decibellen als een mes door mijn hersens.

Later, in de stilte van de avond, keek ik nog lang naar de

verlaten vlakte die hier en daar, waar het gras uit de grond gerukt was, donkere strepen vertoonde. Ooit, zo dacht ik, was er een kind geweest dat in zijn verbeelding een sprookjesachtige stad boven die mistige horizon had zien verrijzen... Dat kind bestond niet meer. Ik was genezen.

Sinds die gedenkwaardige dag in april werd ik door de minimaatschappij die school heette geaccepteerd. Ze begroetten me met die minzame vriendelijkheid die men wel vaker voor nieuwelingen, ijverige bekeerlingen of berouwvolle zondaars aan de dag pleegt te leggen. Ik was er zo één. Elk moment deed ik mijn best hun te tonen dat mijn vreemde manier van doen voorgoed tot het verleden behoorde. Dat ik net zo was als zij. En bovendien tot alles bereid om voor mijn randbestaan te boeten.

Overigens was intussen ook de minimaatschappij zelf veranderd. Omdat zij er steeds beter in slaagde de wereld van de volwassenen na te doen, was zij in enkele kampen uiteengevallen. Ja, waren er bijna sociale klassen ontstaan! Ik telde er drie. Zij zeiden al iets over de toekomst van deze jongelui, die even tevoren nog een hechte eenheid hadden gevormd. Nu was er opeens een groep 'proletariërs'. De grootste. Zij kwam voor het merendeel uit arbeidersgezinnen waarvan de leden op de werkplaatsen in de reusachtige rivierhaven werkten. Daarnaast was er een groep waarvan de leden goed in wiskunde waren, toekomstige 'techneuten' die vroeger tot de proletariërs hadden behoord en door hen overheerst werden, maar die zich nu steeds meer van hen onderscheidden doordat ze op school duidelijk op de voorgrond traden. Ten slotte was er de meest gesloten en meest elitaire groep, de kleinste ook, een kliek waarin je de aankomende intelligentsia herkende.

Ik rekende mijzelf tot alle drie de klassen. Mijn aanwezigheid als tussenpersoon werd door iedereen op prijs gesteld. Op een gegeven moment vond ik me zelfs onvervangbaar. Dankzij... Frankrijk!

Want al had ik het van me afgezet, ik vertelde er wel over. Ik was blij degenen die me als een van hen hadden aanvaard die hele verzameling anekdotes te kunnen vertellen die ik jarenlang had opgebouwd. Mijn verhalen vielen in de smaak. Gevechten in catacombes, kikkerbilletjes die met goud betaald werden, hele Parijse straten waar de liefde te koop was – deze onderwerpen bezorgden me de reputatie een groot verteller te zijn.

Ik vertelde en voelde dat ik volledig genezen was. De aanvallen van waanzin die de duizelingwekkende gewaarwording van het verleden me vroeger had bezorgd, bleven uit. Frankrijk was een onderwerp geworden waar je gewoon over kon vertellen. Vermakelijk, exotisch in de ogen van mijn kameraden, opwindend wanneer ik 'de liefde op z'n Frans' beschreef, maar in feite niet veel anders dan de grappige, dikwijls schunnige verhalen die we elkaar tijdens de pauzes vertelden en waarbij we aan onze eerste sigaretjes trokken.

Ik merkte al vrij gauw dat het raadzaam was mijn Franse verhalen te kruiden naar de smaak van mijn toehoorders. Zo veranderde ik de manier van vertellen al naar gelang mijn publiek bestond uit 'proletariërs', 'techneuten' of 'intellectuelen'. Trots op mijn begaafdheid als spreker, bracht ik afwisseling in het soort verhalen, paste ik de stijl aan, lette ik op de woordkeus. Zo bleef ik om de eersten te behagen lang stilstaan bij het vurige liefdesspel van de president en Marguerite. Een man, ook nog eens president van de republiek, die zo uitputtend de liefde bedreef dat hij eraan stierf – alleen dat tafereel al bracht hen in vervoering. De *techneuten* waren gevoeliger voor de psychologische implicaties. Zij wilden weten hoe het Marguerite vergaan was na dat opzienbarende liefdesavontuur. Ik vertelde toen over de geheimzinnige dubbele moord in de Impasse Ronsin, over die afschuwelijke ochtend in mei toen men de echtgenoot van Marguerite ontdekt had die met een trekkoord gewurgd bleek te zijn, samen met zijn schoonmoeder, eveneens gewurgd, maar bovendien gestikt in haar eigen kunstgebit... Ik verzuimde niet, duidelijk aan te geven dat de echtgenoot, schilder van beroep, bezweek onder de officiële opdrachten, terwijl zijn echtgenote nooit had afgezien van haar contacten met hooggeplaatste vrienden. En dat volgens een bepaalde versie van het verhaal een van de opvolgers van wijlen Félix Faure, naar duidelijk bleek een minister, door de echtgenoot betrapt was...

Wat de 'intellectuelen' betreft, hen scheen het onderwerp nauwelijks te interesseren. Om hun gebrek aan belangstelling te laten blijken, slaakten sommigen af en toe zelfs een geeuw. Zij lieten dit geveinsde flegma alleen maar varen wanneer zij een aanleiding zagen om woordspelingen te maken. De naam 'Faure' viel al snel ten prooi aan een woordgrapje dat in het Russisch zoiets betekende als 'Faure op punten pakken'. Er werd melig om gelachen. Iemand riep nog steeds met datzelfde verveelde lachje: 'Wat een forward, die Faure!', daarbij zinspelend op de spitsspeler van een voetbalteam. Een ander had het met een gezicht alsof hij niet helemaal goed wijs was over de *fortotsjka*, het kijkgaatje... Ik besefte dat alles wat er in dit kleine gezelschap gezegd werd, bijna uitsluitend bestond uit dit soort verdraaide woorden, raadsels, gekunstelde zinnen en zinswendingen waarmee alleen de leden vertrouwd waren. Met een mengsel van bewondering en angst stelde ik vast dat hun taal de wereld om ons heen niet nodig had – noch die zon, noch die wind! Spoedig lukte het me moeiteloos deze woordgoochelaars na te doen...

De enige die mijn ommekeer niet waardeerde was Pasjka, die luie deugniet met wie ik vroeger wel eens ging vissen. Af en toe kwam hij naar onze groep toe, luisterde naar ons en staarde me met een wantrouwende blik aan wanneer ik mijn Franse verhalen begon te vertellen.

Op een keer was de groep die zich om mij verdrong groter dan gewoonlijk. Blijkbaar was mijn verhaal bijzonder interessant. Ik had het (terwijl ik een samenvatting gaf van de roman van die arme Spivalski die van alle doodzonden was beschuldigd en in Parijs was vermoord) over twee geliefden die een lange nacht in een bijna lege trein hadden doorgebracht, op de vlucht dwars door het op sterven na dode rijk van de tsaren. De volgende dag scheidden zich voorgoed hun wegen...

Mijn toehoorders behoorden deze keer tot alle drie de kasten – zonen van proletariërs, toekomstige ingenieurs, intelligentsia. Ik vertelde over de hartstochtelijke nachtelijke omhelzingen in een hoekje van een coupé, in die trein die langs uitgestorven dorpen en over in brand gestoken bruggen snelde. Met gespitste oren luisterden ze naar me. Dat verliefde stel in een trein konden ze zich duidelijk gemakkelijker voorstellen dan een president van de republiek met zijn teerbeminde in een paleis... En om de liefhebbers van woordspelingen aan hun trekken te laten komen, vertelde ik dat de trein op een gegeven moment in een provinciestad stopte: de held schoof het raam omlaag en vroeg aan de paar mensen die langs de trein liepen hoe de plaats heette. Niemand kon het hem echter zeggen. Het was een stad die geen naam had! Een stad bewoond door vreemdelingen. Uit de groep estheten steeg een zucht van voldoening op. En ik keerde via een slimme flashback terug naar de coupé om mijn verhaal over de liefdesuitingen van mijn zich aan niets storende, van huis en haard verdreven passagiers voort te zetten... Op dat moment zag ik het verwilderde gezicht van Pasjka boven de menigte verschijnen. Hij luisterde een paar minuten, daarna bromde hij met zijn schorre bas waarmee hij mij gemakkelijk overstemde: 'Zo, ben je nou tevreden? Al die schijnheilige sodemieters vragen niet anders. Ik zie dat ze met de oren staan te klapperen bij de leugens die jij ze vertelt!'

Bij een individuele confrontatie zou niemand het gewaagd hebben Pasjka boos te maken. Maar in een menigte gelden voor de dapperheid andere wetten. Daarom bestond de reactie uit een verontwaardigd gegrom. Om de gemoederen te kalmeren, verduidelijkte ik op verzoenende toon: 'Welnee, dat zijn geen leugens, Pasjka! Het is een autobiografische roman. Die vent is na de revolutie echt met zijn minnares uit Rusland gevlucht en daarna hebben ze hem in Parijs vermoord...'

'En waarom vertel je hun dan niet wat er op dat station is gebeurd, hè?'

Ik stond met open mond. Nu herinnerde ik me pas weer dat ik dit verhaal al eens aan mijn vriend de luie deugniet verteld had. 's Ochtends bezochten de geliefden aan de oever van de Zwarte Zee een café-restaurant waar niemand zat, in een onder de sneeuw bedolven stad. Ze dronken er gloeiendhete thee, voor een raam bedekt met ijs... Verscheidene jaren later zouden ze elkaar in Parijs terugzien en elkaar bekennen dat die paar ochtenduren hun dierbaarder waren dan alle grootse liefdes die ze in hun leven gekend hadden bij elkaar. Ja, die grauwe, grijze ochtend, met op de achtergrond het gedempte getoeter van de misthoorns, en hun aanwezigheid, als geheime bondgenoten, midden in de moordende storm die Geschiedenis heette...

Pasjka had het dus over dat stationsrestaurant... Ik werd door de bel uit de moeilijke situatie gered. Mijn toehoorders drukten hun sigaret uit en dromden de klas binnen. En sprakeloos besefte ik dat niet één manier van vertellen – noch de manier waarop ik de 'proletariërs' of de 'techneuten' toesprak, noch de verbale acrobatiek waar de 'intellectuelen' zo van hielden – nee, dat niet één van deze manieren waarop ik de taal hanteerde in staat was de geheimzinnige bekoring op te roepen van die sneeuwwitte ochtend in een tumultueus tijdsgewricht. Met zijn licht, met zijn stilte... Overigens zou niet een van mijn kameraden belangstelling voor dat moment hebben gehad! Het was te gewoon: zonder erotisch prikkelend te zijn, zonder interessante verwikkelingen, zonder woordspelingen.

Toen ik van school thuiskwam, herinnerde ik me dat ik, wanneer ik mijn kameraden het verhaal over de verliefde president vertelde, nog nooit had vermeld dat hij achter het donkere raam in het Elysée heimelijk had staan loeren. Hij, alleen, op een herfstavond in het donker turend, en ergens in dat donker, in de regen – een vrouw met het gezicht verborgen achter een voile waarop door de mist waterdruppeltjes schitterden. Maar wie zou er naar me geluisterd hebben als ik het in mijn hoofd had gehaald over die door het herfstweer vochtig geworden voile te vertellen?

Pasjka probeerde nog twee of drie keer, en steeds op een onhandige manier, me uit mijn nieuwe vriendenkring weg te rukken. Op een dag nodigde hij me uit aan de Wolga met hem te gaan vissen. Ik weigerde waar iedereen bij was, met een wat minachtende uitdrukking op mijn gezicht. Hij bleef een paar seconden voor onze groep staan – alleen, aarzelend, op een merkwaardige manier kwetsbaar, ondanks zijn krachtige voorkomen... Een andere keer haalde hij me op de terugweg naar huis in en vroeg me het boek van Spivalski voor hem mee te brengen. Ik beloofde het hem. De volgende dag bleek ik het straal vergeten te zijn...

Ik werd te zeer in beslag genomen door een nieuw gemeenschappelijk vermaak: de Berg van vreugde.

Zo werd in onze stad die reusachtige dancing in de open lucht genoemd, die op de top van een heuvel boven de Wolga lag. Dansen konden we nauwelijks. Maar in feite had ons ritmische geheupwieg slechts een doel: een vrouwenlichaam in onze armen houden, het aanraken, het temmen. Om later niet te hoeven schrikken. Tijdens onze uitstapjes naar de Berg, 's avonds, speelden de kasten en clans geen enkele rol meer. Gedreven door ons koortsachtige verlangen waren we even allemaal gelijk. Alleen de jonge soldaten met verlof vormden een aparte groep. Ik sloeg hen jaloers gade.

Op een avond hoorde ik hoe iemand me riep. De stem leek uit de bladeren van de bomen te komen. Ik keek omhoog en zag Pasjka! De dansvloer was omgeven door een hoge houten schutting. Daarachter rees een wilde vegetatie op, een overgangsgebied vol struikgewas tussen een verwaarloosd park en het bos. En daar, op een dikke tak van een esdoorn, boven de schutting, zag ik hem...

Ik had de dancing zojuist verlaten, nadat ik in mijn onhandigheid hard tegen de borsten van mijn partner was gebotst... Het was de eerste keer dat ik met een meisje danste dat al zo rijp was. Mijn handen die op haar rug lagen waren helemaal klam.

Misleid door een onverwachte uithaal van het orkest, maakte ik een verkeerde beweging en stootte ik met mijn borst tegen de hare. Het effect was krachtiger dan een elektrische schok! Dat een vrouwenborst zo zacht en veerkrachtig was, bracht me totaal van mijn stuk. Ik bleef doorschuifelen, hoorde niets meer van de muziek en zag op de plaats van het mooie gezicht van mijn danspartner alleen nog maar een lichtgevend ovaal. Toen het orkest verstomde, ging ze er zonder een woord te zeggen, zichtbaar teleurgesteld, vandoor. Ik stak de dansvloer over, schoof tussen de paartjes door alsof ik op eieren liep, en verliet de gelegenheid.

Ik had er behoefte aan even alleen te zijn, weer bij zinnen, weer op adem te komen. Ik sloeg de laan in die langs de dancing liep. De wind die van de Wolga kwam verkoelde mijn gloeiende gezicht. En als mijn danspartner, dacht ik, eens zelf tegen me aan had willen botsen? Ja, misschien had ze me opzettelijk de zachtheid van haar borst willen laten voelen, om me zo een teken te geven, dat ik in mijn onnozelheid en verlegenheid natuurlijk niet had begrepen. Misschien had ik dus de kans van mijn leven voorbij laten gaan!

Als een kind dat zojuist een kopje gebroken heeft en de ogen sluit in de hoop dat dit tijdelijke donker alles weer in orde zal brengen, kneep ik mijn oogleden samen: misschien zou het orkest hetzelfde nummer straks nog eens spelen – wie weet ontmoette ik mijn partner dan opnieuw en konden we alle bewegingen nog eens overdoen, tot de bewuste botsing toe! Nog nooit had ik zo intens de zeer intieme nabijheid van een vrouwenlichaam gevoeld, terwijl ik tegelijkertijd besefte dat dit moment nu onherroepelijk voorbij was en zich waarschijnlijk nooit weer zou voordoen...

En net toen ik zo met mijn gevoelens worstelde, hoorde ik de stem van Pasjka, die zich in het gebladerte verstopt had. Ik keek omhoog. Hij lag half op een dikke tak en glimlachte tegen me.

'Vooruit, klim er ook in! Ik maak wel plaats voor je', zei hij terwijl hij zijn benen introk.

Onhandig en log in de stad, veranderde Pasjka zodra hij terug in de natuur was. Op die tak leek hij net een groot, katachtig roofdier dat lag uit te rusten voor het in de nacht op jacht ging...

In alle andere omstandigheden zou ik zijn uitnodiging afgeslagen hebben. Maar het feit dat hij daar lag was te ongewoon en bovendien voelde ik me op heterdaad betrapt. Het leek net alsof hij vanaf zijn tak mijn koortsachtige gedachten had geraden! Hij stak me een hand toe, ik hees me op tot ik naast hem zat. Die boom was een regelrechte uitkijkpost.

Van bovenaf gezien bood het deinen van die honderden verstrengelde lichamen een heel andere aanblik. Wat je zag (al die mensen die pas op de plaats maakten) was absurd en tegelijkertijd op een bepaalde manier verstandelijk te verklaren. De lichamen liepen rond, verkleefden zodra er een dans begon en lieten elkaar weer los; soms bleven ze meerdere nummers aan elkaar plakken. Vanuit onze boom overzag ik in één oogopslag alle kleine liefdesdrama's die zich op de dansvloer afspeelden. Onderlinge wedijver, gevallen van uitdagend optreden, verraad, liefde op het eerste gezicht, breuken, discussies, beginnende ruzies die snel door een waakzame ordedienst gesust werden. Maar vooral het verlangen dat via de als een sluier werkende muziek en het ritueel dat dansen heette zichtbaar werd. Ik zag in die deinende mensenmassa het meisje weer met wier borsten ik even tevoren in aanraking was gekomen. Ik volgde haar een ogenblik en zag hoe ze van de ene naar de andere danspartner fladderde...

Al met al deed dit gedwarrel me op een onaangename manier ergens aan denken. 'Het leven!' fluisterde een klankloze stem me opeens in, en mijn lippen herhaalden stilletjes: 'Het leven...' Hetzelfde gekrioel van lichamen, gedreven door een verlangen dat zij achter een heleboel aanstellerij verbergen. Het leven... 'En waar ben ik op dit moment?' vroeg ik me af, met het vermoeden dat het antwoord op deze vraag wel eens een buitengewone waarheid zou kunnen onthullen die alles definitief duidelijk zou maken.

Van de kant van de laan klonk geschreeuw. Ik herkende mijn klasgenoten die naar de stad terugkeerden. Klaar om te springen pakte ik de tak beet. Gelaten, maar toch met iets van bitterheid in zijn stem, hoorde ik Pasjka op weinig overtuigende toon zeggen: 'Wacht! Straks doen ze de schijnwerpers uit, dan zul je zien dat er een heleboel sterren aan de hemel staan! Als we nog hoger klimmen, kunnen we de Boogschutter zien...'

Ik luisterde niet naar hem. Ik sprong op de grond. Met mijn voetzolen kwam ik hard op de boomwortels terecht die overal uit de grond staken. Ik rende om mijn kameraden in te halen die zich druk gebarend al een eind verwijderd hadden. Ik wilde hen graag zo snel mogelijk vertellen over mijn danspartner met de volle boezem, verlangde ernaar hun opmerkingen te horen, te praten tot mijn oren ervan zouden tuiten. Ik had haast naar het leven terug te keren. En met een boosaardig genoegen herhaalde ik spottend de merkwaardige vraag die even tevoren in mijn hoofd was opgekomen: 'Waar ben ik? Waar was ik?' Och gut, ik zat op een tak, naast die stomme Pasjka. Terwijl ik het echte leven aan me voorbij liet gaan!'

Door een dwaas toeval (ik wist al dat de werkelijkheid bestaat uit een reeks onwaarschijnlijke herhalingen, hetgeen romanschrijvers als een ernstige tekortkoming beschouwen waar ze als de dood voor zijn), ontmoetten wij elkaar de volgende dag opnieuw. Met de verlegenheid van twee kameraden die 's avonds vol ernst, geestdrift en sentimentaliteit hun hart bij elkaar hebben uitgestort, die hun diepste zieleroerselen hebben blootgelegd en elkaar 's morgens, weer even nuchter en sceptisch als altijd, terugzien.

Ik doolde rond in de buurt van de nog gesloten dancing, het was misschien net zes uur 's avonds. Ik wilde hoe dan ook de eerste danspartner zijn van het meisje van gisteren. Bijgelovig als ik was, hoopte ik dat de tijd teruggezet zou worden en dat ik de scherven van het gebroken kopje weer aan elkaar zou kunnen plakken.

Opeens dook Pasjka in het park uit het struikgewas op, zag me, aarzelde een ogenblik, maar kwam daarna naar me toe om me te begroeten. Hij had zijn vistuig bij zich. Onder zijn arm droeg hij een groot, rond boekweitbrood waar hij stukken vanaf brak die hij met smaak verorberde. Ik kreeg opnieuw het gevoel dat ik op heterdaad betrapt werd. Hij staarde me aan, wierp een onderzoekende blik op mijn lichte hemd met wijdopenstaande kraag en op mijn modieuze broek, die van onderen heel wijd uitliep. Daarna knikte hij bij wijze van afscheid en liep weg. Ik slaakte een zucht van opluchting. Maar opeens draaide Pasjka zich om en riep me met een barse stem toe: 'Kom eens hier, dan zal ik je iets laten zien! Kom gerust, je zult er geen spijt van krijgen...'

Als hij was blijven staan om mijn antwoord af te wachten, zou ik een weigering gestameld hebben. Maar hij vervolgde zijn weg zonder me nog een blik waardig te keuren. Ik ging hem aarzelend achterna. We daalden af naar de oever van de Wolga, liepen langs de haven met zijn reusachtige kranen, zijn werkplaatsen, zijn loodsen van golfplaat. Verder stroomafwaarts vervolgden we onze weg over een groot onbebouwd terrein dat vol lag met oude vaartuigen, verroeste metaalconstructies en tot piramides opgetaste lange, rottende boomstammen. Pasjka verstopte zijn hengels en vangnetten onder een van deze vermolmde stammen en begon van het ene op het ander bootje te springen. Er lag ook een niet meer in gebruik zijnde aanlegsteiger, bereikbaar via enkele drijvende loopbruggen die buigzaam meegaven onder onze voetstappen. Terwijl ik achter Pasjka aanliep, had ik niet eens gemerkt op welk moment we de vaste wal hadden verlaten om op dat uit gammele bootjes bestaande, drijvende eiland te komen. Ik greep me aan een gebroken leuning vast, sprong in een soort jonk, stapte over de rand en gleed uit op het vochtige hout van een vlot...

We kwamen ten slotte uit bij een zijtak met steile oevers

waarop alleen maar bloeiende vlierbomen stonden. Beide oevers werden geheel aan het oog onttrokken door de rompen van oude schepen die zij aan zij dicht tegen elkaar aan lagen, wat een wonderlijke en chaotische aanblik bood.

We gingen op de bank van een bootje zitten. Ernaast verhief zich de zijkant van een aak die sporen van brand vertoonde. Als ik mijn nek uitstak, zag ik daarboven, op het dek van de aak, een touw dat naast de stuurhut was gespannen: daaraan schommelden zacht een paar stukken fletse stof – wasgoed dat al jaren te drogen hing...

De avond was warm, nevelig. De geur van het water vermengde zich met het weeë aroma van de vlierbomen. Af en toe zag je in de verte, midden op de Wolga, een schip voorbijvaren dat een reeks luie golfjes naar de zijtak stuwde. Ons bootje begon te schommelen en tegen de donkere zijde van de aak te schuren. Heel dit half onder water liggende kerkhof kwam tot leven. Je hoorde het geknars van een kabel, het luide geklots van het water onder een ponton, het ruisen van het riet.

'Schitterend, al die takelage!' riep ik uit, hoewel ik bij het gebruik van dat woord maar vaag wist dat het met schepen te maken had.

Pasjka wierp me een wat onbestemde blik toe, wilde iets zeggen, maar bedacht zich. Ik stond op, want ik zat op hete kolen om naar de Berg van vreugde terug te keren... Opeens trok mijn vriend me krachtig aan mijn mouw om me weer plaats te laten nemen en zenuwachtig fluisterend kondigde hij aan: 'Wacht! Daar komen ze!'

Opeens hoorde ik het geluid van voetstappen. Eerst het geklak van hakken op de vochtige maar harde klei langs de oever, daarna het geroffel op het hout van een loopplank. Ten slotte een metaalachtig gehamer boven ons, op het dek van de aak... Spoedig drongen uit zijn binnenste nu ook gedempte stemmen tot ons door.

Pasjka ging in zijn volle lengte rechtop staan en drukte zich tegen de zijkant van de aak. Pas toen merkte ik zijn drie patrijspoorten op. Hun ruiten waren gebroken en van binnen had men ze dichtgemaakt met stukken triplex. Daarin waren met een mes een heleboel smalle spleten gemaakt. Zonder zich van zijn patrijspoort te verwijderen, beduidde mijn vriend me met zijn hand ook bij een patrijspoort te gaan staan. Ik klampte me aan een ijzeren richel vast die langs de zijkant liep en bracht mijn gezicht dicht naar de linker toe. De middelste bleef onbezet.

Wat ik door zo'n spleet zag, was tegelijkertijd banaal en heel bijzonder. Een vrouw van wie ik alleen maar het hoofd van opzij en het bovenlichaam zag, leek met de ellebogen op een tafel te steunen, met de armen evenwijdig, de handen plat zonder ze te bewegen. Haar gezicht wekte een kalme en zelfs slaperige indruk. Toch was alleen al haar aanwezigheid hier, op deze aak, verbazingwekkend... Hoewel, nou ja... Haar hoofd met blond krullend haar bewoog licht op en neer, alsof ze onafgebroken goedkeurend tegen een onzichtbare gesprekspartner knikte.

Ik verwijderde me van mijn patrijspoort en wierp een blik op Pasjka. Ik snapte er niets van: wat was er nou uiteindelijk te zien? Hij bleef echter maar staan, met zijn handen plat tegen de schilferige zijkant van de aak en zijn voorhoofd tegen het triplex gedrukt.

Daarop ging ik naar de middelste patrijspoort toe en bracht mijn gezicht vlak bij een van de spleten die in het hout zaten waarmee zij dichtgemaakt was...

Opeens leek het of het bootje zonk, naar de bodem van dit vol schepen liggende water zakte, en de zijkant van de aak juist de hemel in schoot. Vol ongeduld probeerde ik mijn lichaam tegen het ruwe metaal gedrukt te houden om niets te missen van wat me zojuist verblind had.

Dat was het blote, witte en omvangrijke achterwerk van een vrouw. Ja, de heupen van een geknielde vrouw, nog steeds van opzij gezien, haar benen, haar dijen, die zo dik waren dat ik ervan schrok, en het begin van haar rug, waarvan ik, doordat de spleet maar een beperkt gezichtsveld bood, de rest niet meer kon zien. Achter dit reusachtige achterwerk zat een soldaat, eveneens op zijn knieën, met zijn broek open en zijn hemd er half overheen. Hij hield de heupen van de vrouw vast en trok ze naar zich toe alsof hij in die vleesmassa, die hij tegelijkertijd, met heftige schokken van zijn hele lichaam, ook weer wegduwde, wilde verdwijnen.

Ons bootje begon onder mijn voeten weg te zinken. Een schip dat over de Wolga stroomopwaarts voer, had zijn golven naar onze zijtak gestuwd.

Een ervan lukte het, me uit mijn evenwicht te brengen. Om te vermijden dat ik zou vallen, deed ik een stap naar links, waardoor ik weer bij de eerste patrijspoort terechtkwam. Ik drukte mijn voorhoofd tegen de ijzeren rand eromheen.

Ik keek door de spleet en zag dezelfde vrouw die ik eerst had gezien, met krullend haar en nog steeds dat onverschillige en slaperige gezicht. Met de ellebogen op de tafel leunend, waarop iets lag dat op een tafelkleed leek, gekleed in een witte overhemdblouse, bleef ze met lichte schokken van het hoofd instemmend knikken en keek daarbij verstrooid naar haar vingers...

Die eerste patrijspoort. En de tweede. Die vrouw met zware oogleden van de slaap, haar zeer gewone kleding en kapsel. En die andere. Dat omhooggestoken blote achterwerk, dat witte vlees waarin een man wegzonk die vergeleken bij haar een bonestaak leek, die dikke dijen, die logge bewegingen van de heupen. Ik was volkomen de kluts kwijt, zodat ik in mijn jonge hoofd niet in staat was enig verband tussen die twee beelden te leggen. Onmogelijk dat bovenlichaam van een vrouw te verbinden met dat onderlichaam!

Mijn opwinding was zo groot dat de zijkant van de aak opeens horizontaal leek te liggen. Als een hagedis over de scheepswand kruipend, verplaatste ik me in de richting van de patrijspoort met de naakte vrouw. Ze was er nog steeds, maar haar machtige, ronde vleesmassa's lagen nu stil. De soldaat, die ik in het gelaat keek, knoopte met krachteloze, onhandige bewegingen zijn broek dicht. En een ander, kleiner dan de eerste, liet zich achter het witte achterwerk op zijn knieën vallen. Zijn bewegingen waren daarentegen gejaagd, alsof hij zenuwachtig en bang was. Zodra hij tekeer begon te gaan door met zijn buik tegen de zware, witte, halve bollen te duwen, leek hij echter sprekend op de ander. Tussen hun manier van doen bestond geen enkel verschil.

Mijn ogen begonnen echter al te prikken, waardoor ik bijna niets meer zag. Ik wankelde op mijn benen. En in mijn hijgende borst, die ik nog steeds tegen het verroeste metaal drukte, bonkte mijn hart zo hevig dat het hele schip ervan trilde. Een volgende reeks golfjes deed het bootje opnieuw schommelen. De zijkant van het schip kantelde weer in vertikale positie en omdat ik me nu niet meer zo gemakkelijk als een hagedis kon bewegen, schoof ik naar de eerste patrijspoort. De vrouw in de witte overhemdblouse knikte werktuiglijk en bestudeerde intussen haar handen. Ik zag haar met een nagel aan een andere krabben om het laagje nagellak eraf te pulken...

Deze keer weerklonken hun voetstappen in omgekeerde volgorde: het gehamer van hakken op het dak, het geroffel op het hout van de loopplank, het klakken van de zachte klei. Zonder verder acht op mij te slaan, stapte Pasjka over de rand van ons bootje en sprong op een half onder water liggend ponton, daarna op een aanlegsteiger. Ik ging hem met de krachteloze sprongen van een lappenpop achterna.

Eenmaal op de oever ging hij zitten, trok zijn schoenen uit, stroopte tot zijn knieën zijn broek op en stapte het water in, waarbij hij de lange rietstengels opzij boog. Hij duwde het eendekroos weg en begon langdurig zijn gezicht te wassen. Intussen gromde hij van plezier, wat je in de verte als wanhoopskreten had kunnen opvatten.

Het was een belangrijke dag in haar leven. Die avond in juni was ze van plan zich voor de eerste keer in haar leven aan een van haar vriendjes te geven, een van die jongens die op de dansvloer van de Berg van vreugde met hun voeten stonden te trappelen.

Ze was nogal tenger. Ze had een weinig sprekend gezicht, zodat het je tussen de mensen niet meteen zou opvallen. Dat fletse rode haar toonde zijn kleur alleen als het daglicht erop viel. Onder de schijnwerpers van de Berg van vreugde of in het blauwachtige licht van de straatlantaarns leek het gewoon blond.

Ik had pas een paar dagen eerder ontdekt hoe het in de liefde toeging. In de krioelende mensenmassa op de dansvloer zag ik hoe zich groepen vormden – een wirwar van jongelui, levendig, opgewonden, die in zwermen naar elders vertrokken om zich de grondbeginselen eigen te maken van wat nu eens doodeenvoudig, dan weer ongelooflijk geheimzinnig en ingewikkeld leek: de liefde.

Waarschijnlijk had zij zich in een van die gezelschappen teveel gevoeld. Ze had net als de anderen iets gedronken, stiekem, in het struikgewas dat de hellingen van de Berg bedekte. Daarna, toen hun opgewonden groepje zich in paren had opgesplitst, was ze alleen achtergebleven, omdat het rekenkundig toeval haar geen partner had gegund. De paren waren verdwenen. Ze voelde zich al een beetje dronken. Ze was niet gewend aan alcohol en had er, om zich uit te sloven, om niet bij de anderen achter te blijven, maar ook omdat ze op deze belangrijke dag de angst in toom wilde houden, teveel van gedronken... Ze was naar de dansvloer teruggekeerd, omdat ze niet meer wist wat ze met haar lichaam aan moest, waarvan elk stukje werd beheerst door een kriebelende opwinding. Toch begon men de schijnwerpers al uit te doen.

Dat alles zou pas later tot me doordringen... Die avond zag ik alleen maar een jong meisje dat in een hoek van het nachtelijke park liep te ijsberen, rondjes draaide om de bleke lichtkring van een straatlantaarn. Haar manier van lopen verbaasde me: ze schreed voort als op een touw, met lichte stappen, maar tegelijkertijd ook gespannen. Ik begreep dat ze bij elke beweging die ze maakte tegen haar dronkenschap vocht. Haar gezicht had een verstarde uitdrukking. Alles in haar concentreerde zich op die ene inspanning – niet te vallen, geen argwaan te wekken, doorgaan rondjes om die lichtkring te blijven draaien tot de donkere bomen niet langer zouden wankelen, met hun ruisende takken zwaaiend op haar af zouden springen.

Ik ging naar haar toe. Ik stapte in de blauwe lichtkring van de lantaarn. Mijn hele verlangen concentreerde zich plotseling op haar lichaam (haar zwarte rok, haar lichte blouse). Ja, zij werd onmiddellijk de vrouw naar wie ik altijd verlangd had. Ondanks het feit dat ze trilde van vermoeidheid, dat de dronkenschap haar trekken had doen vervagen, ondanks alles wat me, betreffende haar lichaam en haar gezicht, eigenlijk had moeten tegenstaan en wat ik nu heel mooi vond.

Toen ze tijdens haar rondje tegen me aan botste, keek ze op. Ik zag op haar gezicht achtereenvolgens verschillende uitdrukkingen verschijnen – angst, woede, een glimlach. De glimlach won het, een vage glimlach die voor iemand anders bestemd scheen dan ik. Ze pakte mijn arm. We liepen de Berg af.

Aanvankelijk praatte ze onafgebroken. Het lukte haar niet haar jonge, dronken stem steeds op hetzelfde geluidsniveau te laten klinken. Nu eens fluisterde ze, dan weer schreeuwde ze bijna. Terwijl ze zich aan mijn arm vastklampte, struikelde ze af en toe en vloekte dan, waarna ze met speelse haast een hand op haar mond legde. Of ze rukte zich opeens met een beledigde uitdrukking van me los om zich een ogenblik later weer tegen mijn schouder te drukken. Ik besefte dat mijn gezellin bezig was een liefdesklucht op te voeren die ze al heel lang van tevoren had ingestudeerd – een spel dat haar partner moest laten zien dat ze niet zomaar iemand was. Maar in haar dronkenschap verwarde ze de volgorde van deze kleine intermezzo's. En ik, slecht acteur als ik was, stond sprakeloos, was geheel in de ban van dat vrouwelijke wezen dat opeens zo gemakkelijk te benaderen was en vooral stomverbaasd over het verbijsterende gemak waarmee dat lichaam zich straks aan mij zou aanbieden. Ik had altijd gedacht dat deze gunst pas werd verleend na een hoop sentimenteel gedoe, veel gepraat en handig geflirt. Ik zweeg en intussen voelde ik hoe zich een kleine vrouwenborst tegen mijn arm platdrukte. En mijn nachtelijke gezellin kwebbelde maar door, zonder kop of staart, wees de toenaderingspogingen van een ondernemende gedaante af, blies een paar seconden haar wangen op om te laten merken dat ze pruilde en keek haar denkbeeldige minnaar vervolgens lang aan, niet smachtend, zoals ze dacht, maar gewoon wazig als gevolg van de wijn en de opwinding.

Ik voerde haar mee naar de enige plek die ik onze liefde waardig achtte – dat drijvende eiland waar ik, aan het begin van de zomer, met Pasjka die prostituée en die soldaten bespioneerd had.

In het donker liep ik waarschijnlijk de verkeerde kant op. Na een lange zwerftocht te midden van traag dobberende bootjes, hielden we halt op een soort oude pont waarvan de reling gedeeltelijk in het water hing omdat de steunbuizen afgebroken waren.

Opeens verstomde ze. Waarschijnlijk was ze geleidelijk weer nuchter geworden. Ik bleef roerloos tegenover haar staan terwijl zij gespannen in het donker wachtte. Ik wist niet wat ik moest doen. Ik ging op mijn knieën zitten en tastte de planken af, waarbij ik nu eens stukken gerafeld touw, dan weer een handvol droge algen in het water gooide. Terwijl ik druk in de weer was, streek ik toevallig langs haar been. Mijn vingers die over haar huid gleden, bezorgden haar kippevel...

Tot het eind toe bleef ze zwijgen. Ze hield haar ogen gesloten, leek met haar gedachten elders, gaf haar lichaam aan mij over, waar overal lichte rillingen doorheen trokken... Door mijn overhaaste bewegingen deed ik haar waarschijnlijk veel pijn. De daad zelf, waar ik zo lang van gedroomd had, werd overschaduwd door een hoop onhandig gefriemel dat remmend werkte. De liefde leek, alles wel beschouwd, nog het meest op een haastig en zenuwachtig gewroet. Puntige knieën en ellebogen vormden ongewone anatomische stuikelblokken.

Het klaarkomen was als de vlam van een lucifer in de ijskoude wind – een vuur waaraan je nog net je vingers kunt branden voor het uitgaat en dat in je ogen een blinde vlek achterlaat.

Ik probeerde haar te kussen (ik dacht dat dit het juiste moment was om het te doen); toen ik mijn mond op de hare drukte merkte ik dat ik flink in haar lip gebeten had...

En wat me nog het meest ontstelde, was dat ik een seconde erna geen enkele behoefte meer had aan haar lippen, noch aan haar puntige borsten in haar wijd openstaande overhemdblouse, noch aan haar dunne dijen waar zij met een snelle beweging haar rok overheen getrokken had. Haar lichaam interesseerde me niet meer, was nutteloos geworden.

Nu ik op deze botte wijze lichamelijke bevrediging had gevonden, had ik genoeg aan mezelf. 'Wat heeft ze dat ze zo halfnaakt blijft liggen?' vroeg ik me ontstemd af. Ik voelde de uitsteeksels van de planken in mijn rug prikken, in mijn handpalmen zaten een paar splinters die pijn deden. De wind had de sterke geur van stilstaand water.

Misschien dat wij in deze nachtelijke pauze even alles vergaten, heel even, een paar minuten, sliepen. Want ik had het schip niet zien aankomen. We deden onze ogen pas open toen het als een groot wit monster, met overal lichtjes, al vlak bij ons was. Ik had in de veronderstelling verkeerd dat ons toevluchtsoord zich diep in een van die talloze baaien bevond die vol verroeste scheepswrakken lagen. Maar het tegenovergestelde was het geval. We waren in het donker op de punt van een landtong terechtgekomen die bijna tot het midden van de rivier doorliep... Het verlichte passagiersschip voer langzaam de Wolga af en rees plotseling met zijn drie dekken boven elkaar voor onze oude pont op. Hoog aan de donkere hemel tekenden zich de omtrekken van mensen af. Op het bovenste dek werd bij het licht van lantaarns gedanst. Als een gloed daalden de warme klanken van een tango op ons neer, we werden erdoor overspoeld. De ramen van de hutten, spaarzamer verlicht, leken over te hellen, waardoor ons een blik in hun intimiteit werd gegund... De stroming die het voorbijvaren van het passagiersschip veroorzaakte was zo krachtig dat ons vlot een halve draai maakte, een snelle schuiver die ons deed duizelen. Het leek net of het schip met zijn lichtjes en zijn muziek in een rondje om ons heen voer... Op dat moment greep ze mijn hand en vlijde ze zich tegen me aan. De intense warmte van haar lichaam leek zich helemaal samen te bundelen in mijn handpalmen, als het trillende lichaam van een vogel. Haar armen, haar middel hadden de buigzaamheid van die armvol waterlelies die ik een keer had geplukt door in het water een aantal gladde stengels te grijpen...

Maar reeds verdween het schip in het donker. De echo van de tango stierf weg. Op zijn tocht naar Astrakan nam het de nacht met zich mee. De hemel rond onze pont begon aarzelend te verbleken. Het gaf me een vreemd gevoel, onze aanwezigheid hier midden op een grote rivier, tijdens dat schuchtere aanbreken van de dag, op de vochtige planken van een vlot. En aan de oever werden langzaam de omtrekken van de haven zichtbaar.

Ze wachtte niet op me. Zonder verder aandacht aan me te schenken, sprong ze van het ene naar het andere bootje. Ze ging er vandoor – met de wilde haast van een jonge balletdanseres die het toneel verlaat maar elk moment weer kan verschijnen. Ik volgde deze vlucht met stokkende adem. Bij elke sprong kon ze uitglijden op het natte hout, slachtoffer worden van een kapotte loopplank, in het water vallen tussen twee bootjes waarvan de zijkanten zich boven haar hoofd weer aaneen zouden sluiten. Met een intense blik bleef ik haar nakijken terwijl ze in de ochtendnevel haar halsbrekende toeren verrichtte.

Een ogenblik later zag ik haar op de oever lopen. In de stilte knarste het vochtige zand onder haar voetstappen... Het was een vrouw die bezig was zich los te maken, terwijl ik een kwartier geleden nog heel dicht bij haar was geweest. De pijn die ik erdoor voelde was geheel nieuw voor me: een vrouw maakte zich los, verbrak die onzichtbare banden die ons nog steeds verbonden. En ze werd, daar, op die verlaten oever, een buitengewoon wezen – een vrouw van wie ik houd en die weer onafhankelijk van mij wordt, weer een vreemde voor me wordt, en die dadelijk met anderen zal praten, zal glimlachen... Zal leven!

Toen ze me achter haar aan hoorde rennen, draaide ze zich om. Ik zag haar bleke gezicht, haar haar dat, ik gaf me er nu pas rekenschap van, heel licht rood was. Ze glimlachte niet tegen me en keek me zwijgend aan. Ik kon me niet meer herinneren wat ik ook weer tegen haar wilde zeggen toen ik een minuut daarvoor het vochtige zand onder haar hakken had horen knarsen. 'Ik houd van je' zou een leugen geweest zijn die ik niet over mijn lippen had kunnen krijgen. Alleen al haar verkreukelde zwarte rok, alleen al haar kinderlijk dunne armen vertederden mij meer dan ik ooit met 'ik houd van je' had kunnen uitdrukken. Haar voorstellen elkaar vandaag of morgen opnieuw te ontmoeten was ondenkbaar. Onze nacht kon slechts eenmalig zijn. Net als het voorbijvaren van het passagiersschip, net als ons korte slaapje, net als haar lichaam in de koelte van de grote, stille rivier.

Ik probeerde het haar te zeggen. Van de hak op de tak springend had ik het over het knarsen van het zand onder haar voeten, over haar eenzame lopen op die oever, over haar kwetsbaarheid, die nacht, die me aan de stengels van de waterlelies had doen denken. Opeens voelde ik, en met een wrange vreugde, dat ik het ook zou moeten hebben over het balkon van Charlotte, over onze avonden op de steppen, over de drie smaakvol geklede vrouwen tijdens een herfstochtend op de Champs-Elysées...

Haar gezicht verwrong zich en kreeg tegelijkertijd een minachtende en ongeruste uitdrukking. Haar lippen trilden.

'Je bent toch niet ziek, hè?' viel ze me in de rede en haar stem klonk wat nasaal, zoals wanneer meisjes op de Berg van vreugde jongens afbekten die te opdringerig waren.

Ik bleef roerloos staan. Ze liep weg in de richting van de eerste havengebouwen en verdween spoedig in hun donkere schaduw. Bij de poorten van hun werkplaatsen begonnen arbeiders op te doemen.

Een paar dagen later ving ik in de nachtelijke drukte op de Berg het gesprek op van mijn schoolkameraden die niet hadden opgemerkt dat ik vlak in de buurt stond. Een van de meisjes van hun groepje, vertelden ze, had zich erover beklaagd dat haar partner niet wist hoe hij de liefde moest bedrijven (ze drukten het veel grover uit) en ze had hen, scheen het, komische bijzonderheden over zijn gedrag toevertrouwd ('om je rot te lachen', beweerde een van hen). Ik luisterde naar hen in de hoop enkele erotische onthullingen te horen. Opeens viel de naam van de partner met wie zij de spot dreven: Frantsouz... Dat was mijn bijnaam, waarop ik nogal trots was. 'Frantsouz' – Russisch voor Fransman. Door hun gelach heen hoorde ik twee vrienden terzijde smoezen, waarbij ik hen het volgende tegen elkaar hoorde zeggen: 'Vanavond, na het dansen, zullen wij ons eens om haar bekommeren. Met z'n tweeën, afgesproken?'

Ik besefte dat het nog steeds over haar ging. Ik verliet mijn schuilhoek en liep naar de uitgang. Opeens zagen ze me. 'Frantsouz! Frantsouz...' hoorde ik hen nog even fluisteren, daarna werd alles overstemd door de eerste klanken van de muziek.

De volgende dag vertrok ik, zonder het tegen iemand te zeggen, naar Saransk.

3

Ik ging naar dat ingeslapen stadje, ver weg midden op de steppen, om Frankrijk te vernietigen. Het moest afgelopen zijn met dat Frankrijk van Charlotte dat van mij een vreemde mutant had gemaakt die niet in staat was in de werkelijke wereld te leven.

Naar mijn idee zou deze vernietiging waarschijnlijk lijken op een lange schreeuw, een gebrul van woede, waarmee ik al mijn opstandigheid het best zou uitdrukken. Dit gebrul uitte zich nog niet in woorden. Die zouden komen, daarvan was ik overtuigd, zodra de rustige ogen van Charlotte zich op me zouden richten. Vooralsnog schreeuwde ik in stilte. Alleen de beelden verdrongen zich al, in een chaotische en bonte massa.

In een grote zwarte auto, waarvan het interieur in halfdonker was gehuld, zag ik een knijpbril glinsteren. Beria was onderweg om voor de nacht een vrouwenlichaam uit te zoeken. En onze overbuurman, een sereen glimlachende gepensioneerde, gaf de bloemen op zijn balkon water terwijl hij naar het gemurmel op een transistorradio luisterde. En in onze keuken vertelde een man met op zijn armen overal tatoeages over een dichtgevroren meer vol naakte lijken. En al die mensen in de wagon derde klas die me naar Saransk bracht schenen deze hartverscheurende tegenstellingen niet op te merken. Zij gingen verder met leven. In alle rust.

In mijn schreeuw wilde ik deze beelden in één keer over Charlotte uitstorten. Ik verwachtte een reactie van haar. Ik wilde dat zij zich zou verantwoorden, dat zij zich zou rechtvaardigen. Want zij had die Franse gevoeligheid – de hare – aan mij doorgegeven en me er zo toe veroordeeld op een onaangename manier tussen twee werelden te moeten leven.

Ik zou het met haar hebben over mijn vader en dat 'gat' in

zijn hoofd, dat kratertje waarin zijn leven klopte. En over mijn moeder van wie wij de angst hadden geërfd dat er op feestdagen 's avonds onverwacht zou worden aangebeld. Allebei dood. Onbewust nam ik het Charlotte kwalijk dat zij mijn ouders overleefd had. Ik nam haar haar kalmte tijdens de begrafenis van mijn moeder kwalijk. En dat zeer Europese leven dat zij in Saransk leidde, waaruit zoveel gemoedelijkheid en zindelijkheid sprak. Ik vond haar de belichaming van het westen, dat rationele en kille westen waartegen Russen een ongeneeslijke wrok koesterden. Dat Europa dat vanuit het bolwerk van zijn beschaving minzaam toekeek hoe wij de ellende over ons afriepen, alsof we barbaren waren – oorlogen waarin wij bij miljoenen stierven, revoluties waarvoor het voor ons de draaiboeken geschreven had... In mijn jeugdige opstandigheid was een groot stuk van dit aangeboren wantrouwen terug te vinden.

De Franse entloot waarvan ik meende dat zij weggekwijnd was, bleek nog steeds in mij te leven en stond mijn blik in de weg. Zij splitste de werkelijkheid in tweeën. Net zoals zij met het lichaam van die vrouw had gedaan die ik door twee verschillende patrijspoorten had bespied: er was die ene vrouw, in een witte overhemdblouse, kalm en heel gewoon, en die andere – wier reusachtige achterwerk door zijn doeltreffende lichamelijke functie de rest van het lichaam bijna overbodig maakte.

En toch wist ik dat de beide vrouwen slechts één geheel vormden. Net als de verscheurde werkelijkheid. Mijn Franse drogbeeld vertroebelde mijn zicht, alsof ik dronken was, waardoor ik twee werelden zag, een illusie die bedrieglijk echt leek...

Mijn schreeuw rijpte. De beelden die in woorden zouden worden omgezet draaiden steeds sneller voor mijn ogen rond: Beria die tegen de chauffeur fluisterde: 'Sneller! Haal die vrouw daar in! Ik wil eens kijken...', en een man verkleed als kerstman, mijn grootvader Fjodor, gearresteerd op oudejaarsavond, en het platgebrande dorp van mijn vader, en de dunne armen van mijn jonge geliefde – kinderlijke armen met blauwe aderen, en dat omhooggestoken achterwerk, vol dierlijke kracht, en die vrouw die rode nagellak van haar nagels pulkt terwijl men zich op haar onderlichaam uitleeft, en het Pont-Neuftasje, en de 'Verdun', en heel die Franse woordenkraam die mijn jeugd vergalt!

Op het station van Saransk bleef ik nog een ogenblik op het perron staan. Uit gewoonte zocht ik naar de gestalte van Charlotte. Vervolgens bedacht ik vol woede maar met een spottende lach dat ik wel gek leek. Deze keer kon er niemand op me wachten. Mijn grootmoeder wist immers niet eens dat ik zou komen! Bovendien was ik met een heel andere trein gekomen dan die ik 's zomers altijd nam om naar deze stad te reizen. Ik was niet 's morgens maar 's avonds in Saransk aangekomen. En de ongelooflijk lange trein, te lang en te massaal voor dit kleine provinciestation, zette zich log in beweging en vertrok weer naar Tasjkent – naar de uiterste grenzen van het Aziatische deel van het rijk. Oergentsj, Boekhara, Samarkand, alle plaatsen die de trein aan zou doen galmden in mijn hoofd en maakte een verlangen naar het oosten in mij wakker, voor elke Rus een smartelijk en intens gevoel.

Deze keer was alles anders.

De deur stond open. Het was nog de tijd waarin je 's nachts de deur van je huis niet hoefde af te sluiten. Ik duwde haar als in een droom open. Ik had dit moment zo helder voor me gezien dat ik tot op het woord wist wat ik tegen Charlotte zou zeggen, en waarvan ik haar zou beschuldigen...

Toen ik de nauwelijks waarneembare klik hoorde waarmee de deur dichtviel, die even vertrouwd klonk als de stem van een naaste, de aangename en lichte geur rook die altijd in Charlottes flat hing, voelde ik echter hoe alle woorden uit mijn hoofd verdwenen. Alleen een paar flarden van het geschreeuw waar ik me op voorbereid had, schalden nog in mijn oren: 'Beria! En die oude man die zijn gladiolen water geeft! En die in tweeën gehakte vrouw! En de vergeten oorlog! En jouw verkrachting! En die Siberische koffer vol oude Franse paperassen, die ik meesleep zoals een gevangene zijn voetboei! En ons Rusland waar jij, Française, niets van begrijpt en ook nooit iets van zult begrijpen! En mijn geliefde om wie die twee jonge smeerlappen "zich wel eens zouden bekommeren"!'

Ze hoorde me niet binnenkomen. Ik zag haar voor de balkondeur zitten. Haar gezicht hield ze gebogen over een licht kledingstuk dat op haar knieën lag, haar naald glinsterde (ik weet niet waarom, maar in mijn herinnering was Charlotte altijd bezig een kanten kraag te herstellen)...

Ik hoorde haar stem. Het was geen lied, maar eerder iets dat ze langzaam opzei, een melodieus gefluister, onderbroken door pauzes, op het ritme van haar stil voortkabbelende gedachten. Ja, een liedje dat ze half neuriede, half opzei. In de bedwelmende hitte van de avond hadden de klanken die ze voortbracht iets verkoelends, net als het schrille en zwakke geluid van een klavecimbel. Ik luisterde naar wat ze zei en een paar seconden meende ik een vreemde, onbekende taal te horen – een taal waarvan ik niets herkende. Na een minuut merkte ik dat het Frans was... Charlotte neuriede heel langzaam, af en toe zuchtend, waarbij ze tussen elke twee coupletten haar voordracht onderbrak om ruimte te laten voor de peilloos diepe stilte van de steppe.

Het was een lied dat mij ooit, toen ik nog een heel jong kind was, had bekoord maar waarop zich nu al mijn wrevel richtte.

> Op de vier hoeken van het bed,
> Een bos maagdenpalmen...

Ja, dat is het nou juist, die Franse overgevoeligheid die mij verhindert te leven! dacht ik woedend.

> En daar zullen wij slapen
> Tot het einde van de wereld...

Nee, ik kon die woorden niet meer horen!

Ik ging het vertrek binnen en deelde met gewilde bruuskheid

en in het Russisch mee: 'Daar ben ik! Ik wed dat je me niet verwachtte!'

Tot mijn verbazing, tot mijn teleurstelling ook, bleef de blik waarmee Charlotte naar mij opkeek even kalm als hij was. Ik bespeurde in haar ogen die volmaakte zelfbeheersing die men krijgt door dagelijks het verdriet, de angst te beteugelen, het gevaar te bezweren.

Toen ze, na enkele voorzichtige en schijnbaar banale vragen, gehoord had dat ik niet kwam als boodschapper van tragische berichten, liep ze naar het halletje en belde mijn tante op om haar mijn komst mee te delen. En opnieuw verbaasde ik me over de ongedwongenheid waarmee Charlotte met deze vrouw, die totaal anders was dan zij, praatte. Haar stem, die stem die zoëven een oud Frans liedje geneuried had, kreeg opeens een licht volks accent en in een paar woorden wist ze alles uit te leggen, alles zo te draaien dat mijn onverwachte komst even vanzelfsprekend leek als onze gebruikelijke ontmoetingen 's zomers. Ze probeert ons na te doen, dacht ik terwijl ik naar haar luisterde. Ze parodieert ons! De kalmte van Charlotte en deze zeer Russische stem deden mijn wrevel slechts toenemen.

Ik begon onder al haar woorden een bom te zien. Zodat een ervan mijn ontploffing zou uitlokken. Charlotte zou voorstellen 'sneeuwballen' voor me te maken, ons lievelingstoetje, en dat zou me dan aanleiding geven al die Franse liflafjes eens flink over de hekel te halen. Of ze zou, in een poging de sfeer van onze vroegere avonden weer op te roepen, beginnen te vertellen over haar kindertijd, ja, over die hondentrimmer op een van de Seinekaden...

Charlotte zweeg echter. En schonk maar heel weinig aandacht aan me. Alsof mijn aanwezigheid niets aan de sfeer van deze heel gewone avond in haar leven veranderde. Af en toe ontmoette ze mijn blik, glimlachte tegen me en boog het hoofd weer.

Het avondeten verbaasde me door zijn eenvoud. Er waren geen 'sneeuwballen', noch enige andere lekkernij die we uit onze kindertijd kenden. Stomverbaasd gaf ik me er rekenschap van dat deze sneden boekweitbrood en die lichte thee waren wat Charlotte altijd at en dronk.

Na de maaltijd wachtte ik op haar op het balkon. Dezelfde bloemenslingers, dezelfde eindeloze steppen waarboven de hitte nevel had doen ontstaan. En tussen twee rozestruiken – het gezicht van de stenen bacchante. Opeens kreeg ik zin dat hoofd over de balustrade te gooien, de bloemen af te rukken, de roerloosheid van de vlakte door mijn schreeuw teniet te doen. Ja, Charlotte zou op haar stoeltje komen zitten, een stuk stof op haar knieën leggen...

Ze kwam tevoorschijn, maar in plaats van op haar lage stoel plaats te nemen, kwam ze naast me staan en legde haar armen op de balustrade. Net zoals vroeger mijn zuster en ik daar naast elkaar stonden, keken hoe de steppe langzaam in het donker vervaagde, en intussen naar de verhalen van onze grootmoeder luisterden.

Ja, ze legde haar ellebogen op het gebarsten hout en keek naar de grenzeloze vlakte, waar een paars waas overheen hing. En opeens, zonder me aan te kijken, begon ze te praten, met een verre en dromerige stem die zich zowel tot mij als tot iemand anders dan ik leek te richten: 'Stel je voor, wat is het toch vreemd... Een week geleden ontmoette ik een vrouw. Op het kerkhof. Haar zoon ligt in dezelfde laan begraven als jouw grootvader. We praatten met elkaar, over hun dood, over de oorlog. Waar heb je het anders over, als je voor graven staat? Haar zoon was een week voor het einde van de oorlog gewond geraakt. Onze soldaten trokken al op naar Berlijn. Ze bad elke dag (ze was gelovig, of werd het tijdens dat wachten) dat men haar zoon nog een week, nog drie dagen in het ziekenhuis zou houden... Hij sneuvelde in Berlijn, in de loop van de laatste gevechten. Al in de straten van Berlijn... Ze vertelde me dat in heel eenvoudige bewoordingen. Zelfs haar tranen waren eenvoudig, toen ze over haar gebeden vertelde... En weet je aan wie me haar verhaal weer deed denken? Aan een gewonde soldaat in ons ziekenhuis. Hij was bang terug naar het front te moeten, en elke nacht schuurde hij zijn wond met een spons weer open. Ik betrapte hem en sprak er met de chef-arts over. We legden deze gewonde in het gips en nadat hij enige tijd later genezen was, moest hij weer naar het front... Stel je voor, in die tijd vond ik dat allemaal heel duidelijk, heel rechtvaardig. En nu merk ik dat ik er niet helemaal meer uit kom. Ja, het leven ligt achter mij, en opeens blijkt alles op een andere manier beschouwd te moeten worden. Je vindt het misschien raar, maar soms stel ik me de vraag: "En als ik deze jonge soldaat eens de dood ingejaagd heb?" Dan denk ik: waarschijnlijk was er ergens diep in Rusland een vrouw die elke dag bad dat men hem zo lang mogelijk in het ziekenhuis zou houden. Ja, net als die vrouw op het kerkhof. Ik weet het niet meer... Ik kan het gezicht van die moeder niet meer vergeten. Begrijp je, het is totaal onjuist, maar ik meen nu dat er in haar stem iets van een verwijt doorklonk. Ik weet niet hoe ik mezelf al die dingen moet verklaren...'

Ze verstomde, bleef een poos roerloos staan, met de ogen wijd open, waarvan de iris het licht van de zon die onder was gegaan nog even vast leek te houden. Verstard hield ik een schuine blik op haar gericht, niet in staat mijn hoofd terug te draaien, de positie van mijn armen te veranderen, mijn gekruiste vingers los te maken...

'Ik zal je bed opmaken', zei ze ten slotte en verliet het balkon.

Ik ging rechtop staan, wierp een verbaasde blik om me heen. Het stoeltje van Charlotte, die lamp met de turquoise kap, de stenen bacchante met haar weemoedige glimlach, dat boven de nachtelijke steppe zwevende balkonnetje – alles leek me opeens zo kwetsbaar! Verbijsterd herinnerde ik mijn verlangen dit broze decor stuk te slaan... Het balkon werd piepklein – alsof ik er van heel ver naar keek – ja, piepklein en weerloos.

De volgende dag werd Saransk geteisterd door een gloeiendhete en droge wind. Op de hoeken van de straten, waar de grond door de zon hard was geworden, woeien kleine wervelwinden van stof op. Hun verschijnen werd gevolgd door een luide roffel – op het grote plein begon een militair orkest te spelen en de hete wind voerde flarden van het heldhaftig klinkende lawaai mee tot het huis van Charlotte. Daarna werd het opeens weer stil en hoorde je het zachte schuren van zand tegen de ruiten en het onrustige gegons van een vlieg. Het was de eerste dag van de legeroefeningen die een paar kilometer buiten Saransk werden gehouden.

We liepen een hele poos. Eerst de stad door, toen over de steppe. Charlotte praatte op dezelfde rustige en ongedwongen toon als de vorige avond op het balkon. Haar verhaal ging verloren in het vrolijke lawaai van het orkest, daarna ging de wind opeens liggen, en kon je haar woorden in de zonovergoten en stille leegte verder merkwaardig duidelijk volgen.

Ze vertelde over haar korte verblijf in Moskou, twee jaar na de oorlog... Op een heldere middag in mei liep ze door de wirwar van straatjes in de wijk Presnia die omlaag liep in de richting van de Moskva en zij voelde zich als iemand die aan het herstellen, aan het bijkomen was van de oorlog, de angst, en zelfs, zonder het zichzelf te durven bekennen, die bezig was zich neer te leggen bij de dood van Fjodor, of liever, bij de dagelijkse kwelling dat zij hem miste... Op de hoek van een straat ving ze een paar woorden op van het gesprek van twee vrouwen die vlak langs haar liepen. 'Samovars...' zei een van hen. De lekkere thee van vroeger, dacht Charlotte als reactie. Toen ze op het plein kwam, tegenover de markt met zijn houten bouwseltjes, zijn kraampjes en zijn omheining van dikke planken, begreep ze dat ze verkeerd gelopen was. Er kwam een man zonder benen op een soort rijdende kist naar haar toe en hij strekte zijn enige arm uit: 'Toe, schatje, een roebeltje voor een invalide!'

Instinctief ging Charlotte hem uit de weg, zo deed deze onbekende haar denken aan een man die uit de grond oprees. Pas toen merkte ze dat het in de omgeving van de markt wemelde van de invalide soldaten – van die 'samovars'. Rijdend in hun kistjes, die nu eens waren voorzien van wieltjes met rubberen banden, dan weer uitgerust met eenvoudige kogellagers, klampten zij mensen aan die van de markt kwamen en vroegen hun om geld of tabak. Sommigen gaven iets, anderen begonnen sneller te lopen, weer anderen slaakten een vloek en voegden er op moraliserende toon aan toe: 'Jullie worden al gevoed door de staat... Schaam je!' De samovars waren bijna allemaal jong, sommigen zichtbaar dronken. Allen hadden doordringende ogen, die stonden alsof ze een beetje gek waren... Drie of vier kistjes raasden op Charlotte af. De soldaten zetten hun stok in de harde grond op het plein, draaiden heen en weer en schudden heftig met hun hele lichaam om sneller vooruit te komen. Ondanks hun gezwoeg, leek het nog het meest op een spel.

Charlotte bleef staan, haalde haastig een bankbiljet uit haar schoudertas en gaf het aan degene die haar het eerst bereikte. Hij kon het niet vastpakken – zijn enige hand, de linker, had geen vingers meer. Hij drukte het biljet tegen de bodem van zijn kistje, schommelde op zijn zitplaats heen en weer, stak zijn stomp uit in de richting van Charlotte en raakte even haar enkel aan. Waarbij hij met een blik vol bitterheid en waanzin naar haar opkeek...

Ze kreeg de tijd niet om tot zich door te laten dringen wat er vervolgens gebeurde. Ze zag een andere invalide, aan wiens beide armen niets mankeerde, die opeens naast de eerste opdook en brutaal het verkreukelde bankbiljet uit het kistje van de eenarmige griste. Charlotte bracht een 'Ah!' uit en deed opnieuw haar tas open. Maar de soldaat die zojuist haar voet gestreeld had, scheen te berusten – hij draaide zijn aanvaller de rug toe en reed alweer omhoog door het sterk hellende straatje waar zich bovenaan de hemel opende... Charlotte bleef een ogenblik besluiteloos staan – hem inhalen? Hem opnieuw geld geven? Ze zag dat nog een paar samovars hun kistjes in haar richting duwden. Ze kreeg een heel onbehaaglijk gevoel. Ze werd bang, schaamde zich ook. Opeens klonk een korte hese schreeuw boven het eentonige, gonzende geroezemoes op het plein uit.

Charlotte draaide zich met een ruk om. Wat ze zag ging sneller dan een bliksemflits. De eenarmige raasde in zijn rijdende kistje met een oorverdovend geratel van zijn ijzeren wieltjes de helling van het straatje af. Om bij deze dwaze afdaling zijn kistje onder controle te houden, drukte hij verscheidene keren zijn stomp op de grond. En uit zijn mond, vertrokken tot een afschuwelijke grijns, stak, tussen zijn tanden geklemd een mes. De invalide die hem zojuist zijn geld had ontstolen, kon nog net zijn stok grijpen. Het kistje van de eenarmige botste tegen het zijne. Het bloed spatte alle kanten op. Charlotte zag twee andere samovars op de eenarmige toesnellen die met krachtige hoofdbewegingen op het lichaam van zijn tegenstander instak. Er glinsterden nog meer messen tussen tanden. Van alle kanten barstte geschreeuw los. Er botsten kistjes tegen elkaar. Stomverbaasd over deze strijd die steeds algemener werd, durfde geen van de voorbijgangers in te grijpen. Weer daalde een soldaat op volle snelheid de helling van de straat af en dook met het mes tussen de kaken in de afschuwelijke warboel van verminkte lichamen... Charlotte probeerde dichterbij te komen, maar de strijd speelde zich bijna op de grond af – als je had willen ingrijpen, had je moeten kruipen. Reeds kwamen er militieleden aangerend, die snerpend hard op hun fluitjes bliezen. De toeschouwers schrokken op. Sommigen liepen snel verder. Anderen gingen in de schaduw van de populieren staan om te kijken hoe de strijd afliep. Charlotte merkte een vrouw op die zich bukte, een samovar uit de opeenhoping van lichamen trok en een paar keer met een bedroefde stem riep: 'Liocha! Je had me beloofd dat je hier niet meer zou komen! Dat had je me beloofd!' En terwijl ze de invalide soldaat als een kind met zich meedroeg, liep ze weer weg. Charlotte probeerde te kijken of haar eenarmige er nog steeds was. Een van de militieleden duwde haar terug...

We liepen rechtdoor, weg van Saransk. Het lawaai van het

militaire orkest was op de stille steppe niet meer hoorbaar. We hoorden alleen nog maar het door de wind bewogen gras ritselen. In die lichte en warme oneindigheid begon de stem van Charlotte opnieuw te klinken: 'Nee, ze vochten niet om dat gestolen geld, nee! Dat begreep iedereen. Ze vochten om... om zich op het leven te wreken. Op zijn wreedheid, op zijn dwaasheid. En op die meihemel boven hun hoofd... Ze vochten alsof ze iemand wilden tarten. Ja, degene die in één enkel leven die voorjaarshemel én hun verminkte lichamen liet bestaan...'

'Stalin? God?' had ik bijna gevraagd, maar de lucht op de steppe maakte de woorden onwillig, liet ze maar moeilijk over de lippen komen.

We waren nog nooit zo ver doorgelopen. Saransk was al lang in de nevelsluiers aan de horizon verdwenen. Dit uitstapje zonder bepaald doel hadden we allebei nodig. Achter mijn rug voelde ik bijna lijfelijk de schimmige aanwezigheid van een Moskous pleintje...

Ten slotte kwamen we bij een spoorbaan. De rails vormden een surrealistische grens in deze oneindigheid, zonder enige andere mogelijkheid zich te oriënteren dan de zon en de hemel. Vreemd genoeg veranderde aan de andere kant van de rails het landschap. We moesten om enkele kloven heen lopen, reusachtige spleten, van binnen bedekt met zand, daarna afdalen in een vallei. Opeens glinsterde er tussen het struikgewas onder de wilgen water. We keken elkaar glimlachend aan en riepen uit één mond: 'De Soemra!'

Dat was een verre zijrivier van de Wolga, een van die onopvallende rivieren die ergens door de reusachtige steppe stromen en waarvan men alleen maar weet dat ze bestaan doordat ze in een grote rivier uitmonden.

We bleven tot de avond in de schaduw van de wilgen zitten. Op de terugweg maakte Charlotte haar verhaal af.

'De autoriteiten kregen ten slotte genoeg van al die invaliden op het plein, van hun geschreeuw, van hun vechtpartijen. Maar ze gaven vooral een slecht beeld van de grote Overwinning.

Soldaten ziet men, zoals je weet, het liefst ofwel als stoere en glimlachende mannen ofwel... dood op het slagveld... En deze... Kortom, op een dag verscheen er een aantal vrachtwagens en begonnen militieleden de samovars uit hun kistjes te trekken en in de laadbakken te gooien. Zoals je houtblokken op een boerenwagen gooit. Een Moskoviet vertelde me dat ze naar een eiland werden gebracht, in een van de meren in het noorden. Daar had men een voormalig leprozenhuis voor hen ingericht... In de herfst probeerde ik erachter te komen waar het precies lag. Ik dacht dat ik er misschien kon gaan werken. Maar toen ik in het voorjaar in dat gebied aankwam, vertelde men mij dat er op het eiland niet één invalide meer was en dat men het leprozenhuis definitief gesloten had...

Het was trouwens een heel mooie streek. Dennen zover het oog reikte, grote meren en vooral een heel zuivere lucht...'

Na een uur lopen wierp Charlotte me een vreugdeloos glimlachje toe: 'Wacht, ik moet even gaan zitten...'

Ze ging in het hoge gras zitten, strekte haar benen. Ik liep werktuiglijk nog een paar stappen door en draaide me om. Opnieuw vreemd ver weg, als van grote hoogte, zag ik een vrouw met wit haar, gekleed in een heel eenvoudige jurk van licht satijn, een vrouw die op de grond zat te midden van dat onmetelijke iets dat zich uitstrekte van de Zwarte Zee tot Mongolië en dat men 'de steppe' noemde. Mijn grootmoeder... Ik zag haar onverklaarbaar ver weg, op de manier die ik de vorige dag voor een optische illusie had gehouden als gevolg van mijn nerveuze spanning. Ik had het gevoel totaal ontheemd te zijn, iets wat Charlotte waarschijnlijk vaak overkwam: een bijna kosmisch ontheemd zijn. Ze zat hier, onder die paarse hemel en leek volstrekt alleen op deze planeet te zijn, in het zachtpaarse gras, onder de eerste sterren. En haar Frankrijk, haar jeugd waren verder weg dan die bleke maan – achtergebleven in een ander melkwegstelsel, onder een andere hemel...

Ze keek op. Haar ogen leken me groter dan gewoonlijk. Ze zei iets in het Frans. De klanken van deze taal trilden alsof het de laatste boodschap betrof die uit het verre melkwegstelsel kwam.

'Weet je, Aljosja, ik heb het gevoel dat ik niets van het leven in dit land begrijp. Ja, ik ben nog steeds een vreemdelinge. Na hier al bijna een halve eeuw gewoond te hebben. Die 'samovars'... Ik begrijp het niet. Er waren mensen bij die lachend naar hun strijd stonden te kijken!'

Ze maakte aanstalten om op te staan. Met uitgestrekte hand snelde ik toe. Ze glimlachte tegen me en pakte mijn arm. En terwijl ik zo gebogen stond, mompelde ze een aantal korte woorden waarvan de stellige en ernstige toon me verbaasde. Waarschijnlijk vertaalde ik ze stil voor mezelf in het Russisch en heb ik ze zo onthouden. Dat leverde een lange zin op, terwijl het Frans van Charlotte alles samenvatte in één enkel beeld: de eenarmige 'samovar' zit tegen de stam van een reusachtige den en kijkt zwijgend naar het spiegelen van de golven, dat achter de bomen geleidelijk matter wordt...

In de Russische vertaling die ik onthouden heb, voegde de stem van Charlotte er op een toon alsof ze zich wilde rechtvaardigen aan toe: 'En soms denk ik toch dat ik dit land beter begrijp dan de Russen zelf. Want ik draag het gezicht van die soldaat al vele jaren met me mee... Want ik had door hoe eenzaam hij was aan de oever van het meer...'

Ze stond op en begon, steunend op mijn arm, langzaam weer te lopen. Ik voelde dat die agressieve en zenuwachtige jongeman die gisteren in Saransk aangekomen was spoorloos uit mijn lichaam, uit mijn binnenste verdween.

Zo begon onze zomer, de laatste zomer die ik in het huis van Charlotte doorbracht. De volgende dag werd ik wakker met het gevoel dat ik eindelijk mezelf was. Er kwam een grote, tegelijk droeve en serene rust over mij. De strijd tussen mijn Russische en Franse identiteit was gestreden. Ik aanvaardde mezelf zoals ik was.

We brachten nu bijna al onze dagen door aan de oevers van de

Soemra. We vertrokken 's morgens heel vroeg en namen een grote veldfles met water, brood en kaas mee. 's Avonds keerden we, genietend van de eerste zuchtjes koele wind, naar huis terug.

Nu we de weg kenden, leek die ons minder lang. Op de zonovergoten eentonige steppe ontdekten we talloze herkenningspunten, bakens die ons snel vertrouwd werden. Dat blok graniet waarvan je het mica al van verre in de zon zag glinsteren. Een strook zand die op een piepkleine woestijn leek. Die plek vol doornstruiken die we maar beter konden vermijden. Wanneer Saransk uit ons zicht was verdwenen, wisten we dat zich spoedig de rechte lijn van de spoorbaan tegen de horizon zou beginnen af te tekenen, de rails zouden blinken. En als deze grens eenmaal gepasseerd was, waren we er bijna – achter de kloven die met hun diepe sleuven de steppe doorsneden, voelden we al de aanwezigheid van de rivier. Zij scheen op ons te wachten...

Charlotte ging met een boek in de schaduw van de wilgen zitten, slechts een stap van het water verwijderd. Ik zwom, dook, stak verscheidene keren de smalle en ondiepe rivier over, tot ik niet meer kon. Langs beide oevers lag een hele ris eilandjes, dicht met gras begroeid, waarop net genoeg plaats was om te gaan liggen en je op een onbewoond eiland midden in de oceaan te wanen...

Daarna strekte ik me in het zand uit en luisterde naar de peilloos diepe stilte op de steppe... Onze gesprekken begonnen zonder aanleiding en leken aan te sluiten bij het ruisen van de zonovergoten Soemra, het ritselen van de lange wilgebladeren. Met de handen op het geopende boek keek Charlotte over de rivier heen naar die door de zon verbrande vlakte en begon te praten, nu eens om antwoord te geven op mijn vragen, dan weer om ze met haar verhaal intuïtief voor te zijn.

Tijdens die lange zomermiddagen, midden op de steppe waar elke grasspriet werd geteisterd door de droogte en de hitte, hoorde ik wat men me vroeger over het leven van Charlotte verzwegen had. En ook wat mijn kinderlijke bevattingsvermogen toen te boven was gegaan.

Ik hoorde dat hij inderdaad haar eerste geliefde, de eerste man in haar leven was geweest, die soldaat die in de Eerste Wereldoorlog had gevochten en die haar het 'Verdun' genoemde steentje in de hand had gedrukt. Alleen hadden ze elkaar niet al op de dag van het plechtige defilé, op 14 juli 1919, beter leren kennen, maar pas twee jaar later, een paar maanden voor het vertrek van Charlotte naar Rusland. Ik hoorde ook dat deze soldaat allesbehalve die held met een snor en behangen met glinsterende medailles was die onze kinderlijke verbeelding van hem gemaakt had. Hij bleek eerder tenger te zijn, met een bleek gezicht en droevige ogen. Hij moest vaak hoesten. In de loop van een van de eerste gasaanvallen waren zijn longen verbrand. Ook was er geen sprake van dat hij tijdens het grote defilé uit de gelederen was getreden om naar Charlotte toe te gaan en haar de 'Verdun' aan te reiken. Hij had haar deze talisman op het station gegeven op de dag dat ze naar Moskou vertrok. Hij was ervan overtuigd geweest haar spoedig terug te zien.

Op een dag begon ze me over de verkrachting te vertellen... Haar kalme stem had die klank die scheen te willen zeggen: 'Natuurlijk, je weet al waar het over gaat... Het is voor jou geen geheim meer.' Ik bevestigde wat ze met die intonatie wilde aangeven door vriendelijk en ongedwongen een aantal keren 'ja, ja' te zeggen. Ik was heel bang dat ik als ik na dit verhaal weer opstond een andere Charlotte zou zien, een ander gezicht ook, met de blijvende uitdrukking van een verkrachte vrouw. Wat zich echter al meteen in mijn hoofd vastzette, was dit heldere beeld.

Een man met een tulband op en gekleed in een soort lange mantel, heel dik en heel warm, vooral te midden van de zandvlakten om hem heen. Spleetogen waarvan de oogleden op flinterdunne scheermesjes lijken, de gebronsde huid van zijn ronde gezicht glimmend van het zweet. Hij is jong. Met gejaagde bewegingen probeert hij de kromme dolk te pakken die aan zijn riem hangt, aan de andere kant hangt het geweer. Die paar seconden lijken eindeloos te duren. Want de woestijn en de man die zulke gejaagde bewegingen maakt worden slechts door een minuscule opening waargenomen – dat spleetje tussen de oogleden. Op de grond lijkt een uitgeputte vrouw in een gescheurde jurk, van wie het losse haar half onder het zand begraven ligt, voorgoed in dit lege landschap te willen verdwijnen. Over haar linker slaap loopt een straaltje bloed. Maar ze leeft. De kogel heeft de huid onder het haar geschampt en is in het zand gedrongen. De man draait zijn bovenlichaam om zijn wapen te pakken. Hij zou willen dat de dood duidelijker zichtbaar was – een doorgesneden keel, een stroom bloed die het zand doordrenkt. De dolk die hij zoekt is naar de andere kant geschoven toen hij zoëven, met de panden van zijn lange kledingstuk wijd uiteen, op dat uitgeputte lichaam spartelde... Hij rukt woedend aan zijn riem, werpt blikken vol haat op het verstarde gezicht van de vrouw. Opeens hoort hij gehinnik. Hij draait zich om. Zijn kameraden galopperen al een eind verderop, hun omtrekken, hoog op een zandheuvel, tekenen zich scherp tegen de horizon af. Hij voelt zich plotseling wonderlijk alleen: hij, de woestijn in het avondlicht, die zieltogende vrouw. Hij spuugt van teleurstelling, schopt met zijn puntige laars tegen het bewegingloze lichaam en springt met de lenigheid van een steppelynx in het zadel. Terwijl het hoefgetrappel zich verwijdert, opent de vrouw langzaam de ogen. En ze begint aarzelend te ademen, alsof ze het verleerd was. De lucht smaakt naar steen en bloed...

De stem van Charlotte werd één met het zachte geruis van de wilgen. Ze verstomde. Ik dacht aan de woede van die jonge Oezbeek: hij wilde haar koste wat kost de keel afsnijden, haar tot een levenloos lichaam terugbrengen! En met een reeds typisch mannelijk inzicht, begreep ik dat het niet om wreedheid zonder meer ging. Ik herinnerde me nu de eerste minuten na de liefdesdaad, toen het even tevoren nog begeerde lichaam opeens nutteloos, onaangenaam om te zien, om aan te raken, bijna vijandig werd. Ik dacht weer aan mijn jonge gezellin op ons nachtelijke vlot: het klopte, ik nam het haar kwalijk dat ik haar niet langer begeerde, dat ik teleurgesteld was, dat ik haar daar, stevig tegen mijn schouder, voelde... Terwijl ik mijn gedachte afmaakte, dat mannelijke egoïsme blootlegde dat me tegelijk afschrok en aantrok, zei ik tot mezelf: 'Eigenlijk moet de vrouw na de liefde verdwijnen!' En ik zag opnieuw die gejaagde hand voor me die de dolk zocht.

Ik ging met een ruk rechtop zitten en draaide me om naar Charlotte. Nu zou ik haar de vraag stellen die me al maanden op de lippen brandde en die ik innerlijk al talloze keren geformuleerd en nog eens geformuleerd had: 'Vertel me eens in één woord, in één zin, liefde, wat is dat?'

Maar Charlotte, die waarschijnlijk een veel meer voor de hand liggende vraag verwachtte, was me voor: 'En weet je wat me gered heeft? Of liever wie me gered heeft... Hebben ze je dat nog niet verteld?'

Ik keek haar aan. Nee, het verhaal over de verkrachting had geen enkel spoor op haar gezicht achtergelaten. Het enige wat haar gezicht beroerde, was die afwisseling van schaduw en licht in het gebladerte van de wilgen.

Ze was gered door een 'saiga', zo'n woestijnantilope met reusachtige neusgaten, waardoor het net leek of hij een heel korte slurf had, en – als verbazingwekkend contrast – grote bange en lieve ogen. Charlotte had hun kudden dikwijls door de woestijn zien rennen... Toen ze eindelijk kon opstaan, zag ze een saiga die langzaam een zandduin beklom. Zonder erbij na te denken, instinctief, ging Charlotte hem achterna – het dier was het enige baken te midden van de nooit eindigende golvende zandvlakten. Als in een droom (de lila lucht wekte, even bedrieglijk als in dromen, de indruk leeg te zijn), lukte het haar dichter bij het dier te komen. De saiga vluchtte niet weg. In het schimmige licht van de avondschemering zag Charlotte donkere vlekken in het zand – bloed. Het dier plofte neer, stond vervolgens, heftig de kop schuddend, met grote moeite weer op, wankelde op zijn lange, trillende poten en maakte enkele ongecontroleerde sprongen. Viel opnieuw. Het was dodelijk verwond. Door de mannen die háár bijna hadden gedood? Misschien. Het was voorjaar. 's Nachts was het ijskoud. Charlotte dook in elkaar en drukte haar lichaam tegen de rug van het dier. De saiga bewoog niet meer. Er trokken rillingen door zijn vel. Zijn piepende ademhaling leek op het zuchten van mensen, op het gefluister van woorden. Verkleumd van de kou en versuft door de pijn werd Charlotte vaak wakker en hoorde dan dat gefluister, dat klonk alsof het haar per se iets wilde meedelen. Een van de keren dat ze midden in de nacht wakker werd, zag ze tot haar verbazing vlakbij een vonk in het zand gloeien. Een ster die uit de hemel gevallen was... Charlotte boog zich in de richting van dat lichtpuntje. Het was het grote open oog van de saiga – en in die bol vol tranen weerspiegelde zich een prachtig en kwetsbaar gesternte... Ze merkte niet op welk moment het kloppen van het hart van dit wezen dat haar zijn leven schonk ophield... 's Ochtends spiegelde de woestijn van de rijp. Charlotte bleef een paar minuten voor het roerloze lichaam staan dat bedekt was met kristallen. Daarna klom ze langzaam het duin op waar het dier de vorige dag niet overheen had weten te komen. Nadat ze de top bereikt had, slaakte ze een 'ah' dat galmde in de ochtendlucht. Aan haar voeten lag een meer, roze door de eerste zonnestralen. Dus dit water had de saiga geprobeerd te bereiken... Charlotte werd nog dezelfde avond, aan de oever gezeten, teruggevonden.

Bij het vallen van de avond, al in de straten van Saransk, voegde ze dit bewogen slotwoord aan haar verhaal toe: 'Je grootvader', zei ze heel zacht, 'heeft het verder nooit meer over deze geschiedenis gehad. Nooit meer... En hij hield van Serge, jouw oom, alsof het zijn eigen zoon was. Zelfs meer nog, misschien. Het is moeilijk voor een man om te aanvaarden dat zijn eerste kind als gevolg van een verkrachting geboren wordt. Vooral omdat Serge, snap je, op niemand in de familie lijkt.

Nee, hij heeft er nooit meer over gesproken...'

Ik merkte dat haar stem licht trilde. Ze hield van Fjodor, dacht ik in alle eenvoud. Hij heeft ervoor gezorgd dat dit land waar zij zo geleden heeft toch het hare werd. En zij houdt nog steeds van hem. Zij houdt van hem op deze nachtelijke steppe, in dit onmetelijke Rusland. Zij houdt van hem...

Opnieuw zag ik de liefde in al haar droeve eenvoud. Onverklaarbaar. Niet onder woorden te brengen. Net als dat gesternte dat, midden in een met ijs bedekte woestijn, in het oog van een gewond dier weerspiegelde.

Door het toeval van een verspreking kwam ik achter dit verwarrende feit: het Frans dat ik sprak was niet meer hetzelfde...

Ik wilde Charlotte een vraag stellen en gebruikte het verkeerde woord. Waarschijnlijk betrof het een van die, bedrieglijke, woordparen zoals er veel in het Frans voorkomen. Ja, het was een tweeling van het soort 'boord-brood', of vergeten-vergeven'. Dergelijke verraderlijke tweetallen, even gevaarlijk als dat 'vreselijk-vleselijk', lokten vroeger, als ik weer eens een verbale flater geslagen had, altijd enige spottende opmerkingen van mijn zuster en voorzichtige verbeteringen door Charlotte uit...

Deze keer hoefde het juiste woord me niet toegefluisterd te worden. Na even geaarzeld te hebben, verbeterde ik mezelf. Maar wat me veel sterker trof dan deze kortstondige onzekerheid, was de verpletterende vaststelling: ik was bezig een vreemde taal te spreken!

De maanden dat ik opstandig was geweest, waren dus niet zonder gevolg gebleven. Niet dat ik me daarvóór gemakkelijker in het Frans uitdrukte. Maar de breuk was een feit. Als kind had ik de klanken en vormen van de taal van Charlotte vanzelfsprekend gevonden. Ik nam ze in me op zonder me af te vragen waarom dat fel gekleurde, geurende, levende vlekje daar in het gras dat, zo leek het, alleen al door zijn naam: *tsvetok* niets anders dan een ritselend, breekbaar, kristalfijn voorwerpje kon zijn, nu eens met een mannelijk woord werd aangeduid, dan weer een zacht, fluwelig en vrouwelijk aura om zich heen had – 'een bloem' werd.

Later dacht ik aan het verhaal over de duizendpoot die, gevraagd naar zijn danstechniek, meteen in de, vroeger spontane, bewegingen van zijn talrijke ledematen verward raakte.

Mijn geval was niet zo hopeloos. Maar sinds de dag waarop ik me versprak, kon ik niet langer om de kwestie van de 'techniek' heen. Het Frans werd nu een werktuig waarvan ik tijdens het spreken voortdurend naging wat ik ermee aan het doen was. Ja, een instrument dat niet van mij afhankelijk was en dat ik gebruikte, maar waarbij ik ook af en toe besefte hoe vreemd deze gang van zaken was.

Mijn ontdekking, hoe verwarrend ook, zorgde ervoor dat ik me indringend bewust werd van de stijl. Terwijl ik deze taal, dit werktuig gebruikte, bijschaafde, vervolmaakte, bedacht ik dat dit in feite niets anders was dan een literair omgaan met de taal. De Franse anekdotes waarmee ik mijn schoolvrienden een jaar lang had vermaakt, hadden al een eerste aanzet betekend tot dit romaneske taalgebruik: had ik de taal niet gemanipuleerd om nu eens bij de 'proletariërs', dan weer bij de 'estheten' in de smaak te vallen? Literatuur was, zo bleek, een voortdurend verbaasd staan over deze woordenstroom waarin de wereld oploste. Het Frans, mijn 'groot-moedertaal' was, begreep ik nu, de taal bij uitstek om dit verbaasd staan uit te drukken.

...Ja, sinds die dag lang geleden, doorgebracht aan de oever van een riviertje ergens midden op de steppe, komt het voor dat ik me, druk in een Frans gesprek gewikkeld, opeens mijn verbazing van toen weer herinner: een vrouw met grijs haar, met grote rustige ogen en haar kleinzoon zitten ergens midden op de verlaten vlakte die in de zon ligt te branden en, zeer Russisch, een eindeloze verlatenheid te zien geeft, en ze spreken Frans, alsof niets vanzelfsprekender was... Ik zie dit tafereel weer voor me, ik verbaas me erover Frans te spreken, ik stamel, het liefst zou ik mijn tong inslikken. Merkwaardigerwijs, of eerder logischerwijs, zijn het juist die momenten waarop ik tussen twee talen blijk te zitten, dat ik meen alles intenser te zien en te voelen dan ooit.

Misschien dezelfde keer dat ik 'brood' in plaats van 'boord' zei en zo in een stil gebied tussen twee talen terechtkwam, merkte ik ook de schoonheid van Charlotte op...

Eerst kwam die schoonheid me als iets belachelijks voor. In die tijd veranderde in Rusland elke vrouw als ze de vijftig passeerde automatisch in een 'baboesjka' – een dergelijk wezen met vrouwelijkheid of, sterker nog, met schoonheid in verband te brengen zou absurd geweest zijn. Dus beweren: 'Mijn grootmoeder is mooi'...

En toch was Charlotte, die in die tijd vierenzestig, vijfenzestig jaar geweest moet zijn, mooi. Ze zocht een plekje beneden aan de steile en zanderige oever van de Soemra en ging onder de takken van de wilgen, die een netwerk van donker en licht over haar jurk legden, zitten lezen. Haar zilverkleurige haar was in de nek samengebonden. Af en toe keek ze me met een lichte glimlach aan. Ik probeerde erachter te komen wat dat gezicht, die heel eenvoudige jurk nu de schoonheid verleende waarvan ik bijna verward het bestaan vaststelde.

Nee, Charlotte was geen 'vrouw die er niet naar haar leeftijd uitzag'. Evenmin had haar gelaat die ongerepte schoonheid die je wel eens bij vrouwen zag voor wie de 'goede verzorging' van hun gezicht een voortdurende strijd tegen de rimpels betekende. Zij deed geen pogingen haar leeftijd te verhullen. Toch had het ouder worden bij haar niet dat krimpen tot gevolg waardoor het gezicht mager wordt en het lichaam verschrompelt. Ik keek lang naar haar zilverachtig glanzende haar, de lijnen van haar gezicht, haar iets gebruinde armen, haar blote voeten die bijna het ruisende, traag voortstromende water van de Soemra aanraakten... En met ongewone vreugde stelde ik vast dat er geen strikte scheidslijn lag tussen de gebloemde stof van haar jurk en de door de zon met lichtvlekken bespikkelde schaduw. De omtrekken van haar lichaam waren in de heldere lucht nauwelijks waarneembaar, haar ogen vervloeiden, als op een aquarel, met de warme pracht van de hemel, de bewegingen van haar vingers die de bladzijden omsloegen verweefden zich met het golven van de lange wilgetwijgen... Het was dus deze versmelting die het geheim van haar schoonheid verborgen hield!

Ja, haar gezicht, haar lichaam trokken niet krampachtig samen uit angst voor de naderende ouderdom maar namen de warme wind, de bijtende geuren van de steppe, de koelte van de wilgenbossen in zich op. En haar aanwezigheid deed in deze verlaten uitgestrektheid een verbazingwekkende harmonie ontstaan. Charlotte was er, en alles op de eentonige, door de hitte verbrande vlakte sloot zich onwaarneembaar aaneen tot een harmonisch geheel: het welluidende ruisen van het water, de scherpe geur van de vochtige klei en de pittige van de droge kruiden, het spel van schaduw en licht onder de takken. Een uniek moment, niet te evenaren, al zouden er nog zoveel dagen, jaren, eeuwen voorbijgaan...

Een moment dat bleef voortduren.

Ik ontdekte de schoonheid van Charlotte. En bijna op hetzelfde moment – haar eenzaamheid.

Die dag luisterde ik, terwijl ik aan de waterkant lag, naar wat ze over het boek vertelde dat ze op onze uitstapjes meenam. Sinds mijn verspreking kon ik het, zelfs midden in het gesprek, niet nalaten erop te letten hoe mijn grootmoeder zich van het Frans bediende. Ik vergeleek haar taalgebruik met dat van de schrijvers die ik las, met dat ook in de zeldzame Franse kranten die in ons land te krijgen waren. Ik kende alle bijzonderheden van haar Frans, haar favoriete zinswendingen, haar persoonlijke zinsbouw, haar woordkeus en zelfs het patina van de tijd dat haar zinnen vertoonde – het 'Belle Epoque'-achtige...

Deze keer schoot me opeens een verbazingwekkende gedachte te binnen die al deze taalkundige observaties naar de achtergrond drong: 'Deze taal leefde nu al een halve eeuw in een totaal isolement, werd maar zelden gesproken, en moest zich meten met een werkelijkheid die strijdig was met haar aard, als een plant die verbeten probeert te groeien op een kale rots...' En toch had het Frans van Charlotte een buitengewone natuurlijkheid behouden, vol zeggingskracht en zuiver, zoals wijn die ouder wordt een amberkleurige helderheid krijgt. Deze taal had de Siberische sneeuwstormen, de hitte op de zandvlakten in de woestijn van Centraal-Azië overleefd. En zij klonk nog steeds, daar aan de oever van die rivier te midden van de eindeloze steppe...

In heel zijn hartverscheurende en dagelijkse eenvoud werd op dat moment mijn blik haar eenzaamheid gewaar. Zij heeft niemand om tegen te praten, dacht ik verbluft. Niemand om Frans tegen te praten... Opeens begreep ik hoeveel die paar maanden die wij 's zomers samen doorbrachten voor Charlotte misschien wel betekenden. Ik begreep dat dit Frans, dit samenstellen van zinnen dat me zo vanzelfsprekend leek, zodra ik weer voor een heel jaar vertrok, zou verstarren, vervangen zou worden door Russisch, door het geritsel van bladzijden, door stilte. En ik stelde me voor hoe Charlotte, alleen, door de donkere straten van het onder sneeuw bedekte Saransk liep...

De volgende dag zag ik mijn grootmoeder in gesprek met Gavrilytsj, de dronkaard en herrieschopper van onze binnenplaats. De bank van de baboesjka's was leeg – waarschijnlijk had het verschijnen van de man hen verdreven. Achter de populieren hielden zich kinderen schuil. De bewoners stonden voor hun raam en volgden het schouwspel met belangstelling: die rare Française die het monster durfde te benaderen. Ik moest opnieuw aan de eenzaamheid van mijn grootmoeder denken. Mijn oogleden begonnen licht te kriebelen: 'Dat is dus haar leven. Deze binnenplaats, die dronkelap van een Gavrilytsj, die reusachtige zwarte sparrehouten hut aan de overkant met al die gezinnen op een kluitje...' Charlotte kwam binnen. Ze hijgde een beetje, maar glimlachte, en in haar ogen stonden tranen van vreugde.

'Moet je horen', zei ze in het Russisch alsof ze geen tijd had gehad van de ene op de andere taal over te schakelen. 'Gavrilytsj vertelde me over de oorlog, hij stond om Stalingrad te verdedigen aan hetzelfde front als je vader. Hij heeft het er vaak met me over. Hij vertelde over een gevecht, aan de oever van de Wolga. Ze vochten om een heuvel op de Duitsers te heroveren. Hij zei dat hij nog nooit eerder zo'n warboel van brandende tanks, van uiteengereten lichamen, zoveel met bloed besmeurde aarde had gezien. 's Avonds zat hij op die heuvel, met nog zo'n twaalf overlevenden. Hij liep naar beneden, naar de Wolga, hij stierf van de dorst. En daar, aan de oever, zag hij het zo rustige water, het witte zand, het riet en jonge vissen die opsprongen toen hij naderde. Net als in de tijd toen hij nog een kind was, in zijn dorp...'

Ik luisterde naar haar en opeens kreeg ik de indruk dat Rusland, het land van haar eenzaamheid, niet langer vijandig tegenover haar 'Franse gezindheid' stond. Ontroerd bedacht ik dat die grote, dronken man met zijn grimmige blik, die Gavrilytsj, waarschijnlijk nooit met iemand over zijn gevoelens had durven spreken. Men zou hem in zijn gezicht uitgelachen hebben: Stalingrad, de oorlog en dan opeens dat riet, die jonge vissen! Niemand op deze binnenplaats zou ook maar de moeite genomen hebben naar hem te luisteren – wat kon een dronkaard nou aan interessants te vertellen hebben? Met Charlotte had hij wel gesproken. Vol vertrouwen, ervan overtuigd dat hij begrepen zou worden. Op dat moment stond die Française hem nader dan al die mensen die hem bespiedden in de hoop op een gratis voorstelling. Met een sombere blik rondkijkend had hij hen allang in de gaten en gromde binnensmonds: 'Daar staan ze, als in een circus...' Opeens had hij Charlotte met een boodschappentas de binnenplaats zien oversteken. Hij had zijn rug gerecht en haar gegroet. Een minuut later vertelde hij met een gezicht alsof zijn somberheid opeens was verdwenen: 'En weet u, Charlota Norbertovna, we hadden geen grond meer onder onze voeten, maar gehakt. Zoiets had ik nog nooit gezien, vanaf dat de oorlog begonnen was. En toen we met de

Duitsers klaar waren, ging ik 's avonds naar beneden naar de Wolga. En daar, hoe zal ik het zeggen...'

Toen we later diezelfde ochtend vertrokken, liepen we langs de grote, zwarte sparrehouten hut. Binnen gonsde het al van de geluiden. Je hoorde het felle geknetter van olie op een haard, het geruzie van een man en een vrouw, een mengsel van stemmen en muziek uit verscheidene radio's... Ik wierp Charlotte een blik toe en trok met een spottende grijns mijn wenkbrauwen op. Ze begreep zonder moeite wat ik met mijn glimlach bedoelde. Maar de grote, wakker geworden mierenhoop scheen haar niet te interesseren.

Pas toen we de steppe bereikt hadden, begon ze te praten: 'Van de winter', zei ze in het Frans, 'bracht ik een keer medicijnen naar die dappere Frossia, je weet wel, die baboesjka die er altijd het eerst vandoor gaat als ze Gavrilytsj ziet aankomen... Het was heel koud die dag. Het kostte me een hoop moeite de deur van hun hut open te krijgen...'

Charlotte vertelde verder en ik merkte met toenemende verbazing dat haar eenvoudige woorden vervuld raakten van klanken, geuren begonnen aan te nemen, een door de winterse mist gefilterd licht begonnen uit te stralen... Ze rukte aan de deurklink en de deur ging, onder een scherp gekraak van rondom vastgevroren ijs dat nu brak, moeizaam open. Ze ging het grote houten huis binnen en kwam bij een trap die in de loop van de tijd zwart geworden was. De treden lieten onder haar voeten een klaaglijk gekraak horen. De gangen stonden vol oude kasten, grote, langs de muren opgestapelde, kartonnen dozen, fietsen, doffe spiegels, die in deze spelonkachtige ruimte onverwachte perspectieven openden. Tussen de donkere muren hing de geur van verbrand hout die een verbinding aanging met de kou die Charlotte in de plooien van haar mantel meedroeg... Aan het eind van de gang op de eerste verdieping zag mijn grootmoeder haar. Een jonge vrouw met een baby in de armen stond voor het met grillige ijsbloemen bedekte raam. Zonder zich te verroeren keek ze, met het hoofd licht gebogen, naar de dansende vlammen in een grote kachel waarvan het deurtje openstond, die de hoek van de gang in beslag nam. Achter het beijzelde raam werd de winterse avondhemel, blauw en helder, langzaam donker...

Charlotte verstomde een ogenblik, daarna ging ze met een wat aarzelende stem verder: 'Weet je, het was natuurlijk een hersenschim... Maar haar gezicht was zo bleek, zo teer... Je zou bijna gedacht hebben dat het uit dezelfde ijsbloemen bestond als op de ruit. Ja, alsof haar gezicht zich van die ijsversieringen had losgemaakt. Ik had nog nooit zo'n kwetsbare schoonheid gezien. Ja, als een op ijs getekende icoon...'

We liepen lange tijd zwijgend verder. Langzaam spreidde de steppe zich voor ons uit, met overal het welluidende gesjirp van krekels. Maar dit vinnige geluid, deze hitte namen niet weg dat de ijskoude lucht in de grote, zwarte sparrehouten hut in mijn longen bleef hangen. Ik zag het met ijs bedekte raam, de blauwe glinstering van de kristallen, de jonge vrouw met haar kind voor me. Charlotte had iets in het Frans gezegd. Er had dus Frans geklonken in die sparrehouten hut die me altijd bang had gemaakt vanwege het duistere, ernstige en zeer Russische leven dat zich erin afspeelde. En diep in zijn binnenste was het achter een raam licht geworden. Ja, ze had iets in het Frans gezegd. Ze had evengoed iets in het Russisch kunnen zeggen. Dat zou aan het opnieuw beleefde moment niets hebben afgedaan. Dus er bestond een soort tussentaal. Een universele taal! Ik moest weer aan dat 'tussen-twee-talen' denken dat ik dankzij mijn verspreking ontdekt had, aan de 'taal die de verbazing tot uitdrukking bracht'...

En die dag schoot voor het eerst deze opwindende gedachte door me heen: 'En als je deze taal ook eens schriftelijk kon weergeven?'

Op een middag liepen we langs de oever van de Soemra toen ik me erop betrapte dat ik aan de dood van Charlotte dacht. Of eerder omgekeerd, ik dacht dat zij onmogelijk dood kon gaan...

Het was die dag wel heel erg heet. Charlotte had haar touwschoenen uitgetrokken, schortte haar jurk tot de knieën op en liep het water in. Vanaf een van de eilandjes keek ik toe terwijl ze langs de oever waadde. Opnieuw leek het net of ik haar en deze met wit zand bedekte oever en de steppe van op heel grote afstand zag. Ja, alsof ik me in de korf van een luchtballon bevond. Zo worden (hoorde ik veel later) de plekken en de gezichten waargenomen die wij onbewust al in het verleden situeren. Ja, ik zag haar vanaf deze denkbeeldige hoogte, vanuit die toekomst waar al mijn jeugdige krachten zich op richtten. Ze liep door het water met de dromerige ongedwongenheid van een meisje. Haar geopende boek lag nog in het gras onder de wilgen. Opeens zag ik, in één helder totaalbeeld, het hele leven van Charlotte weer voor me. Het was als een reeks opwindende bliksemflitsen: Frankrijk aan het begin van de eeuw, Siberië, de woestijn, en opnieuw de eindeloze sneeuwvlakten, de oorlog, Saransk... Het was nog nooit voorgekomen dat ik het leven van een levend iemand zo aan me zag voorbijtrekken – van het begin tot het eind, en tot de conclusie kwam: dit leven is afgesloten. In het leven stond Charlotte niets anders meer te wachten dan dit Saransk, deze steppe. En de dood.

Ik kwam op mijn eiland overeind, staarde naar die vrouw die langzaam door het water van de Soemra liep. En met een ongekende vreugde die opeens mijn longen deed zwellen fluisterde ik: 'Nee, zij gaat niet dood.' Ik wilde meteen doorgronden waar die heldere zekerheid, dat zo merkwaardige vertrouwen vandaan kwam, terwijl dit juist het jaar was waarin mijn ouders waren gestorven.

Maar in plaats van een logische verklaring, zag ik in een wanorde die me versteld deed staan een stroom van ogenblikken aan me voorbijtrekken: een ochtend in een denkbeeldig Parijs, in een mist waar de zon doorheen scheen, de naar lavendel ruikende wind die door een wagon joeg, de fluit van de Koekoesjka in de warme avond, het ogenblik, lang geleden, waarop Charlotte in die verschrikkelijke oorlogsnacht de eerste sneeuw zag neerdwarrelen, en ook dit eigenste moment – deze tengere vrouw, met een witte hoofddoek over haar grijze haar, een vrouw die ontspannen door het heldere water van een rivier loopt die dwars door de grenzeloze steppe stroomt...

Deze beelden leken me tegelijkertijd vluchtig en een soort eeuwigheid te hebben. Ik voelde een bedwelmende zekerheid: op een geheimzinnige manier maakten zij het onmogelijk dat Charlotte zou sterven. Ik wist dat de ontmoeting in de zwarte sparrehouten hut met de jonge vrouw bij het beijzelde raam – de uit ijs bestaande icoon! en zelfs het verhaal van Gavrilytsj, dat riet, die jonge vissen, op een avond tijdens de oorlog, ja, zelfs die twee korte lichtflitsen bijdroegen tot het feit dat zij onmogelijk kon sterven. En het wonderbaarlijkste was dat het op geen enkele manier hoefde te worden aangetoond, uitgelegd, beargumenteerd. Ik keek naar Charlotte die de oever beklom om op haar lievelingsplek onder de wilgen te gaan zitten en herhaalde bij mezelf alsof het volkomen vanzelfsprekend was: 'Nee, al deze ogenblikken zullen nooit verdwijnen...'

Nadat ik naar haar toegegaan was, keek mijn grootmoeder op en zei: 'Moet je horen, vanochtend heb ik twee verschillende vertalingen van een sonnet van Baudelaire voor je overgeschreven. Luister, dan zal ik ze je voorlezen. Dat zul je leuk vinden...'

In de veronderstelling dat het alleen maar om een stilistische bijzonderheid ging, zoals Charlotte al lezend graag voor me opviste, om me haar dan vaak in de vorm van een raadseltje voor te leggen, concentreerde ik me, omdat ik het fijn vond van mijn kennis van de Franse literatuur blijk te geven. Maar ik had nooit gedacht dat dit sonnet van Baudelaire een ware opluchting voor me zou betekenen.

Want die zomermaanden drong de vrouw zich zodanig aan al mijn zintuigen op dat ik me voortdurend onder druk voelde staan. Zonder het in de gaten te hebben was ik bezig die pijnlijke overgang door te maken die de allereerste lichamelijke liefdeservaring, vaak niet meer dan een hoop gestuntel, scheidt van die zullen volgen. Deze overgang verloopt soms moeilijker dan de stap van de onschuld naar het eerste vrouwenlichaam.

Zelfs in de plaats des verderfs die Saransk heette, was deze vrouw, in haar talloze verschijningsvormen, ongrijpbaar, met haar vele aspecten, op een merkwaardige manier aanwezig. Verhulder, onopvallender dan in grote steden, maar des te zinnenprikkelender. Zoals dat meisje bijvoorbeeld, dat ik een keer in een lege, stoffige, in de zon brandende straat tegenkwam. Ze was lang, goed gebouwd, met een gezond en stevig lichaam, zoals je vaak in de provincie ziet. Haar overhemdblouse omsloot een weelderige, ronde boezem. Haar minirok zat strak om haar bijzonder volle dijen. De puntige hakken van haar witte lakschoenen maakten haar gang wat onzeker. Haar modieuze kleding, haar make-up en die hortende gang gaven haar verschijning in de verlaten straat iets surrealistisch. Maar vooral die vleselijk, bijna dierlijke uitbundigheid van haar lichaam, van haar bewegingen! Op die stille, warme middag. In dit ingeslapen stadje. Waarom? Met welk doel? Ik kon me er niet van weerhouden een vluchtige blik achter me te werpen: ja, haar stevige kuiten, mooi gebruind en daardoor nog volmaakter, haar dijen, de twee halve bollen van haar achterste dat bij elke stap soepel heen en weer bewoog. Van mijn stuk gebracht bedacht ik dat er in dit uitgestorven Saransk dus een kamer moest bestaan met een bed waarin dit lichaam zich zou uitstrekken en de benen zou spreiden om in zijn schoot een ander lichaam te ontvangen. Deze heldere gedachte bracht een grenzeloze verbazing bij me teweeg. Wat leek dat allemaal vanzelfsprekend en onwaarschijnlijk tegelijk!

Of die blote, mollige vrouwenarm die op een avond voor een raam was verschenen. Een krom straatje, vol zwaar, roerloos gebladerte – en die spierwitte, volmaakt ronde arm, bloot tot de schouder, die even een golvende beweging had gemaakt en toen een mousselinen gordijn in de donkere kamer had dichtgetrokken. En ik weet niet door welke intuïtie ik het wat zenuwachtige ongeduld van deze beweging had opgemerkt, had begrepen welk interieur die blote vrouwenarm met het sluiten van het gordijn aan het oog onttrok... Ik had zelfs de koelte van die gladde arm op mijn lippen gevoeld.

Bij elk van deze ontmoetingen klonk er een nadrukkelijke roepstem in mijn hoofd: ik moest ze onmiddellijk verleiden, deze onbekende vrouwen, ze tot de mijnen maken, hun lichaam aan die reeks gedroomde lichamen toevoegen. Want elke gelegenheid die ik niet aangreep betekende een nederlaag, een onherstelbaar verlies, een leegte die andere lichamen slechts gedeeltelijk zouden kunnen opvullen. Op zulke momenten werd mijn opwinding onverdraaglijk!

Ik had dit onderwerp nooit bij Charlotte durven aansnijden. Laat staan dat ik haar iets had verteld over de in tweeën gehakte vrouw in de aak, of over mijn nacht met het dronken meisje uit de dancing. Had ze mijn onrust zo ook wel in de gaten? Vast. Zonder zich misschien de prostituée te kunnen voorstellen die ik door de patrijspoorten had gezien, of het roodharige meisje op de pont, voelde ze volgens mij precies aan 'hoe het ervoor stond' met mijn ervaring op liefdesgebied. Via mijn vragen, mijn uitvluchten, mijn geveinsde onverschilligheid tegenover bepaalde gevoelige thema's, zelfs via mijn zwijgen, schetste ik onbewust mijn portret als minnaar in de dop. Toch gaf ik me daar geen rekenschap van, net als degene die vergeet dat zijn schaduw op een muur de bewegingen overbrengt die hij had willen maskeren.

Ik hoorde Charlotte over Baudelaire spreken en dacht dus dat het om een simpel toeval ging toen uit het eerste couplet van zijn sonnet deze vrouw naar voren kwam:

> Als ik, een warme herfstnacht, met mijn ogen dicht,
> De geur ruik van je hete borsten, vol en zwaar,
> Neem ik, zo lijkt het, mooie, verre stranden waar
> Die steeds dezelfde zon doet baden in het licht...

'Hoor je het,' vervolgde mijn grootmoeder in een combinatie van Russisch en Frans, want ze moest ook nog beide vertalingen voorlezen, 'de ene vertaler maakt van het eerste vers: *Als ik, een herfstnacht, met mijn beide ogen dicht...* enzovoort. En de andere: *Wanneer, met ogen dicht, een zwoele zomernacht...* Volgens mij simplificeren ze Baudelaire allebei. Want, snap je, in zijn gedicht is die 'warme herfstnacht' een heel bijzonder moment, ja, midden in de herfst, opeens, zo'n zegen, die warme nacht, uniek, even licht tussen de regen en de ellende van het leven door. Ze hebben in hun vertalingen de grondgedachte van Baudelaire aangetast: 'een herfstnacht', 'een zomernacht', dat is banaal, dat is zielloos. Terwijl dit moment bij hem iets magisch krijgt, je weet wel, een beetje zoals die zachte dagen in het naseizoen...

Charlotte leverde haar commentaar altijd met een enigszins geveinsd dilettantisme waarmee ze haar vaak zeer brede kennis verhulde omdat ze niet de schijn wilde wekken er trots op te zijn. Maar ik hoorde nog slechts de nu eens Russisch, dan weer Frans klinkende melodie van haar stem.

In plaats van steeds maar aan vrouwen te denken, die alomtegenwoordige vrouwen, wier aantal onuitputtelijk leek, kwam er een grote rust over me. Ik had genoeg aan de helderheid van die 'warme herfstnacht'. En aan de rustige, trage, bijna weemoedige bespiegelingen die ik wijdde aan dat mooie vrouwenlichaam, dat na de liefde gelukzalig lag uit te rusten. Dat lichaam waarvan het zinnelijke beeld zich vermengde met een reeks herinneringen, geuren, lichtende momenten...

De rivier zwol voor het onweer onze plek bereikt had. Haastig pakten we onze spullen bij elkaar, terwijl we het water al tegen de wortels van de wilgen hoorden klotsen. De hemel werd paars, zwart. De ruige steppe met zijn wuivende gras verstarde tot een onheilspellend, loodgrijs landschap. Met de eerste, koele regenvlagen sloeg een scherpe, zure geur op ons neer. En terwijl Charlotte de handdoek opvouwde waarop we de lunch hadden gebruikt, besloot ze haar uiteenzetting met: 'Maar aan het eind, in het laatste vers, staat de vertaling werkelijk lijnrecht tegenover het origineel. Overtreft de eerste vertaler Baudelaire! Ja, Baudelaire heeft het over 'gezang van zeelui', op dat eiland dat 'de geur van je hete borsten' in de verbeelding heeft opgeroepen. Maar de vertaler hoort 'de stemmen van zeelui in verschillende talen schreeuwen'. Het prachtige is dat je dat in het Russisch met één bijvoeglijk naamwoord kunt weergeven. Dat geschreeuw in verschillende talen klinkt veel levendiger dan 'gezang van zeelui' dat wat zoetelijk romantisch aandoet, geef het toe. Snap je, dat is waar we het onlangs nog over hadden: de vertaler van proza is de slaaf van de schrijver, en de vertaler van poëzie is zijn rivaal. Trouwens, in dit gedicht...

Ze kreeg de tijd niet om haar zin af te maken. Het water golfde over onze voeten en sleurde mijn kleren, een paar blaadjes papier en een van de touwschoenen van Charlotte mee. De van water verzadigde hemel stortte zijn vloed uit over de steppe. We haastten ons om te redden wat er nog te redden viel. Ik greep mijn broek, mijn hemd. Ze waren al weggedreven maar gelukkig aan de takken van de wilgen blijven hangen; ook kon ik nog net de touwschoen van Charlotte opvissen. Daarna de blaadjes papier – de overgeschreven vertalingen. De stortbui veranderde ze spoedig in met inkt bevlekte balletjes...

We merkten niet eens van elkaar dat we bang waren – het rollen van de donder klonk zo oorverdovend hard dat het elk denken onmogelijk maakte. De waterhoos sloot ons op binnen de grenzen van onze bevende lichamen. We voelden met akelige scherpte hoe onze naakte harten in deze zondvloed die hemel en aarde door elkaar gooide verdronken.

Een paar minuten later scheen de zon weer. Hoog op de oever keken we naar de steppe. Glinsterend, trillend, door talloze regenboogkleurige vonkjes tot leven gewekt, leek het net of zij ademde. We keken elkaar glimlachend aan. Charlotte was haar witte hoofddoek kwijt, haar natte haar hing in druipende slierten over haar schouders. Haar oogwimpers flonkerden van de regendruppeltjes. Haar volkomen doorweekte jurk kleefde aan haar lichaam. 'Ze is jong. En heel mooi. Ondanks alles', galmde die spontane stem in mij, die ons nooit gehoorzaamt en ons hindert vanwege haar ongenuanceerde oprechtheid, maar die onthult wat weloverwogen woorden verzwijgen.

Bij de spoorbaan bleven we staan. In de verte zagen we een lange goederentrein naderen. Vaak stopte er op deze plek zo'n puffende trein en versperde ons even de weg. We vonden dat obstakel, dat waarschijnlijk op het verzetten van een wissel of een groen sein moest wachten, vermakelijk. De wagons rezen voor ons op als een reusachtige, met stof bedekte muur. Er sloeg een zware golf hitte van hun aan de zon blootgestelde zijkanten af. En in de verte was het gesis van de locomotief het enige dat de stilte op de steppe verbrak. Elke keer kwam ik in de verleiding zijn vertrek niet af te wachten en onder een wagon door naar de andere kant van de rails te glippen. Charlotte weerhield me er steeds van door te zeggen dat ze net het fluitje had gehoord. Soms, als ons het wachten echt te lang werd, klommen we op de open overloop die goederenwagons in die tijd nog hadden en stapten er aan de andere kant van de spoorbaan weer af. Deze paar seconden gingen gepaard met een vrolijke opwinding: en als de trein eens vertrok en ons meenam naar een onbekende, wonderbaarlijke bestemming?

Deze keer konden we niet wachten. Nat als we waren, moesten we ervoor zorgen voor donker thuis te zijn. Ik klom als eerste, stak Charlotte mijn hand toe en zij stapte op de treeplank. Op dat moment zette de trein zich in beweging. We haastten ons om aan de andere kant van de overloop te komen. Ik zou nog hebben kunnen springen. Maar Charlotte... We bleven op de overloop staan, waar het steeds harder begon te waaien. Onze tocht zette zich voort over de eindeloze steppe.

Nee, ongerust waren we niet. We wisten dat onze trein ergens op een station zou stoppen. Ik had zelfs de indruk dat Charlotte op een bepaalde manier wel blij was met ons onverwachte avontuur. Ze keek naar de vlakte die door het onweer was opgefrist. Haar in de wind wapperende haar woei voor haar gezicht. Ze wierp het van tijd tot tijd met een snelle beweging terug. Ondanks de zon begon er af en toe een fijne regen te vallen. Glimlachend keek Charlotte me door die glinsterende sluier aan.

Wat zich hier op deze wiebelende overloop midden op de steppe plotseling voltrok, leek op de verrukking van een kind dat, na lang tevergeefs kijken, in de ingewikkeld door elkaar lopende lijnen van een tekening een verborgen persoon of voorwerp ontdekt. Het had het gezien, en meteen kregen de slingers en kronkels een nieuwe betekenis, gingen ze een nieuw leven leiden...

Met mijn innerlijke blik ging het net zo. Opeens zag ik het! Of liever, werd ik met mijn hele wezen de duidelijke band gewaar die dit ogenblik vol regenboogkleurig gefonkel verbond met andere ogenblikken die ik eerder had beleefd: die avond lang geleden, met Charlotte, het droeve gefluit van de Koekoesjka, dan die ochtend in Parijs, in mijn verbeelding gehuld in een nevel waar de zon doorheen scheen, dat nachtelijk moment op het vlot met mijn eerste liefde toen dat grote passagiersschip voor onze verstrengelde lichamen was opgedoken, en het avondlijke samenzijn toen ik nog een kind was, het leek al tot een ander leven te behoren... Aldus met elkaar verbonden, vormden deze ogenblikken een merkwaardig geheel, met zijn eigen ritme, zijn eigen lucht en zon. Een andere planeet bijna. Een planeet waarop de dood van deze vrouw met haar grote grijze ogen onvoorstelbaar werd. Waarop het vrouwenlichaam open zou staan voor een aaneenschakeling van gedroomde momenten. Waarop de 'taal die mijn verbazing uitdrukte' voor anderen begrijpelijk zou zijn.

Deze planeet was dezelfde wereld die zich ontvouwde tijdens de tocht op onze wagon. Ja, datzelfde station waar de trein ten slotte stopte. Datzelfde verlaten perron, schoongespoeld door de stortbui. Diezelfde zeldzame voorbijgangers met hun dagelijkse zorgen. Diezelfde wereld, maar anders gezien.

Terwijl ik Charlotte hielp bij het afstappen, probeerde ik dat 'anders' nader te bepalen. Ja, om die andere planeet te zien, moest je je op een speciale manier gedragen. Maar hoe?

'Kom, we gaan iets eten', zei mijn grootmoeder, waarmee ze aan mijn overpeinzingen een eind maakte, en begaf zich naar de restauratie die zich in een van de vleugels van het station bevond.

De zaal was leeg, de tafels waren niet gedekt. We gingen bij het open raam zitten dat uitkeek op een door bomen omzoomd plein. Aan de gevels van de gebouwen hingen lange rode spandoeken met de gebruikelijke leuzen ter verheerlijking van de Partij, het Vaderland, de Vrede... Er kwam een ober naar ons toe die ons met een chagrijnige stem meedeelde dat door het onweer de stroom was uitgevallen en dat de restauratie dientengevolge gesloten was. Ik wilde al opstaan, maar Charlotte drong met nadrukkelijke beleefdheid aan waarbij ze ouderwetse, naar ik wist aan het Frans ontleende formules gebruikte die op Russen altijd indruk maakten. De man aarzelde een ogenblik, daarna liep hij zichtbaar in de war gebracht weg.

Hij bracht ons een schotel die verbazing wekte door zijn eenvoud: een bord met een twaalftal schijfjes worst en een grote, in dunne plakjes gesneden ingezouten komkommer. Maar bovenal zette hij een fles wijn voor ons neer. Nog nooit had ik zo gedineerd. Je kon merken dat de ober zelf niet wist wat hij van dit vreemde stel mensen en die merkwaardige koude maaltijd moest denken. Hij glimlachte en maakte stamelend een paar opmerkingen over het weer, alsof hij zich wilde verontschuldigen voor de manier waarop hij ons eerder tegemoet getreden was.

We bleven alleen in de zaal achter. De wind die door het raam naar binnen woei rook naar natte bladeren. Aan de hemel stapelden zich grijze en paarse wolken op die werden verlicht door de ondergaande zon. Af en toe knarsten wielen van een kar op het vochtige asfalt. Elke slok wijn gaf aan deze klanken en deze kleuren een nieuwe intensiteit: de koele vochtigheid van de bomen, de door de regen schoongespoelde glimmende ruiten, het rood van de leuzen op de gevels, het vochtige knarsen van de wielen, die nog onrustige hemel. Ik had het gevoel alsof wat wij in deze lege zaal beleefden zich geleidelijk losmaakte van het huidige moment, van dit station, van deze onbekende stad, van haar dagelijkse leven...

Vochtig gebladerte, lange rode vlekken op de gevels, vochtig asfalt, piepende banden, een grijs-paarse hemel. Ik draaide me om naar Charlotte. Ze was verdwenen...

En het is niet langer die stationsrestauratie ergens midden op de steppe. Maar een Parijs' café – en achter de ruit, een voorjaarsavond. De grijze en paarse hemel nog onweersachtig, het knarsen van rijtuigen op het vochtige asfalt, de overmatige koelte van de kastanjebomen, het rood van de rolluiken voor het restaurant aan de overkant van het plein. En ik, ik die, twintig jaar later, zoëven dat kleurengamma herkende en de duizeling van het hervonden ogenblik opnieuw beleefde. Een jonge vrouw, tegenover me, van wie een zeer Franse bevalligheid uitgaat, praat over ditjes en datjes. Ik kijk naar haar glimlachende gezicht, en af en toe begeleid ik haar woorden met een hoofdknik. Deze vrouw staat me zeer na. Ik houd van haar stem, van haar manier van denken. Ik ken de harmonische vormen van haar lichaam... Kon ik maar, hier midden op de steppe, in dit lege station, met haar over dat moment, twintig jaar geleden, praten! dacht ik en ik wist dat ik het niet zou doen.

Op die avond, lang, twintig jaar geleden, staat Charlotte al op, bekijkt zich in het spiegelende raam dat open staat om haar haar in orde te brengen, en we vertrekken. En met de aangename zure smaak van de wijn, trekken die woorden die ik toch nooit had durven zeggen van mijn lippen weg: 'Dat ze nog zo mooi is, ondanks dat witte haar en die vele jaren, komt doordat al die momenten van licht en schoonheid via haar ogen, haar gezicht, haar lichaam doorschemeren...'

Charlotte verlaat het station. Ik volg haar, bedwelmd door mijn niet in woorden uit te drukken ontdekking. De steppe hult zich in duisternis. Een duisternis die in het Saransk van mijn kindertijd al twintig jaar duurt.

Tien jaar later zag ik Charlotte terug, een paar uur maar, terwijl ik op weg was naar het buitenland. Ik kwam heel laat 's avonds aan en moest de volgende ochtend vroeg weer weg richting Moskou. Het was een ijskoude nacht aan het eind van de herfst. Zij verenigde voor Charlotte de sombere herinneringen aan alle keren dat er in haar leven iemand vertrokken was, aan alle nachten dat ze van iemand afscheid genomen had... We gingen niet naar bed. Ze zette thee voor me en ik liep haar flat nog eens door, die ik op een merkwaardige manier heel klein vond en die me zeer ontroerde omdat alle vertrouwde voorwerpen nog precies op hun plaats stonden.

Ik was vijfentwintig jaar. Mijn reis maakte me opgewonden. Ik wist al dat ik lang weg zou blijven. Of liever dat dit verblijf in Europa zeker langer zou duren dan de geplande twee weken. Ik had het gevoel dat mijn vertrek de rust in ons verkleumde rijk zou verstoren, dat alle inwoners het alleen maar over mijn vlucht zouden hebben, dat er een nieuwe tijd zou beginnen zodra ik aan de andere kant van de grens mijn eerste beweging maakte, mijn eerste woorden sprak. Ik was al helemaal bezig met de vele nieuwe mensen die ik zou ontmoeten, de prachtige landschappen die ik zou zien en waarvan ik tot nu toe alleen maar gedroomd had, het gevaar wond me nu al op.

Met dat zelfingenomen egoïsme dat de jeugd kenmerkt vroeg ik haar op wat lacherige toon: 'Maar jij, jij zou toch ook naar het buitenland kunnen vertrekken! Naar Frankrijk, bijvoorbeeld... Lokt je dat niet, nou, zeg eens?'

Haar gezicht veranderde niet van uitdrukking. Ze sloeg alleen maar haar ogen neer. Ik hoorde het zingende gefluit van de waterketel, het getik van de sneeuwkristallen tegen de donkere ruit.

'Weet je,' zei ze ten slotte met een vermoeide glimlach, 'toen ik in 1922 naar Siberië ging, heb ik de helft, of misschien wel een derde van die reis te voet gemaakt. Dat was zoiets als van hier naar Parijs. Snap je, ik zou jullie vliegtuigen niet eens nodig hebben...'

Ze glimlachte opnieuw en keek me daarbij recht aan. Maar ondanks dat ze dit opgewekt had gezegd, beluisterde ik in haar stem een ondertoon van bitterheid. Verlegen pakte ik een sigaret en liep het balkon op...

Daar, boven de ijskoude en donkere steppe, meende ik eindelijk te begrijpen wat Frankrijk voor haar betekende.

Vier

I

In Frankrijk scheelde het weinig of ik vergat het Frankrijk van Charlotte voorgoed...

Die herfst scheidden twintig jaar me van de tijd in Saransk. Ik werd me bewust van die afstand – van dat sacramentale 'twintig jaar later' – op de dag dat ons radiostation zijn laatste uitzending in het Russisch de lucht in zond. Toen ik 's avonds de redactiekamer verliet, zag ik in gedachten een eindeloze uitgestrektheid, een reusachtig gapend gat voor me tussen die Duitse stad en het onder de sneeuwmassa's slapende Rusland. Die hele nachtelijke ruimte die de dag ervoor nog trilde van onze stemmen was nu stil, zo dacht ik, het doffe gekraak in de ether was verstomd... Het doel van onze dissidente en ondermijnende uitzendingen was bereikt. Het onder de sneeuw bedolven rijk werd wakker, stelde zich open voor de rest van de wereld. Dit land zou spoedig een andere naam, een ander regeringsstelsel, andere grenzen krijgen, een andere weg in de historie inslaan. Er zou een ander land ontstaan. Men had ons niet meer nodig. Onze omroep werd opgeheven. Mijn collega's namen geforceerd druk en hartelijk afscheid van elkaar en gingen ieder huns weegs. Sommigen wilden ter plekke een nieuw leven beginnen, anderen zouden hun boeltje pakken en naar Amerika vertrekken. Weer anderen, die met de minste realiteitszin, droomden van een terugkeer waarbij ze waarschijnlijk in net zo'n sneeuwstorm terecht zouden komen als twintig jaar geleden... Niemand maakte zich illusies. We wisten dat er niet alleen een radiostation verdween, maar dat we ook een tijdperk afsloten. Alles wat we gezegd, geschreven, gedacht, bestreden, verdedigd hadden, alles wat we liefgehad, verfoeid, gevreesd hadden – dat maakte allemaal deel uit van die andere tijd. We bleven voor deze leegte staan als wassen beelden in een rariteitenkabinet, als overblijfselen uit een verdwenen rijk.

In de trein die me naar Parijs bracht, probeerde ik al die ver van Saransk doorgebrachte jaren een naam te geven. Ballingschap als levenswijze? Botte levensdrift? Een leven dat voor de helft voorbij en eigenlijk mislukt was? De betekenis van deze jaren bleef me duister. Dus probeerde ik ze om te zetten in iets wat de mens als vaste waarden in zijn leven beschouwt: de herinneringen aan een sterk gevoel van ontheemd zijn (Sindsdien heb ik de hele wereld gezien! dacht ik met kinderlijke trots), de lichamen van de vrouwen die ik had liefgehad...

Maar de herinneringen bleven kleurloos, de lichamen kwamen merkwaardigerwijs niet tot leven. Of ze braken soms door het halfduister van het geheugen heen met de indringende, starre blik van een etalagepop.

Nee, die jaren waren slechts een lange reis waarvoor het me maar af en toe lukte een doel te vinden. Ik bedacht het op het moment van vertrek, of als ik al onderweg was, of pas bij aankomst, wanneer ik moest uitleggen waarom ik juist deze dag, in deze stad, in dit land was en niet ergens anders.

Ja, een reis van ergens naar nergens. Zodra ik aan een plek waar ik halt hield gehecht begon te raken, zodra de aangename dagelijkse sleur er vat op me begon te krijgen, wilde ik alweer weg. Deze reis kende slechts twee momenten: de aankomst in een onbekende stad en het vertrek uit een stad waarvan de gevels nauwelijks meer een verrassend gevoel opwekten als je ernaar keek... Zes maanden geleden kwam ik in München aan en toen ik het station uitliep bedacht ik heel praktisch dat ik een hotel, vervolgens een flat moest zien te vinden zo dicht mogelijk bij mijn nieuwe werk bij de radio...

Toen ik 's ochtends in Parijs aankwam, had ik even de illusie dat dit een echte terugkeer was: in een straat, niet ver van het station, een straat die op deze mistige ochtend nog nauwelijks tot leven gekomen was, zag ik een open raam en het interieur van een vertrek dat een eenvoudige en alledaagse, maar voor mij geheimzinnige rust uitademde, met een brandende lamp op de tafel, een oude commode van donker hout, een schilderij dat iets van de muur hing. Ik huiverde, zo oud en vertrouwd leek me de milde warmte van die intimiteit waarvan ik even een glimp had opgevangen. De trap opgaan, op de deur kloppen, een gezicht herkennen, zelf herkend worden... Ik haastte me dat gevoel alsof ik dingen terugzag te verdrijven, dat ik op dat moment niet anders onderging dan als de sentimentele zwakte van een zwerver.

Het leven raakte spoedig uitgeput. De tijd bleef stilstaan, het verstrijken ervan merkte je alleen nog maar aan het slijten van de hakken op het vochtige asfalt, aan de spoedig vertrouwde geluiden die de tochtvlagen van 's morgens vroeg tot 's avonds laat door de gangen van het hotel joegen. Het raam van mijn kamer keek uit op een gebouw dat werd afgebroken. Tussen de puinhopen stond nog een met behang beplakte muur overeind. Aan die bonte muur hing een spiegel, zonder lijst, waarin de lichte en weidse hemel weerspiegelde. Elke ochtend vroeg ik me af of dat spiegelbeeld er nog zou zijn als ik de gordijnen openschoof. Ook dat spannende moment 's ochtends gaf een bepaald ritme aan de stilstaande tijd, waaraan ik trouwens steeds meer gewend raakte. En zelfs het idee dat er op een dag een einde aan dit leven gemaakt zou moeten worden, dat het beetje dat me nog met die herfstdagen, met die stad verbond verbroken zou moeten worden, dat ik me misschien van kant zou moeten maken – zelfs aan die gedachte raakte ik spoedig gewend... En toen ik op een ochtend het doffe lawaai van een instorting hoorde en ik achter de gordijnen op de plaats van de muur een met stof gevulde leegte zag – leek deze gedachte me een prachtige oplossing om uit het spel te stappen.

Een paar dagen later herinnerde ik het me weer... Ik zat op een bank, midden op een boulevard die nat was van de motregen. Versuft door de koorts leek het of er in mij een stil gesprek werd gevoerd tussen een bang kind en een man: de volwassene, zelf bezorgd, probeerde het kind gerust te stellen door op schijnbaar opgewekte toon te praten. Deze bemoedigende stem zei tegen me dat ik kon opstaan en terug kon keren naar het café om nog een glas wijn te drinken en een uur in de warmte te zitten. Of de klamme warmte van een metrostation kon opzoeken. Of zelfs kon proberen nog een nacht in het hotel door te brengen, al had ik geen geld meer. Of, eventueel, die apotheek op de hoek van de boulevard kon binnenstappen en op een leren stoel gaan zitten, me niet verroeren, zwijgen en als de mensen om me heen te hoop zouden lopen, heel zacht fluisteren: 'Laat me even rustig, een minuutje maar, in dit licht en deze warmte zitten. Daarna ga ik weer weg, ik beloof het u...' De zure lucht boven de boulevard sloeg neer in de vorm van een fijne, druilerige regen. Ik stond op. De geruststellende stem was verstomd. Het leek net of ik met mijn hoofd in een gloeiendhete, watten wolk liep. Ik ontweek een voorbijganger die met een meisje aan de hand liep. Ik was bang dat mijn vuurrode gezicht, mijn lichaam dat schudde van de koude rillingen het kind aan het schrikken zouden maken... En toen ik de straat wilde oversteken, viel ik bijna toen ik van de stoep afstapte en zwaaide ik met mijn armen als een koorddanser. Een auto die moest remmen miste me op een haar na. Ik voelde het portier zelfs nog even langs mijn hand strijken. De bestuurder nam de moeite het raampje omlaag te draaien en slingerde me een vloek naar het hoofd. Ik zag zijn van woede vertrokken gezicht, maar de woorden bereikten me met een vreemde, futloze traagheid. Op dat moment schoot deze gedachte door me heen die me verbluftte om haar eenvoud: 'Dat is wat ik nodig heb. Die klap, die aanraking met het metaal, maar veel heftiger. Die klap die het hoofd, de keel, de borst zou verbrijzelen. Die klap en daarna zou het onmiddellijk, definitief stil worden.' Er drongen een paar fluitsignalen door de hete wolk die mijn gezicht deed gloeien. Ik kwam op de absurde gedachte dat het misschien een politieagent was die me achtervolgde. Over een doorweekt grasveld strompelend, begon ik sneller te lopen. Ik kreeg bijna geen adem meer. Wat ik zag deelde zich op in een groot aantal scherpe beeldjes. Ik kreeg zin om me als een dier te verstoppen.

Die grote open poort lokte me naar zich toe vanwege de in nevel gehulde, lege en brede laan die zich aan de andere kant ervan uitstrekte. Het leek net of ik zwom toen ik in het matte licht van deze dag die zijn einde naderde tussen de twee rijen bomen door liep. Bijna meteen begonnen er in de laan overal schrille fluitjes te klinken. Ik sloeg een smaller pad in, gleed uit op een gladde stenen plaat en dook weg tussen een aantal merkwaardige grijze blokken. Achter één daarvan hurkte ik ten slotte uitgeput neer. Even klonken de fluitjes opnieuw, toen verstomden ze. In de verte hoorde ik het hek bij de poort knarsen. Op de poreuze achterkant van het blok las ik deze woorden, zonder meteen de betekenis ervan te begrijpen: *Eigen graf. Nr. .. Sinds 18..*

Ergens achter de bomen weerklonk een fluitje, daarna hoorde ik praten. Twee mannen, twee toezichthouders, liepen door de laan terug.

Ik kwam langzaam overeind. En al was ik moe en versuft door de beginnende ziekte, toch voelde ik iets van een glimlach op mijn lippen: 'Straks zal op deze wereld ook de ironie tot de natuurwetten gerekend worden. Op dezelfde wijze als de wet van de zwaartekracht...'

Alle poorten van het kerkhof waren nu gesloten. Ik liep om het grafhuisje waarachter ik me had laten neervallen heen. De deur met ruitjes gaf gemakkelijk mee. Binnen vond ik het bijna ruim. Op stof en wat dorre bladeren na was de tegelvloer schoon en droog. Ik kon niet meer op mijn benen staan. Ik ging zitten, daarna languit liggen. In het donker streek ik met mijn hoofd langs een houten voorwerp. Ik voelde. Het was een bidstoel. Ik legde mijn nek op het verschoten fluweel van het knielbankje. Merkwaardigerwijs leek de stof lauw, alsof er even tevoren nog iemand op neergeknield was...

De eerste twee dagen verliet ik mijn schuilplaats alleen maar om brood te halen en me te wassen. Ik keerde meteen terug, ging weer liggen en zonk weg in een koortsige verdoving die slechts onderbroken werd wanneer het tijdstip van sluiting was aangebroken en de fluitjes enkele minuten klonken. Het grote hek knarste in de nevel en de wereld werd teruggebracht tot deze vier muren van poreuze steen die ik als ik mijn armen spreidde kon aanraken, de weerschijn van de doffe ruitjes in de deur en de welluidende stilte die ik onder de tegelvloer, onder mijn lichaam meende te horen...

Ik begon al gauw met de data en de dagen in de war te raken. Ik herinner me alleen nog die middag toen ik me eindelijk wat beter voelde. Langzaam, mijn ogen dichtknijpend tegen de zon die zich af en toe liet zien, keerde ik terug... naar huis. Naar huis! Ja, dat dacht ik echt, ik betrapte me erop dat ik dat echt dacht en ik begon te lachen, maar kreeg daardoor zo'n hoestaanval dat de voorbijgangers hun hoofd omdraaiden. Dat grafhuisje, ruim een eeuw oud, op het stuk van het kerkhof waar de minste bezoekers kwamen – een thuis. Verbluft bedacht ik dat ik dat woord sinds mijn kindertijd niet meer gebruikt had.

Die middag, in het licht van de herfstzon dat mijn huisje binnenviel, las ik voor het eerst de inscripties op de marmeren plaatjes die er aan de muren hingen. Want het was inderdaad een kapelletje, dat toebehoorde aan de families Belval en Castelot. En de korte en bondige grafschriften op de plaatjes gaven in hoofdpunten hun geschiedenis weer.

Ik was nog te zwak. Ik las een of twee inscripties en ging op de tegelvloer zitten, waarbij ik ademde alsof ik zojuist een zware inspanning had geleverd en mijn hoofd suisde van de duizeligheid. *Geboren op 27 september 1837 in Bordeaux. Overleden op 4 juni 1888 in Parijs.* Misschien waren het juist die data die me deden duizelen. Ik drong tot hun tijd door met het gevoel alsof ik hallucineerde. *Geboren op 6 maart 1849. Door God tot zich geroepen op 12 december 1901.* Die perioden ertussen vulden zich met geluiden, gestalten, flitsen van gebeurtenissen waarbij geschiedenis en literatuur door elkaar liepen. Het was een stortvloed van beelden, levendig en zeer concreet. Maar deze beelden waren zo scherp dat ze bijna pijn aan mijn ogen deden. Ik meende het geritsel te horen van de lange jurk van die vrouw die in een huurrijtuig stapte. Deze eenvoudige handeling uit lang vervlogen tijd maakte haar gelijk aan al die naamloze vrouwen die toen hadden geleefd, lief en leed hadden gekend, naar die hemel hadden gekeken, die lucht hadden ingeademd... Ik voelde bijna lijfelijk de starre roerloosheid van die hoogwaardigheidsbekleder in zijn zwarte rokkostuum: de zon, het grote plein in een provinciestad, de toespraken, de splinternieuwe republikeinse onderscheidingstekenen... Eén ogenblik verstarden oorlogen, revoluties, krioelende menigtes, feesten in één persoon, één luisterrijke gebeurtenis, één stem, één lied, één salvo van toejuichingen, één gedicht, één gevoel – en de tijd hernam zijn loop tussen geboorte- en sterfdatum. *Geboren op 26 augustus 1861 in Biarritz. Overleden op 11 februari 1922 in Vincennes.*

Ik ging langzaam de grafschriften langs: *Kapitein der dragonders van de Keizerin. Generaal-majoor. Historieschilder in dienst van de Franse legers: Afrika, Italië, Syrië, Mexico. Hoofd der intendance. Afdelingsvoorzitter bij de Raad van State. Schrijfster. Oud-grootreferendaris van de Senaat. Luitenant bij het 224e regiment Infanterie. Oorlogskruis met Palmen. Gestorven voor Frankrijk...* Het waren de schimmen uit een keizerrijk dat ooit in alle uithoeken van de wereld had geschitterd... De meest recente inscriptie was tevens de kortste: *Françoise, 2 november 1952 – 10 mei 1969.* Zestien jaar, elk ander woord zou teveel geweest zijn.

Ik ging op de tegelvloer zitten en sloot mijn ogen. Ik voelde al deze levens trillend in mezelf geconcentreerd. En zonder te proberen mijn gedachte echt onder woorden te brengen, mompelde ik: 'Ik voel de sfeer van de tijd toen ze leefden en stierven. Ik doorzie het geheim van die geboorte in Biarritz, op 26 augustus 1861. En het onbegrijpelijke, bijzondere karakter van die geboorte, juist omdat het in Biarritz, op die dag, een eeuw geleden was. Ik voel de kwetsbaarheid van het gezicht van dat meisje dat op 10 mei 1969 overleed, ik voel haar als iets dat mezelf ten diepste raakt... Deze onbekende levens staan me na.'

Ik vertrok midden in de nacht. De muur om het kerkhof was op die plek niet hoog. Maar de zoom van mijn mantel bleef aan een van de ijzeren spijlen bovenop het rechte stuk van de muur haken. Bijna was ik naar beneden getuimeld. Het blauwe oog van een straatlantaarn tekende in het donker een vraagteken. Ik kwam neer op een dikke laag dorre bladeren. Deze val leek me heel lang te duren, ik kreeg het gevoel in een onbekende stad neer te zijn gekomen. Haar huizen leken in dit nachtelijk uur op monumenten in een verlaten oord. De lucht rook naar vochtig bos.

Ik begon een brede, verlaten straat te volgen die naar beneden liep. Trouwens, alle straten die ik volgde liepen af – alsof ze me steeds dieper die duistere megalopolis in wilden drijven. De weinige auto's die ik tegenkwam, wekten de indruk haar in allerijl, rechttoe rechtaan, te ontvluchten. Ik hoorde een clochard onrustig in zijn kartonnen pantser bewegen toen ik voorbijliep. Hij stak zijn hoofd naar buiten. In het licht van de etalage waar hij voor lag, zag ik dat het een Afrikaan was met vermoeide ogen waaruit een soort berustende, kalme waanzin sprak. Hij zei iets. Ik boog me in zijn richting maar verstond niets van wat hij zei. Waarschijnlijk sprak hij in de taal van zijn eigen land. De kartonnen dozen waaruit zijn schuilplaats bestond, waren overdekt met hiërogliefen.

Toen ik de Seine overstak, begon de hemel te verbleken. Ik liep al een poosje voort als een slaapwandelaar. De blije drang om beter te worden was verdwenen. Ik had het gevoel alsof ik in het nog steeds onheilspellende donker tussen de huizen door ploeterde. Mijn duizeligheid gaf alle dingen een krom aanzien, alsof ze zich om me heen wilden krullen. De opeenhoping van gebouwen langs de kaden en op het eiland leek een gigantisch decor voor een film nadat de schijnwerpers waren gedoofd. Ik kon me niet meer herinneren waarom ik het kerkhof had verlaten.

Op de houten voetgangersbrug draaide ik me verscheidene keren om. Ik meende voetstappen achter me te horen. Of anders was het het kloppen van het bloed in mijn slapen. Het klonk luider toen ik in een kromme straat kwam waar ik me als op een glijbaan doorheen voelde snellen. Ik draaide me om. Even dacht ik een vrouwengestalte in een lange mantel te zien die wegdook onder een koetspoort. Ik bleef staan en zocht uitgeput steun tegen een muur. De wereld viel uiteen, de muur gaf mee onder de druk van mijn hand, de ramen hingen als druppels aan de bleke gevels van de huizen...

Ze verschenen opeens als bij toverslag, die paar woorden op een zwart geworden metalen plaat. Ik klampte me aan hun mededeling vast zoals een man die elk moment aan drank of waanzin ten onder kan gaan zich aan een uitspraak vastklampt waarvan de banale maar onfeilbare logica hem nog net aan de goede kant houdt... De plaat zat op een meter boven de grond. Ik las de inscriptie erop drie of vier keer:

HOOGSTE WATERSTAND. JANUARI 1910.

...Dit was geen herinnering, maar het leven zelf. Nee, ik leefde niet opnieuw, ik leefde. Schijnbaar heel eenvoudige gewaarwordingen. De warmte van de houten balustrade van een balkon dat op een zomeravond door de lucht zweefde. Het verre en weemoedig klinkende signaal van een locomotief. Het zachte geritsel van bladzijden op de knieën van een tussen bloemen gezeten vrouw. Haar grijze haar. Haar stem... En dat geritsel en die stem verenigden zich nu met het ruisen van de lange takken van de wilgen – ik was alweer aan de oever van die afgelegen rivier in de zonovergoten, onmetelijke uitgestrektheid van de steppe. Ik zag die vrouw met grijs haar voor me die, in eenvoudige gedachten verzonken, langzaam door het water liep en heel jong leek. En deze indruk van jeugdigheid voerde me weer naar de overloop van een goederenwagon die zich voortspoedde over een door de regen en het licht twinkelende vlakte. De vrouw tegenover mij glimlachte tegen me en wierp de natte haarplukken van haar voorhoofd. Haar oogwimpers hadden in het licht van de ondergaande zon de kleuren van de regenboog...

HOOGSTE WATERSTAND. JANUARI 1910. Ik hoorde hoe stil het was in de nevel, hoe het water klotste als er een bootje voorbijvoer. Een meisje keek met het voorhoofd tegen de ruit gedrukt naar het zwak spiegelende oppervlak van een ondergelopen avenue. Ik beleefde deze stille ochtend zo intens in een groot Parijs' appartement aan het begin van de eeuw... Aansluitend op deze werd een andere ochtend zichtbaar, met het geknars van grind in een laan die door de herfstbladeren een goudgeel aanzien had. Drie in lange, zwartzijden jurken geklede vrouwen die breedgerande hoeden met voiles en veren droegen, verwijderden zich alsof ze met dit ogenblik en de zon van dat moment ook de hele sfeer van een snel voorbijgaand tijdperk met zich meenamen... Er verscheen nog een ochtend: Charlotte (ik herkende haar nu) in het gezelschap van een man, in de rumoerige straten van het Neuilly uit haar kindertijd. Met een wat verlegen vreugde speelt ze voor gids. Het leek of ik de helderheid van het ochtendlicht op elke straatsteen zag weerkaatsen, elk blaadje zag trillen, door de ogen van de man deze onbekende stad en de brede straten ontdekte die Charlotte zo vertrouwd waren.

Op dat moment besefte ik dat het Atlantis van Charlotte me al in mijn kindertijd iets gewaar had laten worden van die geheimzinnige gelijkheid van eeuwige momenten. Zonder dat ik het wist leidden zij sindsdien als het ware een ander, onzichtbaar, niet onder woorden te brengen leven naast het mijne. Zoals bij een meubelmaker die dag in dag uit stoelpoten maakt of planken schaaft en niet merkt dat de flinterdunne krullen op de grond een prachtig ornament vormen dat glinstert van de hars; de heldere doorzichtigheid ervan wordt vandaag verfraaid door de zonnestraal die door het kleine raam, waarvan de vensterbank vol gereedschap ligt, naar binnen valt, morgen – door de blauwachtige weerschijn van de sneeuw.

Dat leven deed zich thans als wezenlijk kennen. Ik moest het, ik wist nog niet hoe, in mij tot bloei laten komen. Ik moest, door een stille werking van het geheugen, leren de brede verscheidenheid van deze momenten te zien. Leren hun eeuwigheid veilig te stellen, al bleef de sleur van dagelijkse bezigheden bestaan, al waren de woorden verstard in hun nietszeggendheid. Leven, en je bewust zijn van die eeuwigheid...

Nog net voor het hek gesloten werd, was ik op het kerkhof terug. Het was een heldere avond. Ik ging op de deurdrempel zitten en begon in mijn al lang overbodige adressenboekje te schrijven: *Mijn positie aan gene zijde van het graf is ideaal, niet alleen om dit wezenlijke leven te ontdekken, maar ook om het te reconstrueren, door het in een stijl die nog uitgevonden moet worden vast te leggen. Of liever, deze stijl zal van nu af aan mijn manier van leven zijn. Mijn leven zal alleen nog uit deze momenten bestaan, die op een vel papier opnieuw tot leven gewekt zullen worden...*

Bij gebrek aan papier zou ik waarschijnlijk al spoedig met mijn manifest moeten stoppen. Toch was het voor mijn plan heel belangrijk dat ik het opschreef. In dit hoogdravende credo beweerde ik dat alle werken die aan de rand van het graf of aan gene zijde van het graf tot stand werden gebracht de tand des Tijds zouden doorstaan. Van de ene schrijver vermeldde ik dat hij epileptisch was, van de andere dat hij astma had en zijn kamer met kurk had bekleed, van weer anderen dat zij in ballingschap moesten leven, soms nog erger dan begraven te zijn... De gezwollen toon van deze geloofsbelijdenis zou al gauw verdwijnen. Ervoor in de plaats kwam dat blok 'kladpapier' dat ik de volgende dag van mijn laatste geld kocht en op de eerste bladzijde daarvan schreef ik heel eenvoudig:

Charlotte Lemonnier. Biografische aantekeningen.

Dezelfde ochtend verliet ik trouwens voorgoed het grafhuisje van de families Belval en Castelot... Ik werd midden in de nacht wakker. Zojuist was er als een lichtkogel een hoogst onwaarschijnlijke waanzinnige gedachte door mijn hoofd geschoten. Ik moest haar hardop uitspreken om het buitengewone karakter ervan tot me te laten doordringen: 'Stel eens dat Charlotte nog leefde...?'

Stomverbaasd zag ik haar in mijn verbeelding haar balkonnetje vol bloemen opstappen, zich over een boek buigen. Al jaren had ik niets meer uit Saransk vernomen. Het kon dus best zijn dat Charlotte nog steeds zo'n beetje leefde als vroeger, als in de tijd toen ik nog een kind was. Ze moest intussen over de tachtig zijn, maar in mijn geheugen was ze nog niet zo oud. Voor mij bleef haar leeftijd altijd dezelfde.

Op dat moment deed die droom zich voor. Waarschijnlijk was ik door zijn nawerking zojuist wakker geworden. Charlotte terugzien, haar naar Frankrijk laten komen...

De onuitvoerbaarheid van dit plan, bedacht door een zwerver op de tegelvloer van een grafhuisje, was zo zonneklaar dat ik niet eens probeerde me van het tegendeel te overtuigen. Ik besloot er voorlopig niet in bijzonderheden over na te denken, maar wel deze onzinnige hoop elke dag op de achtergrond levend te houden. Mezelf met deze hoop in leven te houden.

Die nacht kon ik niet meer in slaap komen. Ik wikkelde me in mijn mantel en ging naar buiten. De milde warmte van het naseizoen had plaatsgemaakt voor een noordenwind. Ik bleef staan en keek naar de laaghangende wolken die het grauwe, bleke ochtendlicht in zich op leken te zuigen. Ik herinnerde me hoe Charlotte me een keer als een wrang grapje verteld had dat na al haar tochten dwars door het reusachtige Rusland, helemaal naar Frankrijk lopen voor haar niets bijzonders zou hebben betekend...

In het begin, tijdens de lange maanden van ellende en omzwervingen, zou mijn dwaze droom dicht in de buurt blijven van deze trieste grootspraak. Steeds weer zag ik in mijn verbeelding een in het zwart geklede vrouw voor me die in de vroegste uren van een sombere herfstochtend in een grensstadje aankwam. De onderkant van haar mantel zat vol modderspatten, haar dikke sjaal was in de koude mist zwaar geworden van het vocht. Op de hoek van een ingeslapen pleintje duwde ze de deur van een café open en ging bij het raam naast een kachel zitten. De bazin bracht haar een kop thee. En van achter de ruit naar de stille gevels van de vakwerkhuizen kijkend, mompelde de vrouw heel zacht: 'Dit is Frankrijk... Ik ben terug in Frankrijk. Na... na een heel mensenleven.'

2

Nadat ik de boekhandel had verlaten, liep ik de stad door en bereikte de brug die de brede, zonovergoten Garonne overspande. Ik dacht aan het mooie oude foefje waarvan men vroeger in films gebruik maakte om in een paar seconden verscheidene levensjaren van de helden over te slaan. Het verhaal werd onderbroken en tegen een zwarte achtergrond verscheen deze mededeling waarvan de ondubbelzinnige eenvoud me altijd bevallen had: 'Twee jaar later', of 'Er gingen drie jaren voorbij'. Maar wie zou dit ouderwetse middel nu nog durven gebruiken?

En toch, toen ik die verlaten boekhandel midden in een door de hitte bevangen provinciestad binnenstapte en op de uitstaltafel mijn laatste boek aantrof, had me dat precies het gevoel gegeven: 'Er gingen drie jaren voorbij'. Het kerkhof, het grafhuisje van de families Belval en Castelot, en – dit boek te midden van het bonte mozaïek van omslagen, onder de kleine affiche: 'Pas verschenen Franse romans'...

Tegen de avond bereikte ik het bosgebied van de Landes. Ik zou van hieraf, bedacht ik, nog twee dagen of misschien iets langer doorlopen, want achter die met dennen begroeide heuvels vermoedde ik reeds, in eeuwige afwachting, de oceaan. Twee dagen, twee nachten... Dankzij de 'Aantekeningen' had de tijd voor mij een verbazingwekkende geconcentreerdheid gekregen. Levend in het verleden van Charlotte, kwam het me toch voor nog nooit zo intens het heden te hebben gevoeld! Die landschappen waar ik vroeger over gehoord had, gaven dat stuk hemel tussen de opeengepakte naaldbomen, die open plek in het bos die de ondergaande zon in een amberkleurig licht deed baden, een heel bijzonder reliëf...

Toen ik 's ochtends weer op weg ging (de stam van een ingekerfde den, die ik de dag ervoor niet had opgemerkt, schreide zijn tranen van hars – van 'gem' zoals men het in deze streek noemde), herinnerde ik me, zomaar opeens, dat schap achterin de boekwinkel: 'Oosteuropese literatuur'. Daar stonden, dicht op elkaar, mijn eerste boeken, en om er een aanval van grootheidswaan van te krijgen, tussen die van Lermontov en Nabokov. Het ging van mijn kant rondweg om een literaire vervalsing. Want deze boeken waren rechtstreeks in het Frans geschreven en door uitgevers geweigerd: ik was 'een rare Rus, om in het Frans te gaan schrijven'. Uit wanhoop had ik toen een vertaler verzonnen en het manuscript opgestuurd als zijnde vertaald uit het Russisch. Het was geaccepteerd, gepubliceerd en geprezen om de kwaliteit van de vertaling. Eerst dacht ik bitter, later met een glimlach dat de Frans-Russische vloek die op me rustte dus nog steeds van kracht was. Alleen, als kind moest ik mijn Franse entloot verbergen, nu bleek mijn Rus-zijn afkeurenswaardig.

's Avonds, las ik, na een rustplaats gevonden te hebben, de laatste bladzijden van de 'Aantekeningen' nog eens door. In het de vorige dag vastgelegde fragment schreef ik: 'In de grote sparrehouten hut tegenover het gebouw waarin Charlotte woont is een jongetje van twee jaar gestorven. Ik zie de vader van het kind een langwerpige met rode stof beklede kist – een doodkistje tegen de balustrade van de veranda zetten! De popperige afmetingen ervan doen me schrikken. Ik moet onmiddellijk een plek zien te vinden, onder deze hemel, op deze aarde, waar men zich dit kind levend kan voorstellen. De dood van een veel jonger iemand dan ik zet de hele wereld op losse schroeven. Ik ren naar Charlotte toe. Ze merkt mijn angst op en zegt iets tegen me dat in zijn eenvoud mijn verbazing wekt: "Herinner je je nog dat we in de herfst een vlucht trekvogels zagen? – Ja, ze vlogen over de binnenplaats en verdwenen weer. – Inderdaad, maar ze blijven doorvliegen, ergens, naar verre landen, alleen, onze ogen zijn te zwak, daardoor kunnen we ze niet zien. Zo is het ook met mensen die sterven..."'

In mijn slaap meende ik het lawaai van de takken te horen

dat luider en aanhoudender had geklonken dan gewoonlijk. Alsof de wind geen moment was gaan liggen. 's Ochtends kwam ik erachter dat het het geraas van de oceaan was geweest. Toen ik de vorige avond moe had halt gehouden, was dat, zonder dat ik het wist, precies op de grens van het bos en de door de golven bestookte duinen.

Ik bracht de hele ochtend op die verlaten duinhelling door en keek naar de zee waarvan het water nauwelijks waarneembaar steeg... Toen het eb begon te worden, vervolgde ik mijn weg. Op blote voeten zou ik nu over het vochtige, harde zand verder naar het zuiden lopen. Al lopend dacht ik aan die schoudertas die mijn zuster en ik in onze kindertijd 'de Pont-Neuftas' noemden en die in stukjes papier verpakte steentjes bevatte. Er zat een 'Fécamp' bij, een 'Verdun' en ook een 'Biarritz', een naam die me aan kwarts deed denken en niet aan de ons onbekende stad... Ik zou tien of twaalf dagen langs de oceaan lopen en eindelijk die stad zien waarvan een uiterst klein stukje ergens ver weg op de Russische steppen terecht was gekomen.

3

Door bemiddeling van een zekere Alex Bond bereikten me in september de eerste berichten uit Saransk...

In feite was deze 'Meneer Bond' een Russische zakenman, een zeer karakteristieke vertegenwoordiger van die generatie 'nieuwe Russen' die op dat moment in alle Europese hoofdsteden de aandacht begon te trekken. Ze rommelden met hun naam tot die een wat Amerikaans aanzien had gekregen, en werden, vaak zonder dat ze het in de gaten hadden, vereenzelvigd met helden uit spionageromans of met buitenaardse wezens zoals je ze in sciencefictionverhalen uit de jaren vijftig tegenkwam. Toen we elkaar voor het eerst ontmoetten, had ik Alex Bond, alias Alexej Bondartsjenko, aangeraden zijn naam te verfransen en liever als Alexis Tonnelier naar buiten te treden dan hem zo te misvormen. Zonder een spoortje van een glimlach legde hij me de voordelen uit die een korte en welluidende naam in het zakenleven had... Ik kreeg het gevoel dat ik steeds minder van het Rusland waar ik nu via figuren als Bond, Kondrat en Fed mee kennismaakte begreep...

Hij ging naar Moskou en had er, getroffen door de sentimentele kant van mijn opdracht, mee ingestemd die omweg te maken. Naar Saransk gaan, door de straten ervan lopen, Charlotte ontmoeten, kwam me nog vreemder voor dan over een andere planeet reizen. 'Tussen twee treinen door', zoals zijn uitdrukking luidde, was Alex Bond erheen gegaan. En zonder in de gaten te hebben wat Charlotte voor mij betekende, had hij aan de telefoon gepraat alsof het om nieuwtjes ging zoals je na de vakantie uitwisselt: 'Nee, maar wat een donker gat, dat Saransk! Dankzij u heb ik het ware Rusland ontdekt, ha ha. En al die straten die alleen maar op de steppe uitkomen. En die steppe die nergens eindigt... Het gaat heel goed met haar, uw grootmoeder, maak u maar niet ongerust. Ja, ze is nog heel actief. Toen ik aankwam, was ze niet thuis. Haar buurvrouw vertelde me dat ze naar een vergadering was. De bewoners van haar flat hebben een actiecomité of zoiets opgericht, om een oude sparrehouten hut op de binnenplaats te redden die men wil afbreken, een reusachtig gebouw dat al twee eeuwen oud is. Uw grootmoeder dus... Nee, ik heb haar niet ontmoet, ik was er tussen twee treinen door, en 's avonds moest ik koste wat kost in Moskou zijn. Maar ik heb een briefje achtergelaten... U kunt gerust naar haar toe. Iedereen kan er nu in. Ha ha ha, het ijzeren gordijn is alleen nog maar een zeef, zoals ze zeggen...'

Het enige wat ik had, waren mijn papieren als vluchteling, plus een reisdocument dat me toestemming gaf 'alle landen behalve de USSR' te bezoeken. De dag na mijn gesprek met de 'nieuwe Rus' ging ik naar het hoofdcommissariaat van politie om te informeren welke formaliteiten er nodig waren voor naturalisatie. Wat zich steeds weer arglistig aan mijn geest opdrong maar wat ik van me af probeerde te zetten, was deze gedachte: van nu af aan gaat het alleen nog maar om die onzichtbare race tegen de klok. Charlotte heeft de leeftijd waarop elk jaar het laatste, elke maand de laatste kan zijn.

Om die reden wilde ik ook niet schrijven of bellen. Ik was op een bijgelovige manier bang dat een paar simpele woorden mijn plan in de war zouden sturen. Ik moest snel een Frans paspoort zien te krijgen, daarna zou ik naar Saransk gaan, een aantal avonden achter elkaar met Charlotte praten en haar mee naar Parijs nemen. Ik zag al deze dingen bliksemsnel en eenvoudig als in een droom gebeuren. Daarna vertroebelde dit beeld en zat ik opeens vast in een kleverige brij die mijn bewegingen belemmerde, de Tijd.

De bescheiden die men mij vroeg te verzamelen stelden me gerust: geen enkel document waar ik niet aan kon komen, geen enkel bureaucratisch struikelblok. Alleen mijn bezoek aan de dokter zag ik met zorg tegemoet. Het onderzoek duurde echter maar vijf minuten en was alles wel beschouwd nogal oppervlakkig: mijn gezondheidstoestand zou zeker geen belemmering vormen voor de Franse nationaliteit. Na mij geausculteerd te hebben vroeg de dokter me met gestrekte benen een buiging te maken en daarbij met mijn vingers de grond aan te raken. Ik deed wat hij zei. Waarschijnlijk wilde ik het in mijn overdreven ijver te goed doen, waardoor ik dat moment van slapte kreeg. De dokter scheen in verlegenheid gebracht en stamelde: 'Bedankt, het is goed zo.' Alsof hij bang was dat ik in mijn enthousiasme opnieuw zou beginnen. Vaak is een kleinigheid in onze houding genoeg om de meest alledaagse situaties opeens anders te interpreteren: twee mannen, in een kleine spreekkamer, in een wit, schel licht; een van hen buigt zich, raakt bijna aan de voeten van de ander de grond aan en blijft, in afwachting van de goedkeuring van de tweede, zo lijkt het, een ogenblik in deze houding staan.

Eenmaal weer op straat, moest ik aan de kampen denken waar men aan de hand van dergelijke lichaamstesten gevangenen selecteerde. Maar deze gedachte ging veel te ver en bood geen verklaring voor mijn slapte.

Ik hield het op de ijver waarmee ik de opdracht had uitgevoerd. Dat bleek ook toen ik mijn dossier doorbladerde. Ik zag dat die behoefte om iemand te overtuigen overal aanwijsbaar was. En hoewel me dat op de formulieren nergens gevraagd werd, had ik toch melding gemaakt van mijn verre Franse afkomst. Ja, ik had over Charlotte geschreven, alsof ik elk bezwaar wilde voorblijven en al van tevoren elke twijfel wilde wegnemen. Zodat ik me nu niet meer aan het gevoel kon onttrekken haar in zekere zin verraden te hebben.

Het wachten zou verscheidene maanden duren. Ik kreeg bericht dat er vertraging was ontstaan. In mei zou de beslissing vallen. En meteen kwamen die nog steeds heel onwerkelijk aandoende voorjaarsdagen in een bijzonder licht te staan, onttrokken zij zich aan de kringloop der seizoenen en vormden een wereld die draaide in haar eigen tempo, in haar eigen atmosfeer.

Dit werd voor mij de tijd van voorbereidingen, maar vooral van lange, stille gesprekken met Charlotte. Terwijl ik door de straten liep, had ik nu de indruk dat ik ze door haar ogen bekeek. Dat ik die verlaten kade zag zoals zij die zou hebben gezien, waar de populieren via de wind een gefluisterde, dringende boodschap aan elkaar door leken te geven, dat ik de geluiden die de straatstenen op dat oude pleintje weerkaatsten hoorde zoals zij ze gehoord zou hebben. Een provinciaals pleintje midden in Parijs, waarvan de rust de bekoring in zich borg van een eenvoudig geluk, een onopvallend leven.

Ik besefte dat die hele drie jaar dat ik in Frankrijk woonde mijn plan ononderbroken traag en bescheiden vorm had aangenomen. Van dat vage beeld van een in het zwart geklede vrouw die te voet door een grensstad liep, was mijn droom in de richting gegaan van een realistischer voorstelling. Ik zag me mijn grootmoeder van het station afhalen, naar het hotel vergezellen waar ze tijdens haar verblijf in Parijs zou logeren. Daarna, toen de periode van de ergste ellende eenmaal voorbij was, was ik begonnen me een comfortabeler onderkomen voor te stellen dan een hotelkamer en waar Charlotte zich meer op haar gemak zou voelen...

Misschien wel dankzij deze dromen was het me gelukt én die ellende te verdragen én de, dikwijls afschuwelijke vernedering die de eerste stappen met zich meebrengen in een wereld waarin het boek, dat kwetsbaarste produkt van ons innerlijk, handelswaar wordt. Een artikel dat bij opbod wordt verkocht, op de markt ligt uitgestald, wordt verkwanseld. Mijn droom was een tegengif. En de 'Aantekeningen' waren – een toevlucht.

Die paar maanden wachten veranderde de topografie van Parijs. Net als op sommige plattegronden waarop de arrondissementen verschillende kleuren hebben, leek de stad door de aanwezigheid van Charlotte allerlei kleurschakeringen te krijgen. Er waren zonnige straten waar je 's morgens vroeg in de stilte meende nog de echo van haar stem te horen. Caféterrassen waar ik me haar vermoeidheid na een wandeling voorstelde. Een gevel, een kerkraam waarop zij haar blik liet vallen, maakte meteen vage herinneringen los.

De topografische kaart die ik zo in gedachten samenstelde, een kleurige lappendeken van arrondissementen, vertoonde echter ook een heleboel witte plekken. Tijdens onze tochten, die een zeer impulsief karakter hadden, lieten we de architecturale hoogstandjes van de laatste jaren links liggen. Daarvoor zou Charlotte te kort in Parijs blijven. We zouden de tijd niet hebben om onze blik aan al die nieuwe piramides, glazen torens en bogen te laten wennen. Hun omtrekken zouden opdoemen in een vreemd, futuristisch morgen dat het eeuwige heden van onze wandelingen niet mocht verstoren.

Evenmin wilde ik dat Charlotte de wijk zou zien waar ik woonde... Tijdens mijn ontmoeting met Alex Bond had deze spottend uitgeroepen: 'Maar lieve mensen, hoe heb ik het nou, we zijn hier niet meer in Frankrijk, maar in Afrika!' En hij had me een uiteenzetting gegeven waarin ik de woorden van veel 'nieuwe Russen' had beluisterd. Alles was duidelijk: de degeneratie van het westen en het zeer nabije einde van blank Europa, de invasie van nieuwe barbaren ('Wij, Slaven, inbegrepen', had hij er in alle eerlijkheid aan toegevoegd), een nieuwe Mohammed 'die al hun Beaubourgs zou platbranden' en een nieuwe Dzjengis Khan 'die een eind zou maken aan al hun democratische dikdoenerij'. Daartoe geïnspireerd door de onafgebroken stoet kleurlingen die langs het terras trok waarop wij zaten, had hij het beurtelings over de sombere vooruitzichten én de hoop op een Europa dat door het jonge bloed van barbaren herboren zou worden, de verwachte totale oorlog tussen de volken én het geloof in een wereldwijde vermenging van rassen... Hij was dol op het onderwerp. Waarschijnlijk voelde hij zich nu eens aan de kant staan van het stervende westen, want hij had een witte huid en was Europees opgevoed, dan weer aan de kant van de nieuwe Hunnen. 'Nee, u kunt zeggen wat u wilt, maar toch, er zijn teveel buitenlanders!' besloot hij zijn betoog, waarbij hij vergat dat hij er een minuut eerder nog op had vertrouwd dat zij de oude wereld zouden redden...

De wandelingen die wij in mijn verbeelding maakten liepen met een boog om die wijk en de intellectuele prietpraat waartoe zij aanleiding gaf heen. Niet dat de mensen die er woonden Charlottes gevoeligheid zouden hebben gekwetst. Zij was een emigrante bij uitstek, had altijd te midden van een enorme verscheidenheid aan volken, culturen, talen geleefd. Van Siberië tot de Oekraïne, van het noorden van Rusland tot de steppe had zij met al die verschillende bevolkingsgroepen te maken gehad die het rijk samenbracht. Tijdens de oorlog was zij ze nog eens in het ziekenhuis tegengekomen, volstrekt gelijk ten overstaan van de dood of als hun lichamen naakt op de operatietafel lagen.

Nee, de nieuwe bevolking in die oude Parijse wijk zou op Charlotte weinig indruk gemaakt hebben. De reden waarom ik haar er niet mee naartoe wilde nemen, was dat je daar door de straten kon lopen zonder een woord Frans te horen. Voor sommigen hield dat exotisme de hoop op een nieuwe wereld in, voor anderen – een ramp. Maar wij hadden geen behoefte aan dit exotisme, niet op architecturaal en niet op menselijk gebied. Tegenwoordig, dacht ik, is het met het ontheemd zijn eigenlijk nog veel erger gesteld.

Het Parijs dat ik Charlotte wilde laten ontdekken was een onvolledig en in sommige opzichten zelfs een denkbeeldig Parijs. Ik herinner me die memoires van Nabokov waarin hij over zijn grootvader schrijft die nog maar een paar dagen te leven had en vanuit zijn bed, achter de dikke stof van het gordijn, het schitteren van de Zuidfranse zon en trosjes mimosa meende te zien. Hij glimlachte, dacht dat hij in Nice was, het licht van het voorjaar zag. Zonder in de gaten te hebben dat hij in Rusland op sterven lag, midden in de winter, en dat die zon een lamp was die zijn dochter achter het gordijn had gezet om hem die aangename illusie te bezorgen...

Ik wist dat Charlotte, als ze zich aan mijn routes hield, alles te zien zou krijgen. Zij zou niet misleid worden door een lamp achter een gordijn. Ik zag de snelle knipoog die ze me voor een of ander niet te beschrijven eigentijds standbeeld zou toewerpen. Ik hoorde haar kritische opmerkingen, vol van een zeer subtiele humor en zo fijngevoelig dat ze de botte agressiviteit van het beschouwde kunstwerk alleen maar zouden benadrukken. Zij zou ook de wijk te zien krijgen, de mijne, die ik zou proberen te vermijden... Zij zou er helemaal alleen naartoe gaan, zonder mij, op zoek naar een huis in de Rue de l'Ermitage, waar ooit de soldaat woonde die in de Eerste Wereldoorlog gevochten had, hij die haar een metalen scherfje gegeven had dat wij als kind 'Verdun' noemden...

Ik wist ook dat ik al het mogelijke zou doen om niet over mijn boeken te hoeven praten. En dat we er toch over zouden praten, heel veel zelfs, vaak tot diep in de nacht. Want Frankrijk, dat op een dag in Saransk te midden van de steppen voor ons was opgedoemd, dankte zijn ontstaan aan boeken. Ja het was een land dat per definitie uit de boeken kwam, een land dat bestond uit woorden, waarin de rivieren ruisten als gedichten, waarin de vrouwen huilden in alexandrijnen en de mannen met elkaar wedijverden in hekeldichten. Zo hadden wij Frankrijk als kind ontdekt, via zijn literaire leven, zijn in de vorm van een sonnet gegoten en door een schrijver bijgeschaafd taalmateriaal. In de mythologie van onze familie werd melding gemaakt van een boekje met een versleten omslag en dof geworden goud op de snede dat Charlotte tijdens al haar reizen vergezeld had. Alsof het de laatste band met Frankrijk was. Of misschien een permanente mogelijkheid in bekoring te raken. 'Er is een lied dat mij met zijn muziek...' – hoe vaak hadden deze woorden zich op de verlaten Siberische sneeuwvlakten niet verheven tot 'een burcht van baksteen en arduin, met glasramen vol roodachtige gloed...' Frankrijk viel voor ons samen met literatuur. En ware literatuur was die toverkracht waarbij één woord, één couplet, één versregel ons naar een eeuwig moment van schoonheid voerde.

Ik had zin om tegen Charlotte te zeggen dat dit soort literatuur in Frankrijk niet meer geschreven werd. En dat ik in de veelheid van boeken nu, die ik sinds het begin van mijn kluizenaarsleven als schrijver verslond, tevergeefs dat boek zocht dat ik me in een Siberisch sparrehouten hutje in haar handen zou kunnen voorstellen. Ja, een geopend boek, haar ogen waarin even tranen glinsteren...

Tijdens die denkbeeldige gesprekken met Charlotte werd ik weer een tiener. Mijn jeugdige streven naar het hoogste, sinds lang op een laag pitje door wat het leven me had geleerd, begon weer te ontwaken. Ik wilde opnieuw iets volmaakts, iets unieks scheppen, ik droomde van een boek dat door zijn schoonheid de wereld een ander aanzien zou geven. En ik hoorde de stem van mijn grootmoeder die vol begrip en glimlachend, net als vroeger in Saransk, op haar balkon, reageerde met: 'Herinner je je nog die flatjes in Rusland, volgestouwd met boeken? Ja, boeken onder het bed, in de keuken, in het halletje, opgestapeld tot het plafond. En zeldzame boeken die je één nacht mocht lenen en die precies om zes uur 's ochtends terug moesten zijn. En weer andere, overgetypt, met zes velletjes carbonpapier tegelijk ertussen; als je het zesde exemplaar trof, was dat bijna onleesbaar, "blind" noemden ze dat... Snap je, het is moeilijk te vergelijken. In Rusland was de schrijver een god. Men verwachtte van hem het laatste oordeel en het koninkrijk der hemelen tegelijk. Heb je daarginds ooit over de prijs van een boek horen spreken? Nee, omdat een boek onbetaalbaar was! Soms werd het kopen van een paar schoenen uitgesteld en liep je 's winters met ijskoude voeten rond, een boek kopen ging voor...'

De stem van Charlotte verstomde, als om tot me door te laten dringen dat die aanbidding van het boek in Rusland tot het verleden behoorde.

'Maar dat unieke boek, dat volmaakte boek. Oordeel en koninkrijk tegelijk?' riep de tiener uit die ik weer geworden was.

Dat onrustige gefluister maakte een eind aan mijn denkbeeldige discussie. Beschaamd als iemand die erop wordt betrapt tegen zichzelf te praten, bedacht ik hoe ik er wel niet uit moest zien. Een man die midden in een somber kamertje druk staat te gebaren. Een donker raam kijkt pal uit op een bakstenen muur en heeft geen gordijnen of luiken nodig. Een kamer waar je in drie stappen doorheen kunt lopen, waarin de voorwerpen door gebrek aan ruimte vlak op elkaar staan, elkaar geen plaats gunnen, een wanordelijke bende vormen: een oude schrijfmachine, een elektrisch kooktoestel, stoelen, een rek, een douche, een tafel, een warboel van kleren die aan de muren hangen. En overal vellen papier, delen van manuscripten, boeken die het interieur van dit overvolle vertrek tot een waanzinnig maar toch zeer samenhangend geheel maken. Achter de ruit het begin van een regenachtige winternacht en, uit het doolhof van bouwvallige huizen opklinkend – dat Arabische lied, een jammerklacht en een jubelzang tegelijk. En die man gekleed in een oude, lichtkleurige mantel (het was heel koud). Aan zijn handen draagt hij handschoenen zonder vingers, wat nodig is om te kunnen typen in dit ijskoude vertrek. Hij praat tegen een vrouw. Hij praat tegen haar met een zelfvertrouwen dat je niet vaak tegenkomt bij iemand die zijn eigen stem beluistert. Hij stelt haar vragen over dat unieke, volmaakte boek, zonder bang te zijn naïef of belachelijk pathetisch te lijken. Ze zal hem antwoord geven...

Ik bedacht, voor ik insliep, dat Charlotte als ze naar Frankrijk kwam, zou proberen erachter te komen wat er daar van de literatuur geworden was, die zij slechts kende via enkele oude boeken, maar die voor haar, in Siberië, toch een uiterst kleine Franse archipel vertegenwoordigden. En ik stelde me voor hoe ik op een avond de flat waarin zij woonde zou binnenstappen en op de rand van een tafel of op een vensterbank een geopend boek zou aantreffen – een recent boek dat Charlotte in mijn afwezigheid zou lezen. Ik boog me over de bladzijden en mijn oog viel op deze regels:

Het was inderdaad de zachtste ochtend van die winter. De zon scheen alsof het al de eerste dagen van april waren. De rijp smolt en het natte gras glinsterde alsof er dauw op lag... Hoewel ik in de loop van de enige ochtend die mij vergund was, met steeds toenemende weemoed, en onder een winters wolkendek, talloze bekende plekjes had bezocht – was ik die oude tuin en dat prieel met wijnranken in de schaduw waarvan mijn leven bepaald was, vergeten... Leven met het beeld van die schoonheid voor me, dat was wat ik graag gewild zou hebben. De helderheid van dit landschap, de vanzelfsprekendheid, het wezenlijke en het wonder van dit samengaan van water, steen en licht, dat is het enige wat kennis de moeite waard maakt, dat vormt de belangrijkste leidraad. Deze harmonie is niet denkbeeldig. Ze bestaat echt, en zij doet me de noodzaak voelen tot schrijven...

4

Het moet voor verloofden die de volgende dag gaan trouwen of voor mensen die zojuist een nieuwe woning betrokken hebben een heerlijk gevoel zijn dat alles even anders is. De paar feestelijke dagen of de vrolijke chaos van het inrichten lijken voor hen nog niet afgelopen en vormen een luchtig en sprankelend bestanddeel van hun leven.

De laatste weken dat ik wachtte, leefde ik in net zo'n roes. Ik vertrok uit mijn kamertje en huurde een flat waarvan ik wist dat ik die maar vier of vijf maanden zou kunnen betalen. Dat kon me weinig schelen. Vanuit de kamer waarin Charlotte zou logeren zag je de blauwgrijze uitgestrektheid van de daken die de aprilhemel weerkaatsten... Ik leende zoveel geld als mogelijk was, kocht meubilair, gordijnen, een tapijt en al dat huishoudelijk gereedschap dat ik in mijn vroegere woning altijd verzuimd had aan te schaffen. Overigens bleef de flat nagenoeg leeg, ik sliep op een matras. Alleen de toekomstige kamer van mijn grootmoeder zag er nu bewoonbaar uit.

En hoe meer de maand mei naderde, hoe groter die blije lichtzinnigheid, die waanzin met geld te smijten werd. Ik begon bij handelaars in curiosa oude spulletjes te kopen die, zo dacht ik, deze kamer die er veel te alledaags uitzag een ziel zouden geven. In de winkel van een antiquair vond ik een tafellamp. Hij stak haar aan om me haar werking te tonen, ik zag het gezicht van Charlotte al in het licht van haar kap. Ik kon niet meer zonder die lamp weggaan. Ik zette het rek vol oude boeken met leren ruggen, legde er geïllustreerde tijdschriften uit het begin van de eeuw in. Elke avond stalde ik op de ronde tafel die midden in dit opgesierde vertrek stond mijn pronkstukken uit: zes glazen, een oude blaasbalg en een stapel oude prentbriefkaarten...

Hoe vaak ik ook dacht dat Charlotte Saransk en vooral het graf van Fjodor niet lang in de steek zou laten, en dat ze zich in een hotel evenzeer op haar gemak gevoeld zou hebben als in dit geïmproviseerde museum, ik kon niet meer ophouden met kopen en vervolmaken. Zelfs al weet de mens welke bekoring van herinneringen kan uitgaan, verstaat hij de kunst een vroeger moment weer tot leven te wekken, het meest blijft hij gehecht aan de stoffelijke fetisjen uit het verleden: net als die goochelaar die, door Gods wil, met de gave van wonderdoener begiftigd, liever op zijn vingervlugheid en zijn koffers met dubbele bodem bleef vertrouwen die het voordeel hadden niet zijn gezonde verstand te vertroebelen.

En de ware bekoring, wist ik, zou uitgaan van die blauwachtig glimmende daken, dat tere, ijle lijnenspel achter het raam dat Charlotte, de dag na haar aankomst, 's morgens heel vroeg zou opendoen. En van de klank van de eerste Franse woorden die ze op de hoek van een straat met iemand zou wisselen...

Tijdens een van de laatste avonden van mijn wachten, betrapte ik me erop dat ik bad... Nee, het was geen gebed volgens de regels. Ik had er nooit ook maar één geleerd, omdat ik was opgegroeid in de elke misleiding aan de kaak stellende geest van een strijdend en door zijn onvermoeibare kruistocht tegen God bijna religieus atheïsme. Nee, het was eerder een soort amateuristische en verwarde smeekbede gericht tot iemand die onbekend bleef. Toen ik me op heterdaad op deze ongewone manier van doen betrapte, begon ik er meteen de draak mee te steken. Ik bedacht dat ik, gezien het goddeloze leven dat ik tot nu toe geleid had, net als die zeeman in een verhaal van Voltaire had kunnen uitroepen: 'Ik ben vier keer naar Japan gereisd en heb vier keer op het kruisbeeld getrapt!' Ik maakte mezelf uit voor heiden, voor afgodendienaar. Toch maakten deze spotternijen geen eind aan dat vage innerlijke gemompel dat ik diep in mezelf had bespeurd. De toon had iets kinderlijks. Alsof ik mijn onbekende toehoorder een handeltje voorstelde: ik hoef nog maar twintig jaar, zelfs maar vijftien jaar, goed, het zij zo, maar tien dan, te leven, mits deze ontmoeting plaatsvindt, die vroegere momenten nog eens tot leven worden gewekt...

Ik stond op en duwde de deur van het aangrenzende vertrek open. In het halfdonker van een voorjaarsnacht toonde de kamer zich gereed, vervuld van een onopvallend wachten. Zelfs die oude waaier, die ik toch pas twee dagen geleden had gekocht, leek al jaren in het bleke nachtelijke licht dat door de ruiten naar binnen viel, op dat lage tafeltje te liggen.

Het was een aangename dag. Een van die lome en kleurloze dagen, ergens weggestopt tussen de feesten die begin mei plaatsvonden. 's Ochtends spijkerde ik een grote kapstok tegen de muur. Er konden minstens tien kledingstukken aan opgehangen worden. Ik vroeg me niet eens af of we er in de zomer wel behoefte aan zouden hebben.

Het raam in de kamer van Charlotte liet ik openstaan. Inmiddels kon je tussen de zilverkleurige vlakken van de daken hier en daar de eerste lichte plukken groen zien.

In de loop van de ochtend voegde ik nog een kort fragment aan mijn 'Aantekeningen' toe. Ik herinnerde me dat Charlotte me een keer in Saransk had verteld over haar leven in Parijs na de Eerste Wereldoorlog. Ze zei dat die tijd na de oorlog die, zonder dat iemand het kon vermoeden, een periode tussen twee wereldoorlogen zou blijken te zijn, een sfeer uitademde die iets zeer onechts had. De jubelende stemming was vals, er werd te gauw vergeten. Dat bracht haar op een merkwaardige manier die advertenties in herinnering die ze tijdens de oorlog in kranten had gelezen: 'Verwarm uw huis zonder steenkool!', waarbij werd uitgelegd hoe men 'ballen van papier' kon gebruiken. Of: 'Huisvrouwen, doe uw was zonder vuur!' En zelfs: 'Huisvrouwen, bezuinig: de stoofpot zonder vuur!'... Charlotte hoopte dat ze, eenmaal terug in Parijs met Albertine, die ze in Siberië ging ophalen, weer het Frankrijk van voor de oorlog zou aantreffen...

Terwijl ik deze paar regels opschreef, bedacht ik dat ik

Charlotte binnenkort een heleboel vragen zou stellen, waardoor me talloze bijzonderheden duidelijk zouden worden, waardoor ik bijvoorbeeld te weten zou kunnen komen wie die man in rokkostuum op een van onze familiefoto's was en waarom er één helft van deze foto zorgvuldig was afgeknipt. En wie die vrouw was in een gewatteerd jasje wier aanwezigheid te midden van mensen uit het begin van de eeuw ooit mijn verbazing had gewekt.

Toen ik aan het eind van de middag mijn huis verliet, vond ik die envelop in mijn brievenbus. Ze was crèmekleurig en er stond Hoofdcommissariaat van Politie op gedrukt. Ik bleef midden op de stoep staan en begon haar open te scheuren, wat me in mijn onhandigheid veel tijd kostte...

Ogen begrijpen sneller dan de geest, vooral als het om een bericht gaat dat de geest ook niet wil begrijpen. Tijdens dat korte moment van onduidelijkheid probeert de blik de onverbiddelijke aaneenschakeling van woorden teniet te doen, alsof hij in staat was de boodschap te veranderen voor het verstand de betekenis doorhad.

De letters dansten voor mijn ogen, zodat ik alleen maar stukjes van woorden, delen van zinnen heen en weer zag vliegen. Toen drong zich, log, het belangrijkste woord naar voren, gedrukt in grote, ver uit elkaar geplaatste letters, alsof het de bedoeling was dat het je werd toegeschreeuwd: AFGEWEZEN. En terwijl het bloed in mijn slapen bonkte, las ik de verklarende opmerkingen die volgden: 'uw situatie is niet overeenkomstig...' 'daardoor voldoet u niet...' Ik bleef minstens een kwartier roerloos staan, met mijn blik strak op de brief gericht. Ten slotte begon ik te lopen, recht voor me uit, zonder dat ik nog wist waar ik ook weer naartoe moest.

Ik dacht nog niet aan Charlotte. Wat me die eerste minuten vooral pijn deed, was de herinnering aan mijn doktersbezoek: ja, dat absurde buigen tot op de grond en mijn ijver kwamen me nu dubbel zinloos en vernederend voor.

Eenmaal weer thuis drong pas echt tot me door wat me

overkwam. Ik hing mijn jasje aan de kapstok. Achter de deur aan het eind van de gang wist ik de kamer van Charlotte... Het was dus niet de Tijd (Oh, wat moet je toch uitkijken met hoofdletters!) die mijn plan in de war dreigde te sturen, maar het besluit van die eenvoudige ambtenaar, mij medegedeeld via een paar op één enkel velletje getypte zinnen. Een man die ik nooit zou ontmoeten en die mij alleen kende via formulieren. Eigenlijk had ik mijn amateuristische gebeden tot hem moeten richten...

De volgende dag diende ik een bezwaarschrift in. 'Een vormloze aanvechting', zoals mijn correspondent het noemde. Ik had nog nooit een brief geschreven die op zo'n valse manier persoonlijk, zo dom uit de hoogte en tegelijkertijd zo smekend was.

De dagen gingen voorbij zonder dat ik er nog acht op sloeg. Mei, juni, juli. Er was die flat die ik had volgestouwd met oude spullen en indrukken van vroeger, dat niet meer in gebruik zijnde museum waarvan ik de overbodige conservator was. En de afwezigheid van de vrouw op wie ik wachtte. Wat de 'Aantekeningen' betreft, daar had ik er sinds de dag dat ik de afwijzing had ontvangen niet één meer aan toegevoegd. Ik wist dat de bestaansgrond van dit manuscript afhing van deze ontmoeting, onze ontmoeting, waarop ik ondanks alles mijn hoop bleef vestigen.

En vaak had ik die maanden steeds dezelfde droom die me midden in de nacht wakker maakte. Een vrouw in een lange donkere mantel kwam op een stille winterochtend in een kleine grensstad aan.

Het is een oud spelletje. Je kiest een bijvoeglijk naamwoord dat de hoogste graad van iets aangeeft: 'allerverschrikkelijkst' bijvoorbeeld. Daarna zoek je een synoniem waarvan de betekenis er heel dichtbij zit maar het net iets minder sterk uitdrukt: 'afgrijselijk', zoiets. Het volgende woord drukt het bijna onmerkbaar weer iets minder sterk uit: 'afschuwelijk'. Enzovoort, waarbij je elke keer een heel klein treetje lager gaat: 'erg', 'onverdraaglijk', 'naar'... Om ten slotte uit te komen bij niet meer dan 'slecht' en via 'matig', 'middelmatig', 'gewoon' weer omhoog gaat met 'bescheiden', 'bevredigend', 'behoorlijk', 'redelijk', 'aangenaam', 'goed'. En zo'n tien woorden later bij 'voortreffelijk', 'uitstekend', 'onovertroffen'.

De berichten die ik begin augustus uit Saransk ontving, gaven een reeks soortgelijke veranderingen te zien. Want eerst waren deze berichten en het pakje dat ze begeleidde bij Alex Bond terechtgekomen (hij had bij Charlotte zijn telefoonnummer in Moskou achtergelaten), daarna hadden ze een lange reis gemaakt, waarbij ze steeds aan andere personen waren doorgegeven. Bij elke overdracht nam hun dramatische betekenis af, vervaagde de emotie. En bijna vrolijk deelde die onbekende me telefonisch mee: 'Luister, men heeft me een pakje voor u meegegeven. Van... wie dat was weet ik niet, nou ja, dat vrouwelijke familielid van u dat is overleden... In Rusland. Maar dat wist u waarschijnlijk al. Ja, ze heeft u haar testament nagelaten, hi hi...'

Misschien had hij een grapje willen maken en 'haar bezit' bedoeld. Maar het was een voorbeeld van dat slordige taalgebruik dat ik vaak bij 'nieuwe Russen' opmerkte, voor wie Engels de belangrijkste voertaal was geworden. Hij had zich vergist en het woord 'testament' gebruikt.

In de hal van een van de beste Parijse hotels moest ik lang op hem wachten. De onpersoonlijke ruimte, vol spiegels en met aan beide kanten fauteuils was volmaakt in overeenstemming met de innerlijke leegte die ik voelde bij alles wat ik waarnam en dacht.

De onbekende kwam uit de lift, waarbij hij een blonde, lange vrouw liet voorgaan, een stralende schoonheid met een glimlach die voor iedereen en niemand bedoeld leek. Ze werden gevolgd door een tweede man met zeer brede schouders.

'Val Grig', zei de onbekende, drukte me bij het noemen van

zijn naam de hand en stelde me aan zijn metgezellen voor, waarbij hij verduidelijkte: 'Mijn wufte tolk, mijn trouwe lijfwacht.'

Ik wist dat ik de uitnodiging om mee naar de bar te gaan niet af kon slaan. Naar Val Grig luisteren zou een manier zijn om hem te bedanken voor de bewezen dienst. Hij had me nodig om ten volle te kunnen genieten én van de gerieflijkheid van dit hotel, én van de schoonheid van zijn 'wufte tolk'. Hij praatte over zijn successen en over de ramp die Rusland heette, zonder misschien te beseffen dat er onbedoeld een grappige relatie van oorzaak en gevolg tussen beide onderwerpen bestond. De tolk die deze verhalen vast al vaker had gehoord leek met open ogen in slaap te zijn gevallen. De lijfwacht hield, als om zijn aanwezigheid te rechtvaardigen, de mensen die binnenkwamen en weggingen in de gaten. Wat ik voel, dacht ik opeens, zou gemakkelijker aan marsmannetjes uit te leggen zijn dan aan hun drieën...

Ik opende het pakje pas toen ik in de metro zat. Er viel een visitekaartje van Alex Bond op de grond. Hij had er een paar woorden op geschreven om me te condoleren, om zich ervoor te verontschuldigen (Taiwan, Canada...) dat hij me het pakje niet persoonlijk had kunnen overhandigen. Maar bovenal de overlijdensdatum van Charlotte. Negen september van het vorige jaar!

Ik lette niet langer op de stations die ik passeerde en kwam pas weer tot mezelf bij het eindstation. September van het vorige jaar... Alex Bond was in augustus naar Saransk gereisd, nu een jaar geleden. Een paar weken later diende ik mijn verzoek tot naturalisatie in. Misschien wel net op het moment dat Charlotte op sterven lag. En al mijn stappen, al mijn plannen, al die maanden van wachten waren dus van later datum, toen ze al dood was. Buiten haar leven. Zonder enige mogelijke relatie met dat geëindigde leven... Het pakje was bewaard door de buurvrouw, daarna, pas in het voorjaar, aan Bond overhandigd. Op het pakpapier stonden een paar woorden in het handschrift van Charlotte: 'Ik verzoek u deze envelop aan Alexej Bondartsjenko te doen toekomen die zo vriendelijk zal zijn hem aan mijn kleinzoon te overhandigen.'

Ik reed opnieuw met de metro mee tot het eindstation. Terwijl ik de envelop openmaakte bedacht ik met droeve opluchting dat het niet de ambtenaar was geweest die mijn plan uiteindelijk had laten mislukken. Maar de tijd. Een tijd die begiftigd blijkt met een wrange ironie en ons met zijn spelletjes, zijn onberekenbaarheid aan zijn onverdeelde macht herinnert.

In de envelop zaten alleen maar een twintigtal handgeschreven bladzijden, bijeengehouden door een nietje. Ik verwachtte dat het een afscheidsbrief zou zijn, dus deze lengte kwam me vreemd voor, want ik wist hoe weinig Charlotte altijd had moeten hebben van plechtige formuleringen en breedsprakige ontboezemingen. Omdat ik er maar niet toe kon komen alles meteen van het begin tot het eind te lezen, bladerde ik de eerste bladzijden door, maar kwam nergens zinswendingen tegen van het soort 'wanneer je deze regels leest, zal ik er niet meer zijn', zoals ik had gevreesd.

In het begin leek de brief zich overigens tot niemand in het bijzonder te richten. Ik nam snel de regels door, sprong van de ene naar de andere alinea en meende te begrijpen dat het om een verhaal ging dat geen enkel verband hield met ons leven in Saransk, ons Frankrijk-Atlantis en dat einde waarvan Charlotte had kunnen laten doorschemeren dat het nabij was...

Ik stapte uit de metro en omdat ik niet meteen naar huis wilde, ging ik in een park op een bank zitten en las verstrooid verder. Ik zag nu dat het verhaal van Charlotte niet op ons betrekking had. Ze beschreef in haar fijne, precieze handschrift het leven van een vrouw. In mijn onoplettendheid had ik waarschijnlijk over de passage heengelezen waarin mijn grootmoeder uitlegde hoe ze elkaar ontmoet hadden. Dat interesseerde me trouwens weinig. Want dit levensverhaal was er alleen maar een meer over het lot van een vrouw, een lot dat zoveel vrouwen had getroffen in de tijd van Stalin. Die verhalen hadden ons toen we nog jong waren altijd erg aangegrepen, maar op den duur waren we voor dit leed minder gevoelig geworden. Deze vrouw, de dochter van een koelak, had als kind in de moerasgebieden van West-Siberië in ballingschap geleefd. Daarna, na de oorlog, was ze, beschuldigd van 'propaganda tegen de kolchozen', in een kamp terechtgekomen... Ik nam deze bladzijden door alsof ze in een boek stonden dat ik uit mijn hoofd kende. Dat kamp, de ceders die de gevangenen, tot hun middel in de sneeuw wegzakkend, moesten omhakken, de dagelijkse, gebruikelijke wreedheid van de bewakers, de ziekten, de dood. En de gedwongen liefde, onder bedreiging van een wapen of van een onmenselijk zware werktaak, en de met een fles drank gekochte liefde... Het kind dat deze vrouw ter wereld had gebracht kreeg dezelfde straf als zijn moeder, zo luidde de wet. In dit 'vrouwenkamp' was er voor deze geboorten een aparte barak ingericht. Twee maanden voor er dankzij de politieke ontspanning amnestie werd verleend, was de vrouw door een tractor doodgereden. Het kind was toen bijna tweeeneenhalf jaar...

De regen verjoeg me van mijn bank. Ik stopte de brief van Charlotte onder mijn jasje en rende naar *ons* huis. Wat ik tot nu toe van het verhaal gelezen had, leek me zeer kenmerkend: bij de eerste tekenen van liberalisatie waren alle Russen begonnen de diepste schuilhoeken van hun geheugen af te tasten op zoek naar het verdrongen verleden. En ze begrepen niet dat de Geschiedenis geen behoefte had aan die ontelbare kleine goelags. Er hoefde er maar één te zijn, monumentaal en erkend klassiek, daar had zij genoeg aan. Dat Charlotte me haar verslag had willen sturen, toonde aan dat de roes van het vrije woord haar net zo in de val had gelokt als anderen. Hoe aandoenlijk ook, de overbodigheid van deze zending deed me pijn. Ik voelde opnieuw de minachtende onverschilligheid van de tijd. Deze samen met haar kind opgesloten vrouw wankelde op de rand van het moment waarop ze voorgoed vergeten zou worden, alleen deze paar met de hand beschreven velletjes stelden dat moment nog even uit. En Charlotte zelf?

Ik duwde de deur open. Een tochtvlaag deed met dof geraas de vleugels van een open raam klapperen. Ik liep naar de kamer van mijn grootmoeder om het dicht te doen...

Ik moest aan haar leven denken. Een leven dat totaal verschillende perioden met elkaar verbond: het begin van de eeuw, die bijna voorwereldlijke periode, bijna even legendarisch als de regeringsperiode van Napoleon en – het eind van onze eeuw, het eind van het millennium. Al die revoluties, oorlogen, mislukte utopieën en geslaagde schrikbewinden. Druppel na druppel waren tijdens haar leven de gevolgen ervan in haar vreugden en smarten doorgedrongen. En het weinige dat nu nog aan haar veelbewogen bestaan herinnerde, zou spoedig voorgoed vergeten zijn. Net als de hele kleine goelag waar die vrouw en haar kind gevangen zaten.

Ik bleef een ogenblik voor het raam in Charlottes kamer staan. Verscheidene maanden had ik me voorgesteld hoe zij dit uitzicht zou aanschouwen...

's Avonds besloot ik voor alle zekerheid de bladzijden van Charlotte tot het eind te lezen. Ik las opnieuw over de gevangen vrouw, de afschuwelijke toestanden in het kamp en dat kind dat in die harde en bezoedelde wereld voor een paar lichtpuntjes had gezorgd... Charlotte schreef dat ze toestemming had weten te krijgen het ziekenhuis te bezoeken waar de vrouw was gestorven...

Plotseling veranderde de bladzijde die ik met mijn hand vasthield in een dun velletje zilverpapier. Ja, zij verblindde me door een metalen weerschijn en leek een kil en iel geluid voort te brengen. Eén regel lichtte op als de gloeidraad van een lamp en zo fel dat het pijn deed aan mijn ogen. De brief was in het Russisch geschreven en pas bij deze regel ging Charlotte over op Frans, alsof ze niet meer op haar Russisch durfde vertrouwen. Of alsof het Frans, dat Frans uit een andere tijd, ervoor moest zorgen dat ik met een zekere onbevangenheid kon reageren op wat ze me ging zeggen: 'Die vrouw, die Maria Stepanovna

Dolina heette, was jouw moeder. Zij wilde ook dat men zo lang mogelijk niets tegen je zou zeggen...'

Aan deze laatste bladzijde zat een envelopje vastgeniet. Ik maakte het open. Er zat een foto in die ik moeiteloos herkende: een vrouw die een grote tsjapka met neergeslagen oorkleppen en een gewatteerd jasje draagt. Op een rechthoekje van witte stof dat naast de rij knopen zit vastgenaaid – een nummer. In haar armen, een in een wollen cocon gewikkelde baby...

's Nachts vond ik in mijn geheugen het beeld terug dat ik altijd voor een soort prenatale herinnering gehouden had, dat me via mijn Franse voorouders had bereikt en waar ik als kind heel trots op was. Ik zag er het bewijs in van mijn erfelijke verbondenheid met Frankrijk. Het was die zonnige herfstdag, aan de zoom van een bos, met een vrouw die je niet zag, met een heel zuivere lucht en herfstdraden die je in het heldere licht zag golven... Ik begreep nu dat dit bos eigenlijk een eindeloze taiga was en dat het aangename zomerse herfstweer spoedig plaats ging maken voor een Siberische winter die negen maanden zou duren. De zilverkleurige en lichte herfstdraden in mijn Franse droombeeld waren slechts enkele rijen nieuw prikkeldraad dat de tijd nog niet had gekregen om te gaan roesten. Mijn moeder wandelde met mij op het terrein van het 'vrouwenkamp'... Het was mijn allereerste herinnering aan mijn kindertijd.

Twee dagen later verliet ik die flat. De dag voor mijn vertrek was de eigenaar geweest en had een minnelijke schikking aanvaard: ik liet alle meubelstukken en oude spullen die ik gedurende verscheidene maanden had bijeengebracht voor hem achter...

Ik sliep weinig. Om vier uur was ik al op. Ik pakte mijn rugzak in omdat ik die dag mijn gebruikelijke wandeling wilde maken. Voor ik wegging, wierp ik een laatste blik in de kamer van Charlotte. In het grauwe ochtendlicht deed de stilte die er heerste niet langer aan een museum denken. Nee, ze leek niet langer onbewoond. Ik aarzelde een ogenblik, daarna pakte ik een oud boek dat op de vensterbank lag en vertrok.

De straten waren verlaten, in diepe rust. Hun verten leken zich pas te openen naarmate ik er dichterbij kwam.

Ik dacht aan de 'Aantekeningen' die ik in mijn rugzak meedroeg. Vanavond of morgen, zei ik tot mezelf, zou ik er dat nieuwe fragment aan toevoegen dat die nacht bij me was opgekomen. Het speelde in Saransk, tijdens de laatste zomer die ik bij mijn grootmoeder doorbracht... In plaats van het pad te nemen dat ons dwars over de steppe leidde, was Charlotte dat bos ingelopen dat vol lag met oorlogsmaterieel en dat de bewoners 'Stalinka' noemden. Ik was haar aarzelend gevolgd: volgens de geruchten kon je in het struikgewas op een mijn stuiten... Charlotte was midden op een grote open plek blijven staan en had gemompeld: 'Kijk!' Mijn oog was op drie of vier precies gelijke planten gevallen die tot onze knieën reikten. Ze hadden grote gekartelde bladeren en hechtranken die zich aan dunne stokjes hadden vastgezet die in de grond staken. Waren het hele kleine esdoorns? Jonge zwartebessenstruiken? Ik kon de geheimzinnige vreugde van Charlotte niet verklaren.

'Dat is een wijnstok, een echte', had ze ten slotte tegen me gezegd.

'Ah, zit het zo...'

Deze onthulling maakte mijn nieuwsgierigheid nauwelijks groter. Het lukte me niet enig verband te zien tussen deze bescheiden plant en de grote waarde die men in het vaderland van mijn grootmoeder aan wijn hechtte. We waren nog een paar minuten midden in de Stalinka voor de geheime plantage van Charlotte blijven staan...

Toen ik me deze wijnstok herinnerde, voelde ik opeens een nauwelijks te verdragen verdriet en tegelijk een intense vreugde. Een vreugde waarvoor ik me aanvankelijk meende te moeten schamen. Charlotte was dood en op de plek waar zich de Stalinka had bevonden was volgens de berichten van Alex Bond een stadion gebouwd. Een tastbaarder bewijs voor het feit dat alles totaal, voorgoed verdween bestond niet. Maar de vreugde won het. Haar oorsprong lag in dat moment dat ik daar midden op die open plek in het bos beleefde, in de wind die over de steppen blies, in het kalme stilzwijgen van die vrouw die daar voor vier struikjes stond met blaadjes waaronder ik nu trosjes druiven vermoedde.

Terwijl ik voortliep, bekeek ik af en toe de foto met de vrouw in het gewatteerde jasje. Voortaan was me duidelijk wat haar gelaatstrekken een verre gelijkenis gaf met de mensen in de fotoalbums van de familie die mij geadopteerd had. Het was die lichte glimlach die op de gezichten verscheen dankzij de toverformule van Charlotte – 'petite pomme'! Ja, waarschijnlijk had ook de vrouw die bij de omheining van het kamp gefotografeerd was, deze raadselachtige lettergrepen stilletjes, voor zich, uitgesproken... Ik bleef een ogenblik staan, keek nog eens goed naar haar ogen. Ik zal eraan moeten wennen dat deze vrouw, jonger dan ik, mijn moeder is, dacht ik op dat moment.

Ik stopte de foto weg en liep weer door. En terwijl ik aan Charlotte dacht, was haar onopvallende en ongedwongen aanwezigheid in deze sluimerende straten even vanzelfsprekend als het leven zelf.

Slechts de woorden om het te zeggen ontbraken me nog.

Het gedicht *Fantaisie* van Gérard de Nerval op de bladzijden 91 en 159 werd vertaald door Paul Claes